太平有象

潘灵 —— 著

图书在版编目(CIP)数据

太平有象 / 潘灵著 . 一太原：北岳文艺出版社，2022.6
ISBN 978-7-5378-6526-5

Ⅰ.①太… Ⅱ.①潘… Ⅲ.①中篇小说—小说集—中国—当代②短篇小说—小说集—中国—当代 Ⅳ.①I247.7

中国版本图书馆 CIP 数据核字（2022）第 017433 号

太平有象

潘灵 / 著

出品人
郭文礼

选题策划
左树涛

责任编辑
左树涛

书名题签
顾建平

封面绘图
陈静荷

书籍设计
陈静荷

印装监制
郭　勇

出版发行：山西出版传媒集团·北岳文艺出版社
地址：山西省太原市并州南路 57 号
邮编：030012
电话：0351-5628696（发行部）　0351-5628688（总编室）
传真：0351-5628680
经销商：新华书店
印刷装订：山西人民印刷有限责任公司
开本：787mm×1092mm　1/32
字数：245 千字
印张：9.5
版次：2022 年 6 月第 1 版
印次：2022 年 6 月山西第 1 次印刷
书号：ISBN 978-7-5378-6526-5
定价：59.80 元

本书版权为本社独家所有，未经本社同意不得转载、摘编或复制

代序：纸上还乡

潘灵

写作在今天已成我的生活方式，这并不意味着我是一个与生俱来的书写者。如果没有那在深山峡谷里生活的十几年，我根本不会写作。我现在越来越明白我的写作导师就是我的故乡——那逼仄的，像地球上一丝小皱纹的地方。我在城市里生活了几十年，但依然是个生活在城里的乡下人，拥有着根深蒂固的乡下人的思维和生活习惯。高歌猛进的现代化、信息化、数字化，也没能改变我，我越来越成为身份清晰的异数。每当夜深人静，我拉上窗帷，将灯红酒绿和纸醉金迷挡在我的世界之外，我的笔尖下就会有大江涌来，群山逼近，一大群灰头土脸的乡亲，就会咧开满嘴黄牙，像老朋友一样把我招呼到他们的世界里去。我惊异地发现，笔已成为我手中的魔法棒，它只要在纸上滑动，我的面前就有了活灵活现的故乡。写作几十年，我的朋友都用上了电脑，他们在键盘上噼噼啪啪，拥有了让我羡慕嫉妒的现代写作速度。我也曾买过电脑，但我坐在电脑屏幕面前，瞬间就变成了白痴。于是我明白了，自己不是一个与时俱进的写作者，自己不过是一个试图纸上还乡的归人。

我是一个文学的受益者，文学让我的人生有了幸福和愉悦的光泽。因为文学，我跟周遭的那些活在高楼里的人相比，孤独和不幸减少了几分。在他们貌似高贵的外表下面，都藏着故乡的弃儿的惶恐之心。我却借助笔,偷偷行进在了回家的路上。我真的要感谢小说,这种虚构的文体,让我能够最真实地活在一个最真实的世界里。没有小说,人间会更虚伪,生活会更荒谬,我们会更走投无路,会更无处可逃。都说小说是假的,但没有小说世界,世界就会是小说,而且是荒诞小说。我说我是文学的受益者,是因为文学让我明白,自己的写作要有态度和立场,那就是要自觉地站在弱者一边。因为,好的写作者都是弱者。站在弱者一边,就是站在自己这一边。作家不要试图把自己打扮成精神的拯救者,那些以强者面孔出现的写作者都是幼稚的、可笑的。卡夫卡说:"事实上,作家总要比社会上的普通人小得多、弱得多。因此,他对人世间生活的艰辛比其他人感受得更深切、更强烈。对他本人来说,他的歌唱只是一种呼喊。艺术对艺术家来说是一种痛苦,通过这个痛苦,他使自己得到解放,去忍受新的痛苦。他不是巨人,而只是生活这个牢笼里一只或多或少色彩斑斓的鸟。"作家要做的事,就是感受生活,承受生活,继而呈现生活。

在我的文学世界里,总有一种叫乡愁的情愫萦绕。有文学评论家说我正试图营造一种"杜鹃啼血似的中国式乡愁"。其实,我在创作中并没有这种壮烈感,我不过就是为了归去。归而不得,所以愁罢了。我不否认我在书写乡愁,但我的小说却不是乡土小说。那些以为我的小说是乡土小说的人,要么误读了我,要么抬举了我。乡土小说是从乡土里长出来的,就像生生不息的草木。我的写作在乡土之外,是在钢筋水泥的丛林里的回首。充其量,它只是乡愁的乌托邦。

每一个作家,他都有一个精神的原乡,一块出入自由的写作根据地,那是他可以放飞自我,文笔恣肆的天地。从某种意义上说,每个作家都是地方性作家,文学从来都有地方色彩,这种色彩是从土地里生长出来的个性。小说是应该本土化的,中国人讲中国故事,理所当然。我的本土化,说的是小说的内核,在形式和方法上,一个作家当然要向世界开放自己,在方法和技能上博采众家之长。从二十世纪开始,小说就是一种革命性的文体。

今天，我们每一个成熟的小说家都清楚，当代小说早已跟传统小说厘清了界限。我们不难看出，我们的乡土小说也具有了世界性的意义。

我一直在努力，寻找一种更为诗性的小说表达，这是我这些年迷恋上乡愁的原因。每一个故乡的放逐者，都有一种精神上的漂泊感。除此，那种肉体在都市里行走，灵魂却在故乡漫游的分裂感，让我把小说写作当成了一个药方。从这个意义上讲，写作的过程，于我就是疗伤。我写作，还有一个秘密的动力，那就是回到我的族群中去。我是一个出生在以汉族为主体的地方的仲家人，是布依族。我在故乡生活的十几年，从来没有感觉我与周遭那些汉族兄弟有什么不同。我和他们有一样的风俗习惯，过同样的节庆，吃同样的饭菜，穿同样的衣服，只有在填一些个人信息表格的时候，人家填"汉"，我写"布依"。直到我离开故乡后，才越来越认同自己的少数民族身份。通过写作，我发现自己的基因中存有本民族的文化密码，它被写作唤醒，让我的写作跟汉族作家有了不同。每个民族的书写者，他们都有寻根的欲望。像我这样，不知哪朝哪代与自己族群脱单的人，能不能通过写作，找到自己的根，从精神上皈依那遥远的部落，这，是否也算另一种还乡？

收录在《太平有象》里的中短篇小说，是我这些年的精品，它们都被《新华文摘》《小说选刊》《小说月报》《中篇小说选刊》《长江文艺·好小说》转载过，入选过多个选本。个别小说，还入选过中国小说学会的排行榜。一个作家，一路走来，都是众人帮助成就的结果，我必须带着一颗感恩的心继续赶路。

写下这些文字的时候，时令已近新春，春风又度，辞旧迎新。我在此祝福那些与这本小说集相遇的读者虎年好运，生活虎虎有生气，事业如虎添翼！大音希声，大象无形，太平有象，万物安宁！

二〇二二年元月二十四于昆明

目 录

太平有象　/ 001

豹子　/ 057

叫了一声　/ 107

偶回乡书　/ 125

偷声音的老人们　/153

一个人和村庄　/ 233

后记：乡愁的乌托邦　/ 289

太平有象

一

公鸡已经叫过三遍了，太平村依旧没有醒来的意思。雾幔像个热恋中的痴情男孩，紧紧搂着村子，就像搂着心上人一样，怎么也不愿松开。沙玛在公鸡叫头遍时就醒了，他睁着眼赖在床上，反复回味着昨夜米酒的香甜。昨夜，他喝高了，他精心饲养的黑山羊，下了小崽。那是故乡乌蒙山的黑山羊，是父亲一年前托人远道送来的。想着自己的黑山羊，沙玛睡不着了，一骨碌下了床，披衣推开门，探头看一眼，见一片朦胧，就骂，妈的有本事你就罩一天，边骂边回转身，将昨夜狼藉的饭桌上的半碗残酒倒进了肚里。然后，沙玛就独自背了院里的背篓，准备下地去。一方面他想去巡视他的甘蔗林，更重要的，他想给那对羊母子，寻一篓青翠甘甜的青草。

但沙玛还没走出院子，黑狗大王就汪汪地叫了两声，意在提醒它愿意给他做伴。沙玛侧身，表情严肃，声音威严，说不准乱咬人，黑狗就摇尾巴。沙玛又说，不准咬牲畜，大王犹豫了一下，勉强又摇了一下尾巴。沙玛说，都记住了？大王狠狠地摇了一下尾巴。沙玛紧绷的脸松动了一下，掠过一丝浅浅的笑意，手一扬对大王说，前面地带路。大王就兴奋地蹿出了院门。出院门的沙玛朦胧中看见,大王一出门,左右邻居在外面的狗,都惊慌地蹿回自家院落了。

沙玛见此,就笑出了一脸皱纹。这条叫大王的黑狗,凶得很。它见什么都咬,什么都不怕。它咬生人,也咬家禽牲畜,还咬同类,甚至连驴友开的大吉普,它也追着咬。它有一股莫名的狠劲儿,沙玛就是看中了它的这种狠。它的狠,无意中树立了沙玛这个村主任在太平村的威望。

沙玛手握一把月钩似的银镰,一路上寻着又绿又嫩的青草,割了就扔进背上的背篓里去。草寻了半背篓时,雾也悄悄散了,早晨的阳光把整个山谷照得金晃晃的。这时,沙玛和黑狗大王,一起到了甘蔗林边了。

敞胸露怀的沙玛,身背背篓,手握银镰,看着长势蓬勃的甘蔗林,心中有了王者的荣耀,脸上泛起征服者一样骄傲的笑容。这个打小就在苦寒的乌蒙山区种荞麦的沙玛,今天硬是在滇南的山地上,带着他的族人种出了连本地人都羡慕的优质甘蔗。这份成就,不自豪都不行。他的目光就像这早晨的阳光,明亮而温暖地掠过这像士兵一样齐整地站立的甘蔗。他把背篓放下,将敞开的衣服扣上纽扣,还用手梳理了一下自己的头发,毕竟将军是不能随便的。

黑狗大王却不合时宜地汪汪大叫起来。被叫声粉碎了将军梦的沙玛心生不快,痛骂了一声死狗,就见黑狗大王像一道黑色闪电扑进了甘蔗林。沙玛以为黑狗发现了什么野物,赶忙伸手提起背篓,一甩手背到背上,也跟着扑进了甘蔗林。

蔗林里面是一幅惨不忍睹的景象。

如此不堪的场景,怔得沙玛手一发抖,手中的银镰就掉地上了。他也顾不得去捡,木桩一样地呆立着。黑狗在他身边,吐着红得像火焰的舌头,喘着粗气,眼中尽是悲伤。一大片甘蔗林被压得折在了地上,像一个没来得及打扫的战场。沙玛甚至闻到了被折断的甘蔗散发出的腥甜的气息。那气息扑进鼻孔,仿佛是鲜血的气味。闻着这气味,沙玛像烂泥一样瘫坐在了甘蔗的"尸身"上。他捡起一根拦腰折断的甘蔗，含着泪，用力去撕咬这半截甘蔗，甘蔗皮割破了他的嘴唇。他把那还未成熟的甘蔗的汁液和着脸上流下的泪水、嘴里冒出的血水一股脑儿咽进了肚里。

黑狗大王惊诧地看着自己主人的疯狂举止，又突然汪汪地大叫起来。沙玛捏着半截甘蔗，欲击打黑狗大王，却见大王大叫着，扑向了十几米外的被压倒的甘蔗林地。沙玛只见大王去处，嗡的一声，惊起一片黑压压的绿头苍蝇。苍蝇飞起处，大王围着啥东西，一边绕圈一边声嘶力竭地叫唤。

沙玛赶忙起身，奔赴过去，看到了一大团血肉模糊的东西。浓烈的血腥味，薰得沙玛眼睛一阵刺痛。沙玛定了定神，将这沾着血迹的白色怪物抱起来，放进了背篓里。

沙玛觉得，自己抱起的仿佛是一个软塌塌的面团。

二

太平村起个大早的，除了沙玛，还有两个被致富梦想鼓舞的年轻人，一个叫阿嘎，一个叫木呷。他们俩相约去雨林深处，看他们的发财宝贝。一年前，阿嘎从州职业学院大专班毕业，没像其他的毕业生那样在州府或县城找工作，而是心急火燎回了太平村。回到太平村的阿嘎，放下行李就去找儿时玩伴木呷。木呷取笑阿嘎，说你这书读到牛屁眼里了，放着城市人不做，回来当农民。阿嘎说，你懂啥？净说没见识的话，未来属于乡村，不赶早回来，致富先机就是别人的啦。再说，我们彝人，跟那些傣族、拉祜族、基诺族的人待在一起，就像山羊混在绵羊里，人家天天想吃糯米团，我却想我的苦荞粑。

阿嘎告诉木呷，自己学会了在大树上种铁皮石斛，吸大树的营养，是极品中的极品，市场上价值不菲。阿嘎一鼓动，木呷的心跳加快了，说不学做毕摩了,跟阿嘎学树上种石斛。

木呷放弃神职醉心于俗事,这让做毕摩的父亲乌火恼火透了。乌火认为阿嘎这几年去州里不是读书,而是修炼魔法。是他让自己的儿子着了魔,走上邪道了。他对儿子说,木呷,你不学做毕摩,太平村今后就没毕摩了。木呷说没就没吧。儿子的不以为然激怒了老子,乌火咬牙切齿地说,你要太平村失去神的庇护吗?没了毕摩,太平村的人就没人传达神的旨意。木呷抢白说,在我心中,阿嘎才是真的毕摩,他带给了我发财的旨意。

在乌火看来,这阿嘎太讨厌也太讨恨,他蒙蔽了自己儿子的心灵。当清晨阿嘎去叫木呷进雨林时,躺在床上的毕摩乌火用诅咒的语气大声说,今天可不是什么好日子,从树上掉下来,人会砸成烂鸡蛋的!

一路上,阿嘎一边挥舞着砍刀砍着阻挡他们前进的藤蔓和树枝,一边调侃木呷,你今后腰缠万贯,不会怪罪我断了你的通灵路吧?木呷说,要真发了财,我向阿爸推荐你,让你做毕摩。阿嘎说,你想得美,我们发了财让我侍奉神灵,你去花天酒地?于是他俩都忍不住哈哈大笑,在静谧的雨林里,两个年轻人的笑声清越爽朗。说说笑笑的两个年轻人,不知不觉就走到了雨林深处。

雨林中,突然传来了一个恐怖的叫声。阿嘎和木呷像遭了电击,钉子一样钉在了地上。叫声掠去了他们脸上的笑意,让他们的头发瞬间竖了起来。

阿嘎心中嘀咕,难道是毕摩乌火的诅咒显灵啦?

叫声再次响起。这一次,挤进他们耳朵的不仅仅是恐怖,还有悲怆、苍凉和绝望。

木呷定了定神,对阿嘎说,是哀鸣。

阿嘎点点头,用手示意木呷跟着他往传来声音的地方去。他俩小心得像怕踩死蚂蚁那样放轻了脚步,像侦察兵一样往传来声音的方向挪。

洪钟一样浑厚的叫声，让木呷胆怯得小腿都打战了。阿嘎，不会是鬼怪吧？要不，我们别往前了，还是回去吧。

阿嘎回过头来，看一眼惊魂未定的木呷，轻蔑地对木呷说，早知道你相信世上真有鬼怪，我不该约你来种石斛，你就该跟你阿爸学做毕摩。要想回，你就回去吧。

阿嘎自顾又转回身，径直往前走。这次他没放轻脚步，而是坚定地往前走。看阿嘎态度坚决，木呷摇了摇头，只好也跟了阿嘎往那边走。木呷发现裤管被草叶上的露珠浸得透湿，步子也变得沉重了。

怕就回去吧，阿嘎头都没回说。

木呷说，我可不愿做胆小鬼。

木呷边说边大步往前走，想证明自己并不胆小，不愿躲在阿嘎身后。但他刚要超过阿嘎，却被阿嘎一把拽了回来。

嘘——

阿嘎一个指头立在嘴边，接着又用力按着木呷蹲下去。随即自己也蹲下，用眼神示意木呷往左前方看。

木呷看到，在左前方，一头野象正在用长鼻往草丛里拨弄着什么。野象似乎发现了什么东西，想用鼻子把那东西给卷起来。野象似乎很心急。它粗重短促的鼻息，让木呷读出了它的焦虑。

它像是丢了啥东西，木呷对阿嘎说。

阿嘎白了木呷一眼说，这是大象，又不是人，身上有钱包手机？

但它真的很着急，木呷抢白说。

没错，阿嘎点头说，它都急得发狂了，快看，它正用腿刨泥嘞。

木呷说，它前面好像是个深坑，它想下到坑里去。

阿嘎说，我看那是偷猎人挖的陷阱。

听阿嘎这么说，木呷急了，那它不能下去，陷阱下面布有竹尖子，会受伤的，我们得阻止它。

他边说边忽地站了起来。

但他立足未稳,又被阿嘎拉扯着蹲下来。

想找死呀?你以为那是你家厩里的肥猪,那是凶猛的野象!阿嘎瞪一眼木呷说。

它要下去了真的会受伤,木呷用手拍了拍地面说。

大象可不像你那么笨,它聪明得很,会主动避开危险的。

还真像阿嘎说的那样,大象用脚刨了一阵,没再刨,而是昂起头,吃力地把长鼻伸向空中,又叫了一声。这一声跟先前阿嘎和木呷听到的声音比起来,显得疲惫,却更加悲怆绝望。

它那声音在阿嘎和木呷听来,不是叫声,更像是哭声。

它叫完,将头垂下,长鼻又伸进坑里去。这次它没试图把什么东西给拽出来,而是在抚摸什么。清晨的阳光透过树的缝隙,斑驳地照亮了它眼角的泪珠。

木呷说,它好像很伤心。

阿嘎揉了一下自己的眼角,谁都看得出它很伤心。你木呷真像一个长舌妇,讨厌死啦!

野象似乎放弃了坑里的东西,它收回长鼻,沉默地围着那坑,绕了一圈又一圈。最后,它迈着疲惫而沉重的步子离开了,消失在了雨林的更深处。

阿嘎和木呷奔向土坑,想看看坑里有什么东西。

奔到坑前的他们愣住了。

坑里是一头小野象。

俩年轻人如果不是看到小野象身边漫开来的血迹,一定都会认为小野象是睡着了。它的样子看上去憨态可掬,很安详,像正沉醉在美梦里。

土坑确实是猎人挖的陷阱,里面有用茅草和芭蕉叶伪装起来的尖如芒刺的竹尖子。木呷尝试着想下到深坑里去,却被阿嘎叫住了。

阿嘎说，木呷别费心了，小野象死了。

木呷说，你凭啥说它死了？

我在州里念书时，听我的傣族同学说过，母象特别护崽，如果它没死，野象妈妈断不会离开。阿嘎手抚木呷的肩叹息地说，我们刚才听到的，是野象妈妈的呼救声。

木呷盯着深坑看了一阵，泪珠子就从眼角滚落下来了。阿嘎，木呷瘪了嘴说，你别笑话我，我就是心软，想着它这么小，我就想哭，都说大象大，可它却这么小，还没头半岁的仔猪大。

阿嘎轻拍了两下木呷的肩膀。木呷，阿嘎哽咽了一下说，哪个人的心是铁打的？我心里也不好受，只是人死不能复生，象也一样。我们回去吧，哎。

木呷说，阿嘎，我想再看看它。

阿嘎没说话，他放开搂着木呷肩膀的手，从上衣口袋里摸出烟，但却没摸到打火机。他索性把一支烟揉得粉身碎骨，抛地上了。

动啦！木呷惊叫了一声。

啥动啦？阿嘎好奇地问。

木呷说，我看到象鼻前方的芭蕉叶动了一下。

他边说边指着土坑里的芭蕉叶。

阿嘎朝木呷指的方向看去，那芭蕉叶比这头小野象躺得还要死。

你眼花了，木呷。

我没有，那芭蕉叶真的动了。

要真动，也是风。

坑里哪有风，象鼻子前的芭蕉叶动了，说明小野象还有呼吸。

木呷边说边纵身跳到土坑里。

当心竹尖子！

阿嘎心提到喉咙喊。

三

沙玛背着不知为何物的腥臭东西,三步并作两步往太平村走。一路上,浓烈的血腥味招来了大群的绿头苍蝇。它们像一群轰炸机,嗡嗡地在沙玛的头上边飞边鸣。黑狗大王冲蝇群汪汪大叫,但它低估了苍蝇对腥气的执着。

沙玛一身汗水吭哧吭哧背着一团腥臭来到太平村口时,遇到了毕摩乌火。毕摩乌火用手扇着鼻子前的空气说,沙玛,你背的是大粪吗?都快臭死人啦。我说过多少次了,不干不净的东西别往村子里背,不吉利的。

沙玛将背箩往路沿坎上一放,喘着粗气说,乌火,闭上你的乌鸦嘴,别仗着你是毕摩,就信口雌黄。

乌火听了,也不生气,只是皮笑肉不笑地说,沙玛,我知道你那点心思,总觉得我这毕摩的身份碍着你了,要不你拿去。这样,你这村主任就政教合一,成土皇帝了。

于是,两人就真真假假斗上了嘴。

乌火,你这是假大方。我要真夺了你毕摩的位子,你就啥都不是了,我怕你哭天抢地去告神灵和我们的老祖宗。

沙玛,你这是门缝里看人,把人都看扁了。我乌火不当毕摩哭天抢地?怕是你沙玛不当村主任才会捶胸顿足,寻死觅活吧?你也就只会当个小官,还有啥能耐?我乌火不当毕摩还能做彝医。

现在西医那么发达,谁会待见你那草草药打天下的彝医。

沙玛,说你没见识,轻了,你这是真没觉悟!这是民族医药,连国家都得重视,你竟敢说它不受待见,我看你这村主任,是不想当了。

……

他俩使的虽是嘴上功夫,但都四处是刀光剑影,心与心都碰了个火花四溅。

嘴斗累了,乌火就走近沙玛放在路沿上的背篓,探头想看个究竟。

但扑鼻的腥臭气熏得他差点儿没晕过去。乌火转身,呸呸呸地冲地上连吐三口唾沫。他一边用脚用力蹭着地上的唾沫,一边冲沙玛表情严肃地说,不祥之物,不祥之物,沙玛是不祥之物呀!

乌火!沙玛严厉地说,别跟老子装神弄鬼,我沙玛是吓大的?不祥之物?你有本事就告诉我,这到底是啥东西?

不祥之物!不祥之物!乌火肯定地说。

是什么不祥之物?沙玛厉声问。

我也不知道,反正不祥。沙玛,不吉祥呀!

沙玛气得上前揪了乌火的衣领,咬牙切齿地对乌火说,你们这毕摩世家是不是就只知道这三个字——不吉祥!乌火,你晓得不,这三个字害苦了我沙玛家!

沙玛边说边用力一推,把乌火推倒在了地上。

被推倒的乌火像皮球一样弹起来,跟沙玛扭打成一团。

村主任与毕摩互殴,这消息太令人兴奋,兴奋得比山坡上的风还要快地传遍了全村。于是,村里老老少少都蜂拥而来看。

黑狗大王也汪汪叫唤着,伺机去帮主人忙。沙玛见大王欲扑过来咬乌火的脚,就大吼一声,死大王,滚一边去,不关你的事!

黑狗大王丧气地摇了摇尾巴,溜到一边,张了嘴,伸长了舌头专心看主人与乌火厮打。

围者众。他俩毕竟都是村里有身份的人,不好意思再拳脚相加下去,加之又有村里老者劝,一场好斗也就悄悄收场了。

全村人的兴致,迅速转向沙玛背篓里的怪物。

村子里两个体面的人物,像一对斗气的小孩做出如此不理智的事，他便感到很羞耻。毕摩乌火抹了一下嘴角流出的血水,跺了一下脚冲沙玛说,翻百年老账,真是心胸狭隘的东西。他一甩手上的血水回家去了。

沙玛觉得自己确实有些过分了。他红着脸对好奇的乡亲说,一团烂肉,看啥看?

沙玛原本想轰走大家,却没想被众乡亲围住了。他们问沙玛这些是啥?沙玛说,我要晓得是啥,还会跟乌火打架?

沙玛边说边伸手去摸被乌火踢伤的腿。

有人说,这看上去像猪肚。

有人反驳,有这么大的猪肚吗,啥眼力?这怎么会是肚子,我越看越像胎盘。

众人就哄笑起来。人群中的闲言碎语又阴又损。

胎盘,是你家老婆肚里掉的吧?要那样,她生的八成是个神儿子。

什么神儿子,抖散话见长的村民戏言,说生下来能做你兄弟。这么大的胎盘,生下来还不是成人?

沙玛听不下去,火头上的他,没有任何幽默感,他用当村主任的威严吼道,谁再嚼舌头,我就连同这臭东西把他扔山箐里去,一起喂狼!

他的威严在此时已完全失效。村民中依旧有人嬉皮笑脸地说,沙玛,这东西扔山箐里可惜,你背回家去,这个月你家都不用买肉了。

那人边说边伸手,欲把沙玛背箩里叫不出名的那大团东西提起来。就在此时,黑狗大王像一道黑色闪电扑过来,一口咬向他的手臂。

本想恶作剧,却吃了恶作剧的亏。那个村民痛苦地大叫起来。大王硬生生地在他胳膊上撕下一块血淋淋的肉来。

村民们首先是惊呆了,继而就是各自抱头鼠窜。看着珠子落地一样四散开去的村民,先前劝沙玛和乌火的老者,摇摇头叹息一声,然后走向沙玛说,一帮幸灾乐祸的乌合之众。

幸灾乐祸？沙玛看着老者说，什么灾，什么祸，不就一团臭肉？

没那么简单！老者故作高深地摇摇头说，怪物现世，必有灾祸。沙玛别再往家背了，埋了它吧。

沙玛态度坚决地说，我就不信它是什么带灾带祸的怪物。我要弄不清它是什么东西，它就是把我家臭成茅厕，我也不扔它埋它。

老者摇摇头，叹口气独自走了。

沙玛重新将背篓背上，往家走去。黑狗大王一阵小跑，紧跟上主人。沙玛突然转身，重重地给了黑狗大王一脚。大王疼得在地上连打了两个滚，痛苦委屈地叫唤了两声。

沙玛说，谁让你咬人的，死狗！难道你还不嫌乱呀？

四

沙玛背着沉重的背篓，推开院门，站在院子里喊自己的老婆。他粗脖大嗓地要老婆给自己倒荞麦烧酒喝，却遭了老婆一顿奚落。

我还以为是英雄回来了，老婆鄙夷地说，彝家太平村村主任与毕摩打架斗狠，传到旁边的拉祜、傣家、哈尼寨子去，还不把人家的牙给笑掉了。

酒没喝着，却遭一顿奚落，沙玛窝火极了，但又不好发作。他把背篓重重地放在檐坎上，脸阴得像夏天雷雨前的天空，径直进了里屋，木桩一样倒在床上。

沙玛头才沾枕头，老婆就冲进来了。老婆歇斯底里地说你要不把那背篓里臭烘烘的东西扔出家门去，我就死给你看。沙玛摆摆手，说恶婆子，你真比母蚊子都恶，耍啥泼？出去出去，老子困了，想睡觉。

老婆骂道，沙玛，大中午的，你睡啥觉？早死三年，你背上都能睡起青苔。你一天就只想村子里的甘蔗、菠萝，什么时候想过家？什么时候想过我？什么时候想过儿子阿嘎？阿嘎成天往深山老林里跑，哪天被豹子吃了，被毒蛇咬了，我看你用什么传宗接代？你现在又得罪了毕摩，他可不会替你给你那些逝去的老祖宗求情开恩的。

嫂子大声八气地说我什么坏话呀？毕摩乌火在院子里大声说。

说曹操，曹操到。沙玛老婆被吓了一跳。沙玛小声对老婆说，乌火要问起我，就说我没在家。

沙玛这一说，更激怒了自己的老婆，她尖着嗓门厉声说，沙玛，你安的什么心？你不在家？你要让毕摩以为，我刚才是跟野男人说话，唆？！

讨了个这么认死理的婆娘，沙玛只能服了。他一骨碌起床，披上衣马了脸，推搡站在自己面前的老婆，出了里屋。

院子里，站着笑得像弥勒佛般抱着一个酒罐的乌火。

毕摩乌火看一眼哭丧了脸的沙玛，说沙玛哥，宰相肚里能撑船，还生我先前的气？

你太高估自己了，沙玛哼一声，说无事不登三宝殿，找我干啥？

毕摩乌火双手用力往上扬了扬酒罐说，找你喝酒，顺便告诉你那背篓里是啥东西。

沙玛斜睨了一眼背篓说，你知道是啥？你真知道是啥？

当然！毕摩乌火点头说。

你凭啥知道它是啥？

因为我是毕摩嘛。

沙玛老婆见俩人又斗上了嘴，说不是冤家不聚头，要打嘴仗，到堂房来，当着列祖列宗，让他们评评你俩，哪个更行更能。

毕摩乌火进了沙玛家堂屋，往火塘边木凳上一坐，打开了酒罐。荞麦酒的清香在堂屋里弥漫开来。

闻到酒香，沙玛的火气立马就散了。

沙玛拿来两个土碗，往火塘边一放，乌火往俩土碗里倒满酒。沙玛端起酒碗，也不跟乌火碰，一仰脖将一碗酒倒进了嘴里。他喉结耸动了一下，满满一碗酒就美美地进了肚里。他把酒碗往原处一放，说乌火，你别诓我，真知道我背回来的是啥东西？

乌火将酒碗凑到唇边，抿了一口，说好酒要慢慢品。

沙玛说，我问你话。

乌火说，胎盘，是大象的。

大象的胎盘？沙玛有些惊异。

乌火点点头。

为何先前不跟我明说？沙玛又有些生气地说。

乌火又抿一口酒，说我是毕摩又不是神仙，也是才知道的。

搬这里好几年了，没听说这里有大象呀？沙玛皱了眉头说。

是没听说，乌火应和道。

太平村来了大象，沙玛思忖了一下说，太平有象，按说应该是好事。

是不是好事，要观了天象再说。乌火用职业的语气说，他看了看沙玛，叹了一口气，又说是麻烦事那是肯定的了。沙玛哥，你我都招惹上麻烦了。

麻烦？你说我招惹了麻烦？沙玛摇着头说，乌火，我搞不懂有啥麻烦。

不是你，是你和我。不，准确点说是四个人，还有你儿子阿嘎，我儿子木呷。

乌火的话听起来像绕口令。

沙玛越听越糊涂了。

沙玛兄，俩孩子摊上了大麻烦。

乌火不再像先前那么沉稳了。

到底啥事，你能不能说明了点？这又不是你做法事，装啥神秘？

你儿子和我儿子弄回来了个象儿子，你说麻烦不麻烦？乌火摊了摊手无可奈何地说。

你是说,阿嘎和木呷弄回来了一头小象?沙玛被惊到了。

正是!乌火重重地点了点头,说,要不我怎么知道你背回来的是大象的胎盘?在厨房里忙活着给沙玛和乌火准备下酒菜的沙玛老婆端一盘油炸花生米进堂屋,听说儿子弄回一头小象,惊得一盘花生米全倒在地上了。

偷猎大象,那是犯王法的呀!她胆战心惊,又无比担忧地道。

乌火说,不是偷猎,嫂子,俩孩子事实上是救下了一头小象。

沙玛老婆说,那是做了积阴德的事,有啥好担心的?

话虽这么说,道理也是这样,乌火端酒,这次没抿,而是一口干下了大半碗酒说,但谁能证明他们不是偷猎是施救呢?怕就怕……

乌火,你怕啥?沙玛说,我们彝家人,猎就是猎,救就是救,光明磊落得很。

但人家管王法的不会这么想。人家讲的是证据,你儿子我儿子大清早就进雨林去,是不是去看他们挖的陷阱里困没困住猎物?乌火皱了皱眉头说。

沙玛老婆说,他们是去雨林里看种在树上的石斛。

嫂子,你知道他们是去看他们种的石斛,沙玛哥也知道是这么回事,我也清清楚楚,但人家执法的公家人会相信我们的话?乌火边说边摇摇头,我怕的是,黄泥巴掉裤裆,不是屎也是屎呀。

沙玛思忖了一下说,乌火的话有理,你巴望清清白白,却会越抹越黑。小象现在在哪里?

乌火说,在后山背阴地阿嘎育石斛幼苗的窝棚里。

五

阿嘎和木呷费了好大劲才把小象从陷阱里弄出来。他们在附近就地取材,砍了根竹子,又找了几根粗藤,抬了小象往丛林外走。

抬了小象走在前面的木呷越走越胆战心惊。木呷一紧张,小腿就不由自主地抖动。阿嘎知道木呷打小就这样,看他小腿抖动,就说,木呷,你肚子里又有啥弯弯绕了?

要是……木呷停顿了一下说,要是森林公安撞上我们,把我们当偷猎分子咋办啊?

阿嘎说,咋办,凉拌!我们这是救援,是做好事,怕啥?

救援,人家公安相信?我们额头上又没刻着救援两个字。人家要认定你我是偷猎分子,那就惨了。

木呷这一说,阿嘎就没了先前那份救援者的自信。他对木呷说,这小象不能抬回村去。

那抬去哪里,总不可能抬镇上医院去吧?它中了毒,需要排毒解毒,木呷说。

阿嘎皱着眉头想了想,说木呷,抬村后山的背阴地去。我那里有育石斛苗的基地,把小象放窝棚里,那里很少有人会去。

木呷说,放那里好是好,但小象急等救治。

阿嘎说,你阿爸能与神灵对话我不相信,但我相信你爸的医术,特别是解毒功夫,那是你家的祖传秘方。

不行不行!木呷头摇得像一面拨浪鼓。

咋不行?阿嘎说,难道你怕你阿爸举报你?

老子举报儿子,至于吗?木呷说,我怕他骂我尽给他找事。

现在你还想这些?救象是火烧眉毛的事。他想骂,你就让他骂几句,他能把你身上的肉骂少二两吗?阿嘎给木呷打气。

那……木呷犹豫一下,点点头说,好吧。

木呷急匆匆地回到家里时,他的父亲毕摩乌火正手捂着被沙玛打伤的嘴角生闷气。看着心急火燎的儿子,他视而不见,把头扭到了一边。

木呷没工夫去观察自己父亲的神色,进门就冲父亲嚷着要解毒药。

中了阿嘎的毒啦,我早跟你说过沙玛家没一个好东西!

阿爸你说啥呀?木呷说,是小象中毒了。它掉进了猎人的陷阱,被猎人的毒竹尖子毒昏死了。

儿子的话把老子听迷糊了。乌火转回头来说,什么小象大象的,我搬这里十多年了,从没听说这太平村周围有什么大象小象的。

木呷跺了一下脚说,阿爸,我骗你干啥?我今天跟阿嘎在森林里真碰上大象了,大象叫得又吓人又凄惨。

木呷急促地给父亲乌火讲述了今天的所见所闻。

听完儿子木呷的讲述,乌火脸上泛起了浅浅的笑意。看着父亲脸上一闪而过的笑意,木呷有些莫名其妙。

阿爸,你笑什么呀?

不关你的事。

那你快给我解药呀!

乌火起身,去给木呷配解药。他一边配药一边嘀咕,这辈子给人配过药,给牲畜家禽配过药,给象配药,还是大姑娘上花轿,头一遭呢。

多小的象?乌火问。

很小很小的,一头养了半年的猪那么大。

是不是一头出生不久的小象?乌火又问。

那我可不知道,木呷说,你问这做啥?

乌火诡秘一笑说,随便问问。

他配好药,递给儿子木呷。木呷拿了解药转身离开时,乌火又嘀咕道,沙玛，我终于知道你背来的是啥东西了！

木呷转身，说阿爸，你提沙玛阿伯干啥？对了，今天这事，你可别告诉他，就你知我知阿嘎知。

乌火摊了摊手说，为啥呀？

走漏了风声，要是让公安知道了，把我和阿嘎当成偷猎分子，那是要坐班房的。木呷说完就小跑着去后山了。

乌火反复咀嚼儿子的话。他越想越觉得事情重大，决定放下面子，主动去找沙玛。

现在，乌火和沙玛太平村的两个显赫人物，相向坐着，都觉得这是件棘手的事。

沙玛说，那小象要救不活咋办，报森林公安还是偷偷埋了？

乌火说，沙玛兄你放心，我对我毕摩世家的解毒药有信心。

好，我相信你。沙玛说，救活了咋办？

乌火说，能咋办？让俩小子偷偷把它放森林里去。

说得轻巧！沙玛加重语气说，这么点大的象崽，放森林里找不到那象妈妈咋办？

咋办咋办？我又不是村主任，我只是个毕摩！乌火也加重了语气说，天上的事我管，地上的事是你沙玛管嘛。你问个尿！

乌火这话说得沙玛脸上有些挂不住。沙玛端起酒碗，自顾喝了一大口，抹了一下嘴，说天上的事你管，对对对，那我正好问问你，你那太爷爷毕摩当年弥留之际，除了看见大鸟，看没看见大象？

一听沙玛这话，乌火就像皮球一样气得从火塘边的凳子上蹦起来了。

沙玛！乌火抖动着隐隐生痛的嘴角说，你不仅记仇，还心胸小得像一条缝！这个时候，你都没忘挖苦我，挖苦我毕摩世家。

乌火，你误会了我的意思。沙玛努力解释说，我这哪是挖苦你，哪是挖苦你毕摩世家，我只是有种不祥的预感罢了。这太平村来了大象，真的不知是福是祸。

沙玛的话音未落，他家的羊厩里的母羊就咩咩地叫唤起来了。那叫声仿佛是受了什么惊吓。

沙马起身去羊厩查看，乌火也跟了过去。

厩内，阿嘎正在手忙脚乱地挤羊奶，毛手毛脚，就是挤奶外行。

乌火说，阿嘎，你这是要干啥呀？

一听声音，阿嘎站起来。铁青了脸的沙玛看见，自己儿子年轻的脸上，沾满了奶汁。

乌火叔，阿嘎边抹脸边说，我挤点奶去后山，那小家伙苏醒了，看样子是饿了。

你想得真好，沙玛依旧铁青着脸斥责说，你的象宝宝安逸了，我的羊羔子咋办，你让它喝西北风？

从阿爸的话里，阿嘎知道，乌火叔已经泄了密了。他有些尴尬地冲阿爸笑了笑说，要有办法，我也不会在你羊口夺食，你别马着个老脸，包容点嘛。

阿嘎说着，提了装了羊奶的塑料小桶准备离开。

把桶放下！沙玛用命令的口气冲阿嘎吼道。

阿嘎吃惊地看着沙玛，见他一脸威严，赌气将塑料桶往地上一放，就大步流星往厩外走了。

站住！依旧是命令的口气。

阿嘎站住，不回头也不吭声。

就这样走了，那可怜的象儿子吃啥？沙玛在阿嘎身后问。

阿嘎没好气地说，这你该问你自己！

赌什么气！沙玛哼了一声说，这点羊奶，够你象儿子吃吗？把这拿去。

阿嘎回过头来，看见父亲手上摇晃着几张百元大钞。

谁稀罕你的钱！阿嘎嘟哝道。

你这人儿子不稀罕，可象儿子稀罕！沙玛说，还不快伸手给老子接了，骑摩托去镇上买两大桶牛奶来。

听阿爸沙玛这一说，阿嘎感动得眼泪都快流出来了。他伸手接过钱，冲父亲深深鞠了一躬，就从院子里推了摩托。出院门后一跃而上，轰响了油门向镇上扑去。

看着旋风一样离去的儿子，沙玛叹了一口气。他对乌火说，我担心得很，这大象要真来咱太平村，我们的那些甘蔗、包谷、菠萝怕是要遭殃了。

乌火沉默。他掐了掐手指，起身来，告辞了。

走出院门，他又折回身来，

吉人自有天相！他冲沉默地坐在火塘边的沙玛大声说。

沙马木头一样没反应。

只有黑狗大王，冲乌火一阵汪汪。

六

是夜，毕摩乌火换上了一身做法事才穿的盛装，手里握着他的法铃悄悄出了家门。他独自一人来到村口，站在大榕树前，观起了天象。

夜的幕布上，繁星像一颗颗闪着金色光芒的徽章，又像一粒粒刺眼的金属纽扣，将所有的秘密牢牢地锁住了。毕摩乌火深知自己的法力，不能跟那个能看见未来的太爷爷比。他没看见任何天象，他看到的跟所有凡人看到的别无二致。

在遥远的百年前，作为乌蒙山远近闻名的大毕摩的太爷爷，在弥留之际，硬撑着从病床上爬起来，穿上做法事的盛装，手握磨得铮亮的铜质法铃，夜观天象，看见天空所有的星辰重新排列成一只大鸟。最后，这只像火一样的大鸟的阴影刚好覆盖了太平村，那个曾经的故乡，乌蒙山的太平村。

太爷爷用极为含混的口气说出了那个预言，大鸟出现的时候，就是太平村人失去家园的时候。

太爷爷没说那大鸟是什么鸟。但这个预言，作为毕摩家族领会的神的旨意，代代相传，一直传到毕摩乌火的父亲阿库。预言成了传说。

预言也好，传说也罢，太平村的人几十年来并没有把那话当真。直到二十世纪九十年代初，一个叫马鸿鹄的老板带着一群做发财白日梦的乌合之众来到位于太平村的大包山。

据说，马鸿鹄在大包山肚子里勘探出了大量的矿产。梦想发财的人们蜂拥而至，他们像土拨鼠一样在大包山私挖乱采。大包山旁的太平湖水渐渐没了，旁边的湿地也了无踪影。沙玛的父亲倮伍觉得事态严重，作为太平村的老村长，他往乡里县里反映，后来还递了状了，但无果。马鸿鹄的人照样像以前一样，把个大包山弄得乌烟瘴气。

现实中求告无门。倮伍就去找毕摩阿库，他希望通过毕摩阿库，得到神灵的帮助，赶走马鸿鹄带领的那群土拨鼠一样的家伙。倮伍和阿库坐在阿库家院子里，足足喝下了一缸子荞麦酒。沉醉之时，也是阿库天灵盖打开之时。那个太爷爷预言的大鸟飞进了他敞开天灵盖的脑子里。阿库顿悟了，一拍大腿，摇晃着站起来，对倮伍说，神灵说了，那只大鸟就是马鸿鹄！

倮伍以为，阿库一定是喝高了。他笑了说，你哄鬼呀，马鸿鹄是个人，不是鸟。

阿库说，倮伍哥此言差矣，像没见识的人说的话。马鸿鹄是人没错，是个大活人，而且是个讨厌的大活人！但鸿鹄是啥？倮伍哥，你说鸿鹄是啥？

俫伍搔搔头皮说，鸿鹄是啥？鸿鹄是明摆着的人名呀。

错！阿库摇着头喷着酒气说，鸿鹄是鸟，而且是传说中的大鸟！

阿库此言一出，俫伍的天灵盖也打开了，他一拍大腿腾地站起来，喷着浓烈的酒气咬牙切齿地说原来如此！

有着小诸葛美誉的俫伍，作为太平村聪明过人的领袖，却因为领悟了预言干下了愚蠢透顶的傻事。他变卖了自家的羊群，拿出了全部积蓄，私下里又让毕摩阿库在村民中散布所谓的预言，并向不明就里的村民说大鸟指的就是马鸿鹄。一听说要让他们失去家园的大鸟是矿老板马鸿鹄，村民们都纷纷表示有钱出钱，有力出力，要帮着俫伍赶走马鸿鹄。

但马鸿鹄却像一座山一样是赶不走的。村民们提锄弄棒跟马鸿鹄明火执仗群殴了数次。但除双方落下几个残疾外，开矿的照开，过日子的也只能照过。

赶不走就只能除掉！这个疯狂的念头从俫伍脑子里冒出来，就野草一样疯长起来。他花十万元请了个杀手，要取了马鸿鹄性命。

杀手也不都是要钱不要命的莽汉。俫伍不幸请了个聪明的杀手，这杀手喜欢在杀人前做足功课。他发现这马鸿鹄来路不简单，姐夫是市政法委书记。他想，要真做掉了马鸿鹄，就是逃到天涯海角，马鸿鹄的姐夫也不会放过我。

如果说俫伍是小诸葛，杀手就是诸葛。他盯着俫伍送来的十万元现钞，像搭魔方一样摆了又摆，最后用麻袋装了，蒙了面，趁着月黑风高，直奔马鸿鹄住处。

百无聊赖的马鸿鹄正在住处和他的副总及财务总监在玩斗地主。玩得正酣时，蒙面杀手突然出现在他面前。副总急得就要掏电话报警，马鸿鹄摆摆没握牌的手制止了。他将捻开的纸牌合拢，往桌上放好，一脸平静地看着杀手。杀手一手提着麻袋，一手握着寒光凛凛的刀子。杀手晃了晃手上的麻袋率先出了声，马总，有人出了十万元要你的命，钱我收了。但我后来知道你姐夫是管政法的官，我后悔了。我现在来找你，你给我出个主意，我该怎么办？

杀手的话让马鸿鹄有些哭笑不得。兄弟，马鸿鹄说，杀不杀我是你的问题，不是我的问题。我倒是知道，我与人无冤无仇，为何有人要雇你杀我？

你觉得你不该杀？杀手的语气突然间变得高亢且义正词严，因为你叫马鸿鹄，你就该杀，就得死！百年前，太平村德高望重的老毕摩弥留之际，夜观天象，他看见的那只凶恶的大鸟难道不是你？

一只大鸟？马鸿鹄说，老毕摩看到的大鸟，与我何干？我是人，不是鸟。

想想自己的名字。杀手冷冷地举刀指了指自己的头提醒马鸿鹄。

哦，马鸿鹄思忖了一下说，原来是因为我的名字，我原来的名字叫洪福，洪福齐天的洪福。我那在乌蒙山学院教书的婆娘嫌我名字土，硬逼着我改成了鸿鹄，名上多了两个鸟。我当时心里很不痛快，觉得在她眼里我就是个鸟人。现在看来，我最初的感觉是对的，一个名字都惹上杀身之祸了，你们说我冤不冤？

马鸿鹄对着他的财务总监和司机偏头摊手，充满了委屈。

马总，你也别觉得冤，杀手晃了晃手中寒光凛冽的刀说，你竭泽而渔，把个大山包变成了人间地狱，丧尽了天良，不该杀？不杀你，太平村人就得失去家园。

我现在算弄明白了，原来是太平村那群穷鬼想要我的命！马鸿鹄若有所思地点点头说，我开采矿石，炼钢炼铁，还不是为国家做贡献，谈何竭泽而渔？这太平村穷得叮当响，有何"鱼"可渔？你一个杀手，谁教给你的这些文绉绉的说辞？你今天要真杀了我，我冤大了。要真这样，我这个冤死鬼一生都饶不了你！

不是我要杀你,也不是太平村人要杀你,杀手用刀往上指了指说,是天要杀你,谁叫你要取个鸟名呢?天注定你要祸害太平村了,我不过是替天行道!

杀手此话一出,马鸿鹄像个充了气的皮球,从椅子上蹦了起来说,那我就冲着老天喊冤!你刚才说毕摩观天象看到了一只大鸟,一只对不对?

马鸿鹄边说边冲杀手竖了竖食指。

杀手点了点头。

我马鸿鹄的鸿鹄可不是一只鸟,兄弟——马鸿鹄拉长了语调说,那可是两只呀,两只!一只为鸿,一只为鹄,鸿是大雁,鹄是天鹅。老毕摩观天象看到的是一只,怎么可能是鸿鹄?那你替天行什么道?

一句话问蒙了杀手。

杀手迟疑了一下说,也许搞错了。但我收了别人的钱,干我们这行的,开弓没有回头箭!

马鸿鹄大声说,那你把我的头拿去不就行了,还让我费那么多话?

说着他把头向杀手的刀伸去。

杀手颤抖了一下,说,我不错杀人。

马鸿鹄摆摆手说,那你就提着钱袋跑吧,我看你也不是做杀手的料,婆婆妈妈的!你给我跑得越远越好,免得让我认出你!

马鸿鹄做了个送客的手势。杀手提着钱袋风一样消失在了夜幕中……

翌日,马鸿鹄带着几个手下,披着呢子大衣,迈着方步,手里握着炮弹筒做的水烟筒,在太平村里乱走,边走边咕咕地抽。他走几步,喷一口浓雾,然后大声说,不是有人想要我的人头吗?想要就拿去!

他一遍又一遍地这么喊,直喊得嗓子都沙哑了才罢休。

太平村的村民都听到了他放肆的声音,觉得这辈子,从未像今天这样活得如此窝囊。马鸿鹄耍够了威风大摇大摆走了。警察来了,威严的警笛声把整个太平村都吓蔫了。人们一脸惊恐地看见那个刀脸警察,将锃亮的手铐重重地铐在了俫伍那双粗糙的大手上。

村民们后来都埋汰俫伍,说既然是神的预言,就不该跟马鸿鹄斗。他既然是天界派下的大鸟,就该对其逆来顺受。村子里一些身强力壮的人还主动去找马鸿鹄,让他给他们派些挖矿的活计。马鸿鹄扬言说,我就是要掏空大山包的山肚子。

多行不义必自毙,这句大俗话,还真在马鸿鹄身上应验了。在一个漫天风雪的黄昏,喝多了酒的他驾车从大包山回市里,把车开出了路沿,葬身在了一个深箐里。

马鸿鹄死了,在大包山上乱挖乱采的乌合之众没了首领,为利益开始你争我夺,大打出手。大包山的乱象触目惊心,最终市里下了决心,为保长江上游生态,禁止在大包山采矿。

俫伍的儿子沙玛在得知马鸿鹄的死讯后,找到毕摩阿库家门上了。他认为是阿库蒙蔽了父亲俫伍,父亲俫伍才会铤而走险,干下雇凶杀人的蠢事。但阿库坚持说马鸿鹄就是大鸟的化身,是自己持续的法事和诅咒要了他的性命。

自从那以后,沙玛认为毕摩家族都是不诚实的人。他对阿库说,你撒下的弥天大谎会遭天谴和报应的。

现在,夜观天象的乌火毕摩每每想起此事,眼前就会浮现出父亲阿库那张委屈的油脸,耳朵里就会灌进他山风一样的呢喃。

这怎么会是弥天大谎呢?你太爷爷那可是西南闻名的大毕摩,他看到的,确实是一只大鸟。沙玛小儿,老大不敬,口出污言,才会遭天谴和报应的!

七

乌火夜观天象的时候，沙玛在床上翻来覆去睡不着。沙玛老婆气得翻身起床，抱了被子去儿子阿嘎的房里睡。阿嘎没回家，他和木呷都放心不下象崽，两个年轻人决定守个通宵。

我可不愿跟一条蛆睡在一起！

要在平日，沙玛老婆这话一定会激怒沙玛，但今夜他懒得跟她吵嘴。没有见识的老婆怎么能理解一个脑子里扑腾了一只大鸟的男人。

沙玛的脑子里有一只大鸟，那是一只黑颈鹤。自从今天太平村周遭惊现了野象，沙玛的脑子里就扑进了这叫黑颈鹤的大鸟了。他躺在床上，不安和恐惧让他翻来覆去。

很多年前，乌火的太爷爷的那个预言像一个恶毒的诅咒，让沙玛在年轻的时候失去了父亲的庇护。被判了重刑的父亲，在那个名叫板板房的监狱里，苦熬着漫长的刑期。沙玛在农闲的时候，常去看望自己的父亲，但父亲却一次也没跟他见面。父亲托狱警带话给他，说我不要你看，不要你惦记。如果你是个真正的孝子，你就替我撵走马鸿鹄，守护好自己的家园。

但马鸿鹄的意外死亡证明了自己并不是那只大鸟，也并不是那只大鸟的化身。沙玛认为自己的父亲好诳，他明白，自己的父亲，被毕摩世家的谎言骗了。

马鸿鹄死了，采矿者做了鸟兽散。看着那些被挖得千疮百孔的山体，沙玛在心中发誓，要把太平村和大包山建设成美丽的家园，要让刑满归来的父亲看到蓝天对他笑，花朵对他招手，风吹草低见牛羊。

国家要保护长江上游，遏制水土流失，便倡导退耕还林还草。此时，沙玛也被太平村推选为村主任，他于是就镇里县里跑，硬是争来了一个退耕还林还草示范区的项目。

要退耕,不种土豆,也不种荞麦。太平村人想不通,他们说,沙玛你这是要让我们喝西北风呀。沙玛说,粮县里会供应,每个人都有,而且是白花花的大米。县里市里都出钱给项目,大家种树播草,给大家工钱,等生态恢复了,就发展林下经济。太平村人听沙玛这么说,就都乐呵了,说沙玛你不是村主任,你是画画的,给我们画蓝图哩。

沙玛说,我不仅要画,还要带着大家真锹实锄地干。沙玛说到做到,三五年过去,这太平村就有了新模样。山坡有了新绿,原来干涸的太平湖开始积水,周围呈现出大片的湿地。湿地里,有了小鱼小虾,有了泥鳅,有了秧鸡和水鸟。这些小动物,就像是从地底下冒出来的不速之客。

太平村退耕后,长得最好的是草。那些从前的土豆地、苦荞地和燕麦地,都变成了美不胜收的高山草场。每逢周末,就有县里市里的摄影爱好者和旅游者驾车来这里游玩和拍照。草场绿草肥嫩,养的山羊也肥美。有经商眼光的个别村民,率先利用自家院落,搞起了农家乐,专营彝家羊汤锅。每到周末或节庆时,太平村就会热闹得像炸了锅。这热气腾腾的"锅"里,弥漫了诱人的羊膻味和彝家的烧酒香。

就在沙玛一幅蓝图初绘成时,太平村那场百年未遇的大暴雪,改变了一切。沙玛记得,那雪一直下了整整半个月,半个月里都是纷纷扬扬的雪花,就像是天漏了一样,那年冬天还特别冷。与那场漫长的风雪一起来的,还有儿子阿嘎。沙玛的年轻媳妇,给他生下了一个胖小子。

初做父亲的沙玛,又紧张又激动。孩子出生在这冰冻三尺的风雪严冬,让他操心起母子的保暖与饥寒。媳妇生产后,身子显得极度虚弱,奶水不足,吃不够奶的孩子就嗷嗷大哭。哭声让他内心发紧,心颤肉抖。他想了想,就决定去羊场买一只羊,杀了背回来给老婆熬一锅补身子的上好羊汤。

沙玛顶着风雪出门了。去羊场要途经太平湖边的湿地，但雪下得太大了也太厚了，看不见太平湖，更看不见湿地。整个世界像删除了一切，变成一片白茫茫。沙玛途经湿地时，惊起了一群嘎嘎叫的大鸟。沙玛过去从未见过这种鸟，他眯了眼呆呆站着，看着他们在寒风中飞远。

沙玛嘀咕说，这两天不仅给我送来了风雪、儿子，还送来了鸟。这鸟长得像画上的鹤，看来有大吉祥。

这样一想，沙玛心情愉快了些。他重新迈开步子往羊场走。这时，他听见了两声凄厉的叫声，沙玛停住，往叫声方向张望。他看见一只大鸟吃力地站起来，张张翅膀，又倒下了。

他于是便踩着没膝的积雪，深一脚浅一脚赶了过去。

沙玛看见的是一只受伤的大鸟。这鸟确实像农家贴在堂屋上的松鹤图的鹤，不同的是，它脖子上的毛是黑色的。

大鸟看见沙玛，惊恐地想再次起身飞走。但它只是扑腾了几下，就绝望地蜷缩在雪地上了。

沙玛过去，把它抱了起来。他发现，这鸟的左翅膀和左脚都受了伤。沙玛没再往羊场走，他想，就用这只大鸟给媳妇熬一锅鸟汤。这肯定比羊汤还补。

媳妇听说沙玛要炖一只大鸟，就拖着孱弱的身子从床上起来了。她用虚弱却又无比坚定的声音说，沙玛，你要是敢炖了它，我就吊死在院子里的柿树上给你看。

沙玛从媳妇的话里听出了认真。于是他就将大鸟抱了放在柿树下说，你们一起死给我看好啦！

不要以为我不敢！媳妇的语气里，既有警告又有挑衅。

真是个恶婆子，沙玛嘀咕道。

这时，县文化馆的胡有文馆员提着用红纸包好的礼物上门来了。胡馆员是个摄影发烧友，雪一下，他就赶到太平村来了。这几天，胡馆员都住在自己的表弟乌火家，准备上大包山上去拍雪景。他听说沙玛媳妇为沙玛生了个儿子，就赶过来贺喜。

胡馆员才推开沙玛家的院门，就被眼前的景象惊呆了。一只大鸟掠过他的头顶，稳稳地落在了柿树上。柿树摇晃了一下，几团雪就落下来了。那鸟太漂亮了，它收拢起翅膀，盯着院子里看。

院子的柿树下，也是一只蜷缩着的大鸟。它一动不动的样子，像是死了。胡馆员看着这一幕，吃惊被后悔取代了。后悔出门时没随身带相机，错过了好景致。

站在堂屋前的沙玛，同样也看到了那只大鸟。

大鸟嘎嘎叫了两声。那是呼唤的声音。

蜷缩在地的大鸟动了一下，随即想吃力地从雪地里站起来。遗憾的是，它摇晃着站起身，随即就又摇晃着倒在雪地上了。

这时，树上的大鸟俯冲而下，试图叼走它。任由它奋力扑打着翅膀，扇起一地落雪，还是不能将受伤的大鸟叼起来

它仰颈又发出嘎嘎嘎嘎的叫声。

这声音里有着绝望，似人在大放悲声，仰天叹息。接着，沙玛和胡馆员就看到了惊心动魄的一幕。

它垂下头来，用自己的嘴轻轻地梳理着受伤大鸟的羽毛。它动作轻柔，生怕自己尖锐的鸟嘴弄疼了它。它做得一丝不苟，旁若无人。直到它认为已经为其梳妆好了，才走到对面，蹲下身子，开始用自己长长的劲去碰了碰它的颈。它们就此达成了默契。它们交颈缠绕，用尽全力去缠去绕。两条大鸟的颈脖，扭成了一根粗壮的麻花。最后，它们在雪地上仿佛是相拥而眠了……

两只交颈而死的大鸟，让站在院门口的胡馆员泪流满面。沙玛像做错事的孩子，低垂了头呆若木鸡地站在堂屋前的檐坎上。见多识广的摄影发烧友胡馆员哽咽着说，这是黑颈鹤，太平村怎么会有黑颈鹤？

从沙玛嘴里，胡馆员知道太平湖湿地的雪地上来了这被沙玛叫作大鸟的黑颈鹤。这个只要是摄影发烧友都会激动人心的消息，让胡馆员断然终止了上大包山拍雪景的计划。

胡馆员背着摄影包，扛着支架，一身长枪短炮就开始在太平湖边，像一个狙击手一样开始了蹲守。功夫不负有心人，他捕捉到了太平湖上黑颈鹤的最初影像。

胡馆员回县文化馆后，将他的摄影照片冲洗出来了。他还将亲眼所见的两只大鸟交颈而死的"爱情故事"写成了文章，一并寄给了省里一家全国有名的摄影杂志。

黑颈鹤照片及其"爱情故事"引起的轰动效应是胡馆员始料未及的。人们蚁群一样向太平村拥来。一个名不见经传的偏僻彝村，现在成了旅游热点。城里的帅哥靓女把太平湖作为拍婚纱照的好去处。有婚庆公司甚至找到沙玛家，说愿意出高价买下他家，将其命名为殉情地供人参观。

旅游资源匮乏的乌蒙山，突然出现这样一个旅游景点，让市里的领导也很兴奋。他们向县里明确指示，由市旅游局牵头，出巨资将太平湖太平村大包山一体打造成四A级以上旅游风景区。

这个消息传到太平村时，村主任沙玛兴奋激动得在村里摆酒畅饮了三天。但让他没想到的是，乐极生悲的事情也说到就到了。

太平村作为不适宜人生存的苦寒之地，整体搬迁的通知已逐级下发，最后，到了沙玛的手上。

知道太平村要整体搬迁的消息，村民们像接到噩耗一样悲悲戚戚。但有一个人却例外，那就是毕摩乌火。他兴奋地冲沙玛说，沙玛，我太爷爷的预言应验了吧？毕摩就是毕摩！

搬离故土的伤悲，只有搬迁者才能体会那份痛彻心扉。他们集中在老祖坟场大放悲声。那哭天抢地的场面，成为太平村人记忆中的集体之痛。

沙玛没去坟场,他独自去了板板房监狱,父亲倮伍这次破例跟他见了面。披头散发的老父亲在沙玛眼中越发苍老了。父亲倮伍的脸上没有悲伤,他笑容满面地对沙玛说,你带领乡亲们建设了一个美丽的家园,才招来大鸟的。你要自豪地走,祖先的魂灵会替你守好它的。

沙玛说,阿爸,相信你的儿子沙玛吧,我会带领乡亲们再建一个美丽的家园,等你刑期满,我就来接您。

倮伍收敛了笑容。看着父亲由晴转阴的脸,沙玛以为是父亲把自己的话当了夸海口。

阿爸,你还是不相信你的儿子呀。

倮伍摇了摇头,叹了口气说,沙玛,不是阿爸不相信你,阿爸的心里担忧呀,要是再招来大鸟咋办?

沙玛忍不住笑了,他对倮伍说,阿爸,太爷爷毕摩看到的大鸟是黑颈鹤,它只生活在高寒之地,我们搬去的是炎热之所,他不会去的。

……

黑颈鹤没来,但大象来了。

为什么大象刚出现,自己的脑子里都是扑腾的黑颈鹤呢?

翻来覆去的沙玛,越想越想不明白了。

八

阿嘎用父亲给的钱在镇上买了两大桶牛奶。他骑摩托赶回背阴地的窝棚时,看见木呷提着一根木棍正与幼象对峙。

你敢出去,看我不抽死你!

听见木呷恶狠狠的声音,阿嘎忍俊不禁。他熄了摩托的火说,木呷,它饿了,想出去找东西吃。

木呷听到阿嘎笑,心里更来气。这畜牲好难照顾,解药一起效,它就来精神了。他用木棍朝窝棚画一个圆弧,说你是骑摩托还是赶牛车呀?你再不赶回来,它讨厌的长鼻子会把窝棚掀翻的。

阿嘎从摩托车上搬一桶牛奶过来,喘着气说,这是野象又不是家猪,能少了脾气?

他边说边把牛奶桶放在了木呷的脚边。

木呷白一眼阿嘎说,这么大一个桶,它怎么去吃呢?你不会以为大象是用鼻子吃奶吧?

阿嘎冲木呷神秘一笑,转身回到摩托车旁,从装头盔的后备厢里拿出一个大奶瓶,朝木呷晃了晃说,知道我为什么来晚吧?

为了制作这个大奶瓶,阿嘎几乎在镇上走遍了所有的商家。最后,经人指点,他才找到镇上兽医站的龚兽医,软磨硬泡,龚兽医才答应现场为他制作了这个大奶瓶。为了这乳胶的大奶嘴,龚兽医可没少花工夫。

阿嘎的细致周到让木呷佩服。他冲阿嘎竖起一个大拇指说,阿嘎,行呀,心细得像绣娘。你奔波了大半天,喂奶的事,我来好了。

木呷从阿嘎手中抓过奶瓶,扭开奶瓶盖,灌满牛奶后又扭紧奶瓶盖,然后提心吊胆靠近幼象。木呷知道,要是幼象不领情地给自己一象鼻,不亚于身上挨一闷棍。

但幼象似乎知道了木呷的善意,它乖乖地垂下了长鼻。木呷靠近它,将奶嘴塞进了它嘴里。

它贪婪地吮吸了起来。

满满一大奶瓶牛奶瞬间就空空如也。

木呷拿着空瓶子,冲阿嘎说,这家伙怕是能喝掉一桶牛奶。

幼象的牛奶需求量,超出了阿嘎和木呷两个年轻人的想象。阿嘎每过两天,就要往镇上跑。镇上卖牛奶的,都以为他是村子里来的一个牛奶零售商。

这样下去，我们会招架不住的。木呷对阿嘎说，这畜牲把我们当开牛奶厂的农场主啦！

阿嘎对此早已一筹莫展，每每想到幼象与日俱增的牛奶消耗量，他内心都会生出一种崩溃感。但阿嘎不愿让木呷看透自己的心思，他故作轻松地说，一头幼象都养不起，还干什么大事呀？木呷把你讨媳妇的彩礼钱先借我，今后石斛有了收成，我就还给你。

木呷说，我准备讨媳妇的彩礼钱不都全投资给你买石斛苗吗？

阿嘎拍了一下脑门说，你看，我把这都整忘了。木呷，你去找你阿爸，兴许他手上有积蓄。

你打我阿爸的主意？木呷苦笑着摇头说，我阿爸还想向别人借钱哩。他手上一旦有俩零花钱，马上就会变成草草药。他总对我讲，毕摩不能消灾祛病还是毕摩吗？

这下阿嘎是真的犯难，心里嘀咕道，都说钱能办到的都不是啥大事，但没钱连小事都办不了！

木呷说，阿嘎，你也别犯愁，大不了我俩把这畜牲放森林里去得啦！

你说得轻巧！阿嘎断然道，把它放森林里去，找不到象妈妈，它会饿死的。要真是这样，你我都是刽子手。

阿嘎挖空心思想了半天，也没想出一个解决幼象的牛奶钱的好办法，只好硬着头皮去找父亲沙玛。

儿子找老子借钱，老子没钱。这样老子又恼火又感到羞耻，帮不了儿子的老子急得团团转。

沙玛冲阿嘎摊摊手说，不是老子不借给你钱，而是老子两手空空没有钱。前几年的积蓄，一些供你读书，一些用在菠萝的品种改良上了。

阿嘎低着头说，大家都没钱，可幼象要吃奶呀。

老子知道他要吃奶！沙玛拉着个脸，翻了下白眼仁对阿嘎说。

阿嘎叹了口气，转身走了。黑狗大王想跟阿嘎去，没承想换了阿嘎一飞腿。

死大王，滚一边去。

大王痛得在一边打着滚一边痛苦地汪汪叫。

但出了门的阿嘎又低垂了头折回家来。他进屋后对沙玛说，跟你借两斤酒。

借什么借？沙玛粗声大气地说，说话生分得很！自己打去。

阿嘎自顾在酒缸里装了满满一胶壶酒，提着回背阴地去。

他出门前听见父亲的声音——

小子，酒会让你暂时忘记难题，但它解决不了难题。

父亲的话没错，阿嘎和木呷在背阴地的窝棚里相向而坐，也没想出个解决幼象的牛奶钱的好办法，只是越发明白了一分钱难倒英雄汉的道理。

想不出办法的阿嘎和木呷只能借酒浇愁。在两个年轻人喝得酩酊大醉的黄昏，沙玛找上门来了。

我说过酒解决不了难题的，小子！沙玛的语气充满了教训的意味。

阿嘎说，你跑来就是来看我笑话吗？

笑话儿子不也笑话了老子？你阿爸没那么蠢。沙玛边说边从口袋里掏出一沓钱说，这象儿子再能吃喝，也够你对付一阵子吧。

看着父亲手上厚厚一沓钱，阿嘎有些意外，说阿爸，你不是没钱吗？

沙玛说，我没钱，但我有家底，我把厩里那两只山羊卖了。

那可是爷爷送你的羊！阿嘎知道，阿爸把它们当成了宝贝。

爷爷送的咋啦？沙玛故作轻松地说，正因为是爷爷送的，你今后问爷爷要两头，你阿爸不是又有羊啦？

沙玛边说边把钱塞在了阿嘎手里。

阿嘎接了钱，就踉跄着往外走，他急着想骑摩托去镇上买牛奶。

但沙玛厉声唤住了他。

醉酒骑摩托是违法，是违法事，沙玛说。

沙玛走过去，伸手向儿子阿嘎要了钥匙，亲自骑摩托车去镇上买牛奶。他心里有些乱，想替儿子做点事，也顺便兜兜风散散心。

卖掉那两只羊，沙玛是痛下了决心的。这种痛只有沙玛能体会。父亲从监狱出来后，没有往自己儿子的新家来，而是独自回到了大包山上，做了一个放羊倌。父亲说，热地方的羊，肉不好吃，既膻腥，又粗柴。沙玛托人带信给父亲，说他孤身一人，自己放心不下。于是父亲就托人带了两只羊，说你既然惦记牵挂我，看看羊就好啦。

沙玛想，今后没羊看，又该想父亲了。他心里清楚，父亲犟着不与自己同住，就是要让他牵肠挂肚，这样，他沙玛就不会忘了故乡。

沙玛去镇上，星夜买回来了牛奶送去背阴地。人也困乏了，沙玛回家正准备洗脚上床睡觉，院门又敲响了，黑狗大王也汪汪卖力叫唤。沙玛此时被人打扰，心有不快，开门就嚷，什么鬼呀，深更半夜的。

不是鬼，是毕摩。

乌火抱着一罐酒，满脸堆笑地站在门口。看着一脸烂柿花一样笑容的毕摩乌火，沙玛没好气地说，你三天两头往我这送酒，想拉我下水呀？

你这是不服人尊敬，真把自己当干部了？乌火瘪一下嘴说，要不是我儿木呷摊上你家的事，我才懒得低三下四上门找你。

怎么是我家的事？你把话说清楚点。

怎么不是你家的事儿？你儿子蛊惑我儿子，跟他树上种石斛。他要不跟你儿子进雨林，会发生捡到象儿子的事？

都说来者不善，原来你乌火是兴师问罪来啦！

乡亲们夸你有格局，有气量有度量。我看倒是相反，整个小肚鸡肠。兴师问罪，我乌火问你什么罪？何罪之有？你堵着门干啥，彝家有你这样迎客的吗？

乌火说着就自顾挤进了门。

在太平村人眼里，沙玛和乌火都是村里的大能人，乌火管天，沙玛管地。一山难容二虎，俩人互不待见，村里人也清楚，当然，他们彼此心里也清楚。

这样的两个人坐在一起喝酒，场面自然就有些尴尬，尴尬得憋半天三杯酒下肚，也找不到话头。

毕竟是在自己家，沙玛开了话头。

怪了，自从听说太平村来了大象，我就每晚都梦到了黑颈鹤。

你倒好，睡得着。

谁睡得着？一脑袋的鹤。

我观了几晚的天象。

看见大鸟了？

一说到鸟，话题就中止了。

我没别的意思，沙玛解释。

乌火摇了摇头说，没看见。

那看见大象了？沙玛又问。

乌火摇了摇头。

你什么也没看见，找我干啥？沙玛指着自己的鼻子说。

我看到书了，乌火说。

你看到了天书？

沙玛有些惊异，天书说啥啦？

不是天书，是太爷爷留下的书。准确点讲，我看到了古籍。

沙玛说，古籍你看得懂吗？别在我面前冒充知识分子。古彝文，你也能看出名堂？

当然，要不也成不了非遗传承人。乌火边说边端起酒碗一饮而尽。

有名堂就摆来听听，沙玛说。

有了卖弄学识的机会，乌火是一定要在沙玛面前显摆的。他装腔作势咳嗽了两声，清理了一下嗓子，尽量语速缓慢。

我太爷爷抄的是《十月历》，也就是我们通常说的《十月太阳历》。历书说，我们的先人用十兽纪日，分四方五位。东方鳄鱼，南方大象，西方是驮太阳的神鸟，北方是猴子，中央是喊太阳的黄公鸡。鳄鱼掀开了洪水，招来水灾，是罪魁祸首，被砍了四肢作为顶天支柱，故鳄鱼被封为分管东方之兽。大象是动物界的和平维护者，居南，封为南方之神兽。神鸟驮来太阳和光明，居西，封为西方神兽。猴子被人用来发丧，它主管人类灵魂归去，为北方之神兽。天上原来有七个太阳，六个被神人射落，剩下一个不敢出来，大地漆黑。好心的先人养公鸡喊太阳，喊出太阳带来光明，所以公鸡位居中央，为中央神兽。我们彝族人婚丧大事，要毕摩卜卦，就来源于此。

你一下猴子，一下公鸡的，把我都弄糊涂了。你能不能捡重点说？沙玛有些不耐烦了。

啥在你心目中才是重点？乌火翻翻白眼仁问。

大象，沙玛端起酒碗说，当然是大象。

乌火有些火气说，我不是早说了吗？大象是南方之兽，从来都是和谐吉祥的象征嘛。大象来我们太平村，叫太平有象，是吉象，大吉之象！

沙玛听乌火这一说，似信非信，他对乌火有些不恭地说，你们毕摩世家，从来都有望文生义的本事。

乌火这回是真生气了，他腾地站起来，反唇相讥道，毕摩当然是世家，这是传承的力量，但从没有听说过村长村主任有世家的！

他说完，拂袖扬长而去。

村长村主任咋啦？沙玛气得吹胡子冲着无边夜色说，村长村主任从来都是村里的领头羊！

九

沙玛其实是听进了毕摩乌火的话的,要不,夜里他也不会睡得那么香甜。他早晨醒来,感觉整个人神清气爽,身子仿佛卸下了好几十斤。乌火送来的酒罐还摆在火塘边。他抱起酒罐,倒出一碗喷香的烧酒,一仰脖就一口干了。

高兴了就喝一碗早酒,这是沙玛的习惯。这习惯会让他在一天里不仅身体通泰,而且心里舒服。他抹了一下嘴,出门,在院子一角将背篓提起来,反手往背上放时,才想到羊已经卖予他人,便将背篓扔地上,反剪双手,出了院门。

黑狗大王也欢天喜地跟在后面,边跑边摇动着雄赳赳的狗尾。

沙玛只要高兴,就会绕着太平村转圈,像极了旧时土司巡视领地。村民们都能看出来,沙玛身上总有一种掩饰不住的威严与自豪。

这太平村,原本不叫太平村,它有一个听起来让人胆寒的名字:蚂蟥箐。蚂蟥箐名副其实,蚂蟥多,不仅有水蚂蟥,而且还有树蚂蟥。水蚂蟥叮了人的腿,会让人疼痛难忍,像粘了万能胶一样难除掉。树蚂蟥更恐怖,人打树下过,就会纷纷扬扬落下。旧时有马帮打蚂蟥箐过,都得在镇上买一只羊,到了蚂蟥箐,让马锅头将羊往前撵。那羊往树丛里走,树蚂蟥就纷纷落下,紧紧地粘在羊身上,它们拼命地吮吸羊血,羊就咩咩地痛苦大叫,直到被吸成一具骨架。

沙玛率领村民来到蚂蟥箐,第一件事就是除蚂蟥。他带领全村人,用石灰粉将蚂蟥箐撒成了白茫茫一片,又用猪羊的血浸泡大丝瓜瓢子,吸引蚂蟥,将其集中后,用火烧成灰烬。第二件事就是态度强硬地找搬迁办,改掉蚂蟥箐这个听起来就让人不寒而栗的名字,改回原来老家的村名:太平村。

沙玛想起刚来的时候，这地方就是一片蛮荒，除了蚂蟥，还有咬得人疼痛难忍的红蚂蚁和要命的蚊虫。这种湿热之地，草木疯长，各种叫不出名的有毒昆虫大量繁殖，让人不堪其扰。原本就是背井离乡的村民，到此后情绪都降到了最低点，成了个个哀鸿。沙玛的心里，也是一片悲凉，绝望与满腹苦水混杂一起。回去吧！咱们回去吧！我们回老家去，我们坐惯的山坡不嫌陡！他的耳朵里塞满了山风一样呜咽的村民的哀求。

但沙玛知道回不去了，他们都是开了弓的箭镞。他冲那些哀求吼叫，告诉他们回不去的事实。跟着我干，不给老彝胞丢脸！我一定给大家一个更好的家园！他掷地有声的话，给村民们带来信心。

什么都是问题，吃惯了苦荞疙瘩，吃不惯糯米团，吃惯了土豆，用红薯当顿，肚里就犯酸水。附近的本地人嘲笑说，山猪吃不惯细米糠。吃是问题，干活更是问题，种熟了荞麦，种甘蔗稻田就手生。沙玛跑到傣寨学，像小学生一样找农科站的农技人员教。几年光景折腾下来，就还真折腾出了景象，他们种出了比本地人种得还要好的稻谷、甘蔗和菠萝。村子里有了欢声笑语，间断了几年的火把节，又在紧锣密鼓中，在火把、篝火和歌声中重新成了重要的民族节日。省里来考察的领导都感叹说，这是一块美丽的彝文化飞地。

而这一切，立头功者，非沙玛莫属。在镇上、县里、州上、省里到处拿奖，直拿得脚瘫手软。沙玛每每想起这些，不骄傲都不行。

看着花团锦簇、瓜甜果香的家园，看着安居乐业、幸福安康的乡亲，沙玛在太平村周遭，怎么看都看不够，怎么走也走不累。

但志得意满的沙玛心中还是有一份遗憾。父亲俫伍，自己怎么哄怎么劝都不奏效，出狱后径直回了大包山，回到了那黑颈鹤翩翩起舞的地方。他说，只要我在，太平村人就有了故土，就有了根。

今天的沙玛却想把根深深扎在这里。他总是这样教育儿子阿嘎，有志气的彝人对故乡最好的怀念，就是用自己的双手打造出一个比故乡更美丽、更富庶的家园。这话，是在市里乡村振兴动员会上，那个市政府文绉绉的周秘书替他写的发言稿里的话，但确实是沙玛的心声。

沙玛站在明亮的阳光里，心中充满了豪情。意气风发的他涌起一个念头来了，那就是要带领自己的乡亲，把脚下这块一直被族人们当作异乡的土地建设成家乡。

我们就是这里的主人！

这样一想，沙玛整个人都像这美好的早晨，通透敞亮了。

但这好心情却被毕摩乌火这讨厌鬼破坏了。胖得像一个皮球的乌火，蹦跳着冲他跑过来，气喘吁吁地说，不好了不好了，要出大事啦！

沙玛看乌火一惊一乍的模样，脸上就泛起了鄙夷之色。他皱着眉头说，沉不住气的男人知道啥叫大事？乌火不会又看了啥古书，让你晓得天要塌？

乌火一听沙玛的话，就跺了脚说，你不说损人的话，难道会死吗？我昨晚在你家喝多了酒，回去就睡了。今早醒来，老婆就说，昨天晚上木呷回家来，翻箱倒柜找东西，把我的迷药拿走了。那可是能迷倒三头牯牛的迷药呀！

嗯，沙玛嘀咕道，这也算大事？

这还不是大事？乌火摊了摊手说，木呷拿那么多迷药去干啥？

你儿子拿的迷药，你来问我拿去干啥？毛病！

毛病？沙玛你骂我有毛病？乌火指了指自己鼻尖然后又用力指沙玛说，你才有毛病，脑子有毛病！他拿那么多迷药，要用在那象儿子身上，迷死了咋办？

沙玛听乌火这一说，上牙咬了下嘴唇思忖一下，觉得有理，就一拍乌火的肩头说，那还愣着干啥，还不快赶背阴地去？

木呷和阿嘎折腾了半个早上，也没能让幼象喝下迷药。起先，木呷将迷药溶在水里,让幼象喝。但聪明的幼象仿佛知道水里下了药,长鼻子刚触到水桶,就缩回来,然后一撩,就把一桶水给掀翻了。阿嘎见状,就拿了奶瓶,将迷药兑在了牛奶里,装进奶瓶让幼象喝。幼象吸了一口,但随即就把吸的一口牛奶全喷在了阿嘎的脸上。弯腰站起身的阿嘎,弄成了一个大花脸,惹得木呷捂着肚子笑了半天。

笑啥笑?阿嘎说,等段晓果的车来了,我看你还笑不?这活蹦乱跳野性十足的,迷不翻,看咋把它弄上车?

阿嘎说的段晓果,是给阿嘎提供石斛苗的商人。昨天,他驱车来背阴地给阿嘎送先前预定的石斛苗,发现了关在窝棚里的幼象。当他听说这是一头阿嘎和木呷从雨林里捡回来的幼象时,就动起了歪心思。他说,自己关系广,知道有人暗地里做收购野象的生意。

这能卖好大一笔钱,你俩要做成这笔生意,就不用赊我石斛苗了,他说。

阿嘎在雨林的树上种石斛,因为缺少购苗钱,限制了种植规模。听段晓果这番话,他就心动了。

但动了一下心的阿嘎随即又坚定地摇了摇头,说我和木呷犯王法的事不做的。

犯啥王法?你知我知木呷知,买的是泰国人。

泰国人?他们买象干啥?

做大象表演,招揽游客呀。

不……不行,阿嘎继续摇头说,那些驯象师对野象的手段可残忍了。

段晓果听阿嘎这话,也摇摇头说,别装活菩萨了,发啥善心呀?你真以为你能养得活这幼象?你没这能耐也没这本事!你想过没,养死了咋办?你脱得了干系?

木呷抢白说,我们养它一段时间,等它大点儿就放它回森林去找妈妈。

找妈妈？段晓果冷笑一声说，木呷，你给我编童话呀？它要找不到妈妈，饿死咋办？它要饿死了，你说它是饿死的，还是被你们杀死的？

段晓果让木呷无言以对。

即便饿死，阿嘎头昂了一下说，也比受训象师的活罪强。

此言差矣！段晓果不愧是一个巧舌如簧的商人，皮笑肉不笑的，目光尖锐盯着阿嘎说，没错，这幼象是要受驯象师的罪的，但那是要让它褪去身上的野性。经过训练，它就不是一般的象，是象里的艺术师，就像浴火重生的鸟那样，不是鸟了，是凤凰。你替它烦忧，真正是杞人忧天。它成了大象里的艺术师，体现的是价值。这价值，比它在山野丛林里做一头自生自灭的野象不知强到哪里去了。

听了段晓果的蛊惑，阿嘎看看木呷，木呷看看阿嘎，都觉得此话有理了。

段晓果轻易地就洞察到了阿嘎和木呷内心动摇了，他说，我可不会白帮忙的，卖的钱我们仨等分。我今天回去就联系买主，明天就开车来拉象。

段晓果看了看幼象，试图挑逗一下它，伸手去挠幼象的鼻子。幼象长鼻一甩，吓了他一跳。他后退两步，对阿嘎和木呷说，明天怎样把它弄上去是个大问题。你俩得想法子。

阿嘎左思右想，也没想出个好法子。倒是木呷，一阵苦思冥想，就想到了父亲乌火的迷药……

沙玛和乌火急匆匆赶到背阴地的时候，两个年轻人已累得汗流浃背。他们引诱幼象喝迷药没得逞，就想强行给它灌迷药。俩年轻人虽身强力壮，但却不是幼象的对手。制服不了幼象的他们，看见自己的父亲，很兴奋，大声招呼两个前辈赶快过来帮忙。阿嘎说，乌火叔、阿爸，你们来得正好，我就不信我们四个人还制服不了一头幼象。

他的话音刚落下，响起的却是响亮的耳光。阿嘎还没反应过来，沙玛扬起的大手掌就重重掴在他脸上了。

这时,晓果驱车来到了背阴地。他斥责沙玛说,难道你不知道打人是违法的吗?

阿嘎捂着脸,说段总,他是我爹,你别管闲事。

段晓果说,老子打儿子也违法。

沙玛恶狠狠地瞪了段晓果一眼,说你别人模狗样地装文明人,他阿嘎平白无故给大象下迷药违不违法?

这一问,还真问住了段晓果。一时语塞的他,赶忙从口袋里掏烟,递给沙玛。沙玛不接,段晓果也一脸笑地给乌火递烟。乌火迟疑一下,就欲伸手去接,却被沙玛呵斥住了。

坏人的烟你也敢抽?沙玛冷冷道。

段晓果这下火气上来了,他说,大叔,我是正经生意人,怎么在你眼里就变成坏人了?

乌火也觉得沙玛言辞不当,就说,沙玛兄,生孩子气,也不要拿外人出气,你咋就把人家当坏人了?

沙玛瞥一眼乌火说,别人说你聪明,在我眼里你就是个笨球。

乌火摊摊手说,沙玛兄,气还生我头上来了?过分了!

我过分?沙玛上前,推了一把乌火指着段晓果开来的车说,你睁开你的狗眼,仔细瞅瞅,他开的什么车?四周封着栏杆。我看你儿我儿要给这象儿子下迷药,就是想把这象儿子卖给他。

你说得没错,段晓果说,我这不是好心帮阿嘎和木呷,这象是野象,怎么能养?养不熟的。我正是趁它还小,牵线把它卖给驯象师,既赚了钱,又免去了麻烦。这岂不是两全其美?

两全?全个狗屁。还其美?美你个头。沙玛气得吹胡子瞪眼,手指段小果说,你这一肚子坏水,想的都是歪门邪道,说你是坏人轻了。你要真怂恿这俩逆子卖了这象儿子,你就是个罪人!而且你把他们也变成了罪人!

阿嘎捂着被打疼的脸说,阿爸,你别血口喷人。人家段总真是一片好心,是诚心诚意帮我们解决难题。

啥?沙玛没想到自己的儿子如此糊涂,忍不住伸手往阿嘎头上又是一巴掌,说老子今天要是不把你打开窍,我就是个失职爹。他帮你们解决难题?他要把这象儿子买了,你和沙呷的人生就无解了!

你阿爸说得对,话丑理正!乌火附和道。

阿嘎,段晓果唤了一声,说我可跟境外的人联系好的,而且收了人家定金,你不会反悔吧?你反悔,你就得赔违约金哦。

听段晓果还在要挟自己的儿子,沙玛气得挥手一巴掌就过去了。好在乌火眼疾手快,伸手拦开了,要不,这一耳光会比扇阿嘎的还要响亮。

段晓果吓得退后了两步。

沙玛欲再上前,却被乌火一把抱住了。乌火冲段晓果说,你这年轻人呀,还不快走,咋连势头都不看?

段小果挪动了一下脚步,又犹犹豫豫停下。

沙玛说,你真的想要违约金。

商有商道,段小果说,违约是要赔的。

好好好!沙玛冲段晓果连鼓三个掌,说我这就给警察打电话,让他们赔你违约金啊。

他边说边伸手对阿嘎说,把你的手机给我。

一听沙玛要给警察打电话,段晓果就慌了,说,别别别,我走还不行吗?

就这样走?沙玛冷冷地说,你岂不亏了?

段晓果说,我认了,亏就亏吧,我认栽了。

那还不快滚,沙玛一挥手说,免得老子看你泼烦。

段晓果灰溜溜地小跑到车前,拉开驾驶室,一轰油门,车子放一串响屁，瞬间就从背阴地消失了。

沙玛瞪一眼阿嘎，又瞪一眼木呷，嘴里爆出了一声，糊涂！！！

然后，他板了脸冲乌火招招手，就转身大步流星地走了。

乌火也冲两个年轻人说，糊涂！

说完就跑去追沙玛了。

十

这幼象卖又不能卖，但又养不起。幼象与日俱增的食量，给阿嘎和木呷造成了很大的压力。

两个年轻人思来想去，最终还是决定将幼象放回到雨林里去。在一个月黑风高之夜，两个年轻人将幼象悄悄地赶进了雨林深处。

赶走了幼象，阿嘎和木呷起初都有一种如释重负的轻松。但这种轻松感很快就被内心的不安取代了。这幼象找到它妈妈了吗，找到象群了吗？如果它一直脱群，该怎么生存下去？

心中泛起的这些问题就像泉眼里冒出的水，越来越多。这些问题将两个年轻人折磨得寝食难安。

在背阴地的窝棚里，阿嘎和木呷，两天来一直在黄昏相向而坐，喝上了闷酒，而且都喝得酩酊大醉。这样过了两个夜晚，木呷终于率先在第三个黄昏打破了沉默，他说，阿嘎，我们是救护人呢还是刽子手啊？

阿嘎说，我要能回答上这个问题，我还喝这酒？木呷，就让那象儿子听天由命吧。

阿嘎的话音未落，窝棚外就传来了叫声。木呷被惊得站了起来，他对阿嘎说，外面有啥在叫唤。

阿嘎点点头说，我也听到了。

他们跑出窝棚，看到了被他们赶进雨林的幼象。在血一样的黄昏里，这头归来的幼象，仿佛笼罩在某种悲壮的氛围里。

阿嘎突然抱了头，跪在了地上。

木呷赶忙上前，想把阿嘎扶起来，但阿嘎挣扎着就是不愿站起来。他说，木呷，它找我们来啦！你看到没，它是流着泪找来的。

木呷放眼望过去，看到了盈盈如月光的象眼和未风干的泪痕。

幼象缓慢地移动着脚步，走向阿嘎。它伸出长鼻子轻轻地抚弄着长跪不起的阿嘎，满是温柔，仿佛是在安慰过度伤心的阿嘎。木呷跑过去，伸手搂着幼象的头，哽咽着说，你要原谅我和阿嘎哦，我们要有能力和办法，也不会赶你走。

阿嘎说，木呷还不快拿牛奶去。

木呷说，哪还有牛奶？

阿嘎腾地站立起来，对木呷说，那就把酒壶提来。

木呷说，难道你要跟它喝酒？

阿嘎认真地点了点头，看看幼象对木呷说，今晚，你、我，还有它，要一醉方休！

是夜，阿嘎和木呷都喝高了，翌日太阳老高了，才从窝棚里的床上爬起来。他俩没顾得上给自己做早餐，却忙着给幼象准备食物。当他俩带着昨夜残存的酒意，提着菠萝香蕉来到幼象住处时，两人吓得酒意烟消云散了。

幼象侧躺在地上，纹丝不动，就像死了一样。

你这是乐极生悲。这么点的象，你给他灌了满满一碗酒。木呷责备着阿嘎，它一定是醉死了。

阿嘎斜睨了一眼木呷，说木呷，它又不是你，小酒量还要冒充海量。

他边说边无限关切地蹲下身子，伸手去摸幼象的身子。木呷看见阿嘎的手仿佛被电击了似的颤抖了一下。

它怎么烧得像一截燃着的木炭。

木呷捂了捂鼻子说，这屋里咋一股屎臭味？

阿嘎吸了吸鼻子，一股令人作呕的臭味就扑进了他的鼻孔里。

这时木呷叫了起来，说象儿子拉稀了。

阿嘎这时才注意到象屁股上都是脏兮兮的粪便。

阿嘎认真检查着这头幼小的象，发现它被毒竹尖子刺破的伤口愈合得挺好。但脐部却严重化脓发炎了，感染让幼象出现了发烧和腹泻的症状。

他站起身子，对木呷说，我们得想办法救它，你快去找你阿爸。

木呷说，我阿爸医人行，医象绝对外行。阿嘎，你还是去镇兽医站请岩香医生吧。

阿嘎说，这会走漏风声的。

木呷说，顾不了那么多了，这牲畜要真死了，你我那才真是吃不了兜着走啊。

阿嘎思忖一下，认为此言极是，就骑了摩托，奔镇上去了。

岩香是镇上新近从州职业学院分到镇兽医站的傣族年轻女兽医。木呷在州职院念书时，就听人说过，出众的外貌、和善的性格让她赢得了院花的美誉。但岩香最出众的不仅是外表，她还是州职院著名的学霸，有关兽医的论文还上了院办的学报。

一听说去医象，岩香就来了兴致。她准备了一些消炎退烧的兽药，就跨上了阿嘎摩托的后座。

骑着摩托拉着美女的阿嘎，心情好极了。如果不是心里装着那头病象，他恨不得要用彝语为岩香一展自己引以为傲的歌喉。

岩香真是一名出色的兽医，娇小玲珑的她虽是初次给野象看病，但仍旧镇定自若，像个行医多年的老手。她轻柔地爱抚着大象，在它毫无感觉的状况下就打完了针。她给它消了毒，洗干净了身子。一切都做得麻利熟练，阿嘎和木呷都赞叹不已。

岩香忙活完，站起身用手掌抹了一下额头上的汗水。她让阿嘎和木呷放心，说幼象的伤经过消炎，烧就会随即退去，生命无碍。

阿嘎要岩香保守秘密，并强调说，这是背阴地的秘密，不能为外人道。岩香点头，说保守秘密可以，但你得每天来镇上接我，我放心不下它。

这是个求之不得的美差，阿嘎爽快地答应了。一旁的木呷一肚子醋意，他实在后悔，先前去镇上兽医站接岩香为什么是阿嘎而不是自己。

幼象的病情，在岩香、阿嘎与木呷的精心照料下迅速有了好转。归来的幼象与以前有了明显不同，它变得温顺安静了许多，对阿嘎和木呷表现出了亲热。天热的日子，阿嘎和木呷躺在大青树下乘凉，它就会走过来，用长鼻为他俩"按摩"。它跟岩香更亲，每天岩香来看它，它都会高兴地抖动耳朵，卷起小尾巴，装萌，求岩香抱它。岩香搂着它的脖子的时候，它就会发出幸福的叫声。

有一天，岩香爱抚着幼象对阿嘎和木呷说，它应该有个名字，这样我们好称呼它。

他们都点头表示赞同。木呷说，它既然来到我们太平村了，就叫太太吧。

岩香摇摇头说，不行不行，这什么名呀？难听死啦！

阿嘎说，那叫平平吧。

岩香点头，说平平好，平平安安也是我们对它的心愿。

于是幼象就叫平平。岩香嗲声嗲气地叫它，它憨态可掬地为岩香跳起舞来了。它笨拙的舞姿逗得阿嘎和木呷哈哈大笑。阿嘎边笑边说，看来它也认可了平平这名字。

岩香几乎天天都来看平平，阿嘎几乎天天都骑摩托去接岩香。这接来送去久了，就有了感情。当木呷意识到阿嘎已经和岩香好上了的时候，觉得自己成了多余的人。他想离开背阴地，回家住，但又放不下幼象，只好作罢。

看木呷成天闷闷不乐，阿嘎以为这段时间木呷在背阴地待烦了，就劝木呷回村里去。但阿嘎这一劝成了火上浇油，木呷认为阿嘎赶自己走。他暴跳如雷，说，阿嘎，你真是个贪心鬼，岩香是你的，难道平平也是你的？我告诉你，平平是我们大家的！

看到自己的朋友像吃了炸药一般，阿嘎只能尴尬地笑笑，拉岩香走了。

岩香坐在阿嘎摩托车后座上，突然就咯咯咯地笑了。

阿嘎说，岩香，你笑啥呀？

岩香说，我要知道木呷喜欢我，才不找你嘞。

阿嘎说，木呷喜欢你，别自作多情好不好？

你说啥，我自作多情，岩香在阿嘎背上捶了两拳说，难道你看不出，你的朋友都成醋坛子了吗？

阿嘎笑说，我要早知道木呷也喜欢你，我就把你让给他。

你敢！岩香边说，边像擂鼓一样在阿嘎的后背上舞开了拳头。

阿嘎哎哟一声说，岩香，你手轻点，还真捶呀？

岩香说，想知道我为啥笑吗？阿嘎，听说过花为媒，没听说过象为媒。

阿嘎听岩香这一说，知道岩香想嫁给自己了，一脸幸福的他把摩托骑得像闪电一样快。

十一

阿嘎与岩香的婚事很快就提上了议事日程。

按照傣族的婚俗，如果阿嘎和岩香结婚，阿嘎就要到岩香家去住上一段时间，就这叫从妻居。但阿嘎要照顾幼象平平，去岩香家从妻居不现实，岩香就去找自己的父母。岩香父母是通情达理的人，同意岩香与阿嘎按照彝族风俗举行婚礼。

这可累坏了沙玛，为了操持儿子的婚事，他像上足了发条的钟摆，忙得嘀嘀嗒嗒停不下来。整个太平村的人也跟着高兴，阿嘎能娶貌美如仙的傣族姑娘岩香，让他们骄傲极了。

大喜的日子是乌火择的黄道吉日，这是毕摩分内的事。但沙玛还是亲自登门，给乌火送去了一坛陈年荞麦老酒以表谢意。毕摩乌火告诉沙玛，说阿嘎娶傣族姑娘岩香，是天意，是上天派神象来撮合的大好事。乌火的话，从来没有如此入过沙玛的耳和心，他的脸笑得就像个熟透的烂柿子，像鸡啄米似的只会点头称是。

婚礼前一天，阿嘎回家去操办婚事。杀猪是必须的，结婚离不开坨坨肉。宰羊也是必需的，没有一锅香味扑鼻的羊汤锅，族人们的高兴劲头就提不起来。一时间，沙玛家的院子，就热闹得像一口翻炒着大豆的铁锅了。

背阴地的木呷却寂寞极了。他一个人守着幼象平平。平平吃饱喝足，不理会木呷，侧躺在地上，象眼一闭，就进入了梦乡。木呷出了窝棚，看了看被火烧云染得彤红的黄昏，又折身回去，一个人坐在昏暗简陋的窝棚里，喝起了闷酒。

闷酒醉人，几杯烧酒下肚，木呷就醉得不省人事了。他身子一歪，躺在窝棚里那把破旧的竹躺椅上，呼呼大睡了。

木呷是在剧痛中惊醒过来的，醒过来的他发现自己压在了一根原木下，身上是山茅草和石棉瓦。当他意识到窝棚垮塌了，酒就醒了大半。他用力推开身上的原木，扒掉身上碎裂的石棉瓦和零乱的山茅草，灰头土脸地从废墟中站起来。站起来的他吓得哇地大叫了一声。

在木呷面前是一支严阵以待的大象的军队。木呷知道，是它们拆了窝棚。大象也发现了木呷，领头的母象示威地冲他发出了愤怒的吼叫声。

这吼叫声木呷似曾相闻，这不就是先前雨林中那只母象的声音吗？

木呷意识到平平的妈妈来找平平了。

一想到平平，木呷心中一惊，就赶忙一边呼叫平平，一边搬动那些石棉瓦和山茅草。木呷想，平平一定是埋在了窝棚的废墟里了。

但象群里响起了一个奶声奶气的叫声。

这声音木呷太熟悉了，那是平平的叫声。

木呷呼叫着平平，让母象很不高兴。它打了一个生气的响鼻，就向木呷冲将过来，木呷吓得转身就逃。他最后爬到一棵大青树上，母象用鼻子去缠卷大青树，试图将它连根拔起。但它尝试几次后，感到了力不从心，于是就带着平平，领着它的队伍离开了。

惊魂未定的木呷确认大象离开后，依然不敢从大青树上下来。

离开背阴地的大象没有回雨林，而是径直扑向了太平村人居住的寨子。十数头大象肆无忌惮地进了寨子，一路上为显示自己的破坏力，它们掀屋顶，拔栅栏，弄了个一塌糊涂。如果不是黑夜掩盖了它们的暴行，将更会是惨不忍睹的景象。母象领着平平走在最前面，它们的目标是夜里依然灯火通明的沙玛家。

野象的到来弄出了不小的动静。但在沙玛家为第二天婚事准备的人们依旧浑然不觉，他们忙活着给肥猪开膛剖肚，为肥羊剥去毛皮。欢声笑语让忙碌的景象罩上了幸福的光芒。沙玛更是忙成了陀螺，不停地给来帮忙的人端茶递烟，和唢呐手们商议着如何才能将傣族送亲的葫芦丝乐队比下去。婚丧嫁娶，离不开毕摩，他是当然的司仪。按理，今夜他应该早早来与沙玛商议婚礼的程序。沙玛知道，乌火喜欢在这时端着，要主人家派人三番五次去请，以此显示存在感。但沙玛就是不主动派人去请乌火，无论乌火如何磨蹭，他也会出现在自己家的。但沙玛的老婆却沉不住气，她已经三次提醒沙玛，该去请乌火毕摩了。

放下你那硬撑着的身段好不好？沙玛老婆对沙玛说，这可是你儿子的终身大事，是你求人的时候。

沙玛说，正因为是终身大事，我才不求他。阿嘎成天叫他叔，我就不信乌火他不来。

沙玛话音未落，门就吱呀一声开了，乌火跌跌撞撞扑进来。他进门就大喊，沙玛兄，你面子太大了，大象都来喝你家的喜酒了。

跟着沙玛落下去的话音，响起的是院墙上瓦片掉在地上的噼里啪啦声。

沙玛说，来晚就来晚呗，编啥诓！

编诓？乌火说，你不信出门看看，大象的队伍都到你家门口了。

这时，一直趴在院墙角打盹的黑狗大王腾地跃起，犹如一道黑色闪电扑出了院门。沙玛也起紧起身，小跑着出门一探究竟。

沙玛的头才探出院门，象鼻子就顶着他脑门了，吓得他赶忙缩回头，慌张地将院门给关上了。这头大象仿佛知道主人家不喜欢它，象鼻一钩，就将挂在门头上的红灯笼给叼下来了。它抬脚，轻易地就将红灯笼踩了个粉身碎骨。但即便如此，也没解它心中块垒，它昂起头，发出了愤怒的吼声。

它的叫声，引得院里的人也发出了惊叫。

沙玛警告，说叫什么叫？野象来了，大家都赶紧奔顶房去吧！要快！要快点！

于是人们就一窝蜂地往沙玛家顶楼跑。

院里是嘈杂的脚步声，院外是黑狗大王的狂吠声。

黑狗大王实在是高估了自己，根本没有意识到自己的行为是螳臂当车，鸡蛋碰石头。阿嘎在楼底撕破了喉咙叫它回来，它却飞蛾扑火地冲向了象阵。井然有序的象阵没想到会碰上如此自不量力的亡命之徒，队伍出现了短暂的混乱，特别是幼象平平吓得直往象群的中间钻。

黑狗大王卖力的叫声和鲁莽的举动充分激怒了母象。母象小跑着摇晃着象鼻迎向黑狗大王。黑狗大王并不畏惧这庞然大物，依旧狂吠着扑向母象。它瞅准机会，张开狗嘴一跃而起，试图将那耀武扬威的象鼻给咬下来。但它的嘴还没碰到象鼻，就被象鼻扔出去老远。重重摔在地上的黑狗大王发出了惨叫。

几只成年野象快速围过去，它们像一群曲棍球队员，用象鼻将黑狗大王抛过来又挡过去。它们尽情地戏弄不自量力的黑狗大王，把它从狂吠不止一直摔到一声不吭。

帮忙的众乡亲看着这力量悬殊的对决，都怔住了。他们挤在屋顶上，看着被黑狗大王充分唤醒了野性的大象轻而易举地将沙玛家的院墙夷为平地。它们大摇大摆地在沙玛家院子里提前享受起了为婚礼准备的菠萝、杧果和香蕉。有两头淘气的大象把鼻子伸进了院子里盛满酒的大酒缸。烧酒刺激得它们的长鼻子都直了，它们不喜欢这刺鼻的酒香，索性上前将酒缸给掀翻了。站在楼顶的人们，第一次在酒香里嗅到了危险的味道，都紧张得紧紧地依偎在了一起。

它们把沙玛家院子弄得一片狼藉后，才心满意足地离开。

毕摩乌火在屋顶摇响了手中的法铃，他仰天大喊，天神爷，你快显灵，把那些大象强盗赶回雨林里去！

众人于是都跟了乌火一起朝着夜空喊。

沙玛没跟着众人喊，他独自沉默着下了楼。他走出家门，跨过院墙废墟，将奄奄一息的黑狗大王抱回了家。

十二

太平村惊现野象群的消息，传得比山风都快。一时间，科考队、环保组织和新闻记者都蜂拥而至了。

外来的人们饶有兴趣地向村里的人打探野象的信息。沙玛家被记者和自媒体爱好者围得水泄不通。他们对野象的热情和关切，让他们忽略了太平村人的惶恐和不安。

阿嘎因为野象的捣乱，没能按彝族风俗举办婚礼。他听了岩香的话，按傣族习俗举行了婚礼，去傣寨从妻居。沙玛起先把自己关在屋子里，什么人也不见。后来在一个月黑风高的夜晚，他抱着黑狗大王来到了背阴地。他搭了一个简易的窝棚，在此住了下来。

那天，木呷回背阴地，想看看好些日子无人照理的石斛苗，没想到却发现了命若游丝的沙玛和黑狗大王。

他和它已经多天不吃不喝，抑郁了。

木呷赶忙去找救兵，请来了父亲乌火。乌火带来了沙玛最不愿意听到的消息。乌火说，太平村出现了野象群，引起县里和州里高度关注。州里领导在听取科考队专家的调查意见后，认为由于近年生态好，亚洲野象种群繁衍速度加快，原有野象栖息地已经不能满足它们的生存需要，亚洲象自然保护区要扩大面积，太平村在将来的搬迁范围之内。

我们的家园又要没了？沙玛叹口气问。

乌火说，没就没吧，听说州政府正在考虑将整个太平村搬进县城里去。

沙玛兄，乌火说，下一步，我们都成城里人啦。

沙玛问，你想去城里？

乌火摇摇头，说不想。

沙玛问，为什么不想？

乌火说，城里的夜空到处是霓虹，我怎么观天象？

沙玛低头不语。

匆匆赶来背阴地打理石斛苗的阿嘎听到了两位老人的对话。他扶起沉默不语的父亲，又看看毕摩乌火，冲乌火笑了笑，说乌火叔，城里观不了天象，你可以看世象呀。太平村被划进了亚洲野象自然保护区，我们看似失去了家园，但新家园在等着呀。县里划拨了最好的地块，给我们打造了一个美丽的彝族文化特色社区。我和岩香前几天去县里,听规划局的同志讲,我们的新社区还叫太平,每家都是宽敞明亮舒适的住房,住房是按照彝族民居的样式设计的。你们上了年纪的老人都住社区去,我们年轻人一部分跟我学习树上种铁皮石斛,一部分去自然保护区上班,成为保护区领工资的员工。我们这是从糠箩里跳米箩里了。

你说的当真?一直闷葫芦的沙玛张口问。

阿嘎点头,说当然当真。

乌火也频频点头,说这真是好世象!

沙玛白一眼乌火说,世象不归你毕摩管。

乌火急了,说不归我管难道归你管?

当然归我管,沙玛拍了一下胸脯说,太平村搬县里,我这村主任就是社区主任。

乌火瘪瘪嘴,说看把你美的。

沙玛说,我就是美咋啦?进了社区,你这毕摩该退休了。

阿嘎就笑,说别听我阿爸的,县里知道你救治野象的事,决定建一个彝医传承馆。石斛是名贵药材,今后我们的销路,还得仰仗你老宣传哦。

于是大家都爽爽朗朗地笑了。

一直趴在一旁装死的黑狗大王哼了一声。沙玛瞅它一眼,说你听好了,进了城你就不是大王了,别再乱咬人,要做文明狗。不听招呼,我就送你回来,让大象教训你。

豹子

一

  清晨，新来的驻村扶贫工作队员李小东，被豹子箐村村主任的公鸡嗓叫醒了。他一骨碌起了床，穿了衣和鞋，手忙脚乱地洗漱一番后，就跟着等得不耐烦的村主任出了村委会的院子。昨天他们约定好，要去野猪岭社走访贫困户。
  村主任走路的姿势很难看，典型的外八字，但走得极快。李小东在后面跟得有些吃力，额上有了虚汗。有吃早餐习惯的李小东，在要出村的时候，感觉肚子正在闹意见，就说，主任，是不是吃了早点再走？村主任也不回头，径直往前走扔下硬邦邦的话，乡下人没你们城里人金贵，一天就两顿饭，中午一顿，晚上一顿。李小东哦了一声。村主任停住，说哦啥哦？知道你们城里人金贵，我临出门前，你嫂子给你煮了俩蛋。村主任边说边从口袋里掏出两个鸡蛋，塞给李小东。李小东手握鸡蛋，说村主任，你夫人真贤惠。村主任咧嘴一笑，说啥夫人，文绉绉的，我们这叫婆娘。农村婆娘没你们城里婆娘好看，但巴适。
  村主任的话，让李小东忍不住乐了。俩土鸡蛋，被他香香甜甜吞到了肚里。出村后是山路，还又爬坡，走得有些费劲。但山里空气好，吸一口，有淡淡的清香沁入心脾。一种既累又爽的感觉，是李小东过去没有体会过的。

李小东问村主任，为什么村要叫豹子箐村。

村主任说，有豹子呗。

李小东又问村主任，说那野猪岭社就是有野猪啦？

村主任停住，回头眯眼打量一下李小东，说看来你不傻。

李小东讨了个没趣，不再多言语。俩男人一前一后，专心致志爬坡上坎。

当太阳升上山顶的时候，他们也来到了岭上。岭上还有岭。从岭上往下望，全是清一色的山地，山地上是清一色的包谷林。包谷林里，点缀着一些稀稀落落的茅草屋，茅草屋前，升起些有精无神的炊烟。村主任对喘着粗气的李小东说，野猪岭社到了。

村主任话音未落，一个撕心裂肺的声音被山风赶进了李小东的耳朵里。

那是妇人的哭声，浑厚、苍老、凌厉，并且高亢。但在李小东听来，这哪是哭声，分明就是长歌。

那悲伤的声音中确实有某种旋律。

村主任阴沉着脸说，死人啦，要哭得如此伤心。他边说边摆了摆头，示意李小东与他寻声而去。

李小东跟着村主任，没走多远，就看到了那个坐在路边呼天抢地的老妇人。在老妇人的面前，一片包谷林狼藉不堪，惨不忍睹，仿佛一个经历了激烈厮杀还没来得及收拾的战场。最让李小东心痛的是那些青包谷秆上被掰掉的包谷棒子。那些被撕开了新鲜包谷壳的包谷，在早晨的阳光下分外扎眼，就像一个个惨遭凌辱的少女，在众目睽睽下敞胸露怀。

呼天抢地的老女人手里握着一把锃亮的斧子，她不仅号啕谩骂，还不停地用斧子剁着她面前的不知从哪儿找来的一截木头。在李小东看来，这个哭骂的老妇人不是在哭骂，而是在说唱。她手上握的也不是刀斧，而是一个鼓槌，面前摆放的也不是一截木头，而是一面大鼓。

老妇人用哭腔唱一句——你们这些砍血脑壳的野猪呀——就狠狠地往木头上剁一斧子，继而又扯开哭腔唱一句——你们这些白刀子进红刀子出的野猪呀——就又狠狠地往木头上剁一斧子，接着还是哭腔，长一声、短一声、高一句、低一句骂那糟蹋了她包谷地的野猪。她毒蛇一样的话语充满了诅咒，塞桥墩的，遭枪打的，送屠宰场千刀万剐的诅咒通通被她赠予了野猪。

李小东发现，这包谷地边不光有老妇人，在离老妇人三四米的地方，还坐着一个表情有些呆滞麻木的年轻人。他身旁放着一个白色塑料壶，塑料壶里还有小半壶残酒。他用那个白色塑料壶盖当了酒杯，斟了壶里的酒，沐浴着早上的阳光喝。他仿佛是有意配合老妇人的节奏，老妇人骂一句，剁一斧，他就喝上一满盖。那种面无表情地往嘴里倒酒的喝酒方式，在李小东看来，是喝酒人把自己当成了酒桶。

老妇人谩骂着野猪，骂着骂着就跑了题，开始将毒蛇一样的话指向了人。她先骂森林警察，骂他们当年平白无故缴了她家的猎枪。接着她骂村干部，骂他们给警察通风报信，害死了她男人。

她骂的村干部，现在早已不是村干部，但村主任还是相当生气。村主任冲妇人厉声说，黄三娘，你要再不闭上你的烂嘴巴，我就把乡派出所的警察叫来铐了你，信不信？黄三娘，你要泼我可以不管，但你不能骂干部，干部是你随便骂的吗？当年缴猎户的猎枪，是县里的意思，你要骂，你骂县长去。

黄三娘被村主任这一训，哑了火。村主任干咳两声，李小东听出来，他是在故意显示自己村主任的威严。黄三娘，村主任说，你骂冷枪打的村干部，你冲我这村主任的脑袋开一枪试试。我知道你家没枪了，要不要我去乡镇上找公安借一支给你？

黄三娘说，主任，我骂的又不是你。

村主任两手叉腰说，哪个都不能骂！黄三娘，村上知道你家穷，经济上困难，这不，县上派来的驻村工作队的同志我都给你引来了，你家就是他的帮扶对象之一。政府家关心着你嘞！

黄三娘抬头看了看李小东，分明是在怀疑一个毛头小子的能力。帮扶帮扶？黄三娘说，主任，这话我耳朵都听起老茧了。要真帮我，就发支猎枪给我家二狗。

村主任说，黄三娘，你怎么就只长年龄不长觉悟呢？都新时代了，你还翻老皇历，还做当猎户打猎的美梦？现在保护野生动物，国家都颁了法律了。我就弄不明白，你黄家当年打猎的干劲，怎么就不使点在耕地种田上呢？

村主任教训了黄三娘，突然将话锋转向了坐在一旁自顾往嘴里灌酒的男人。黄二狗，村主任大喝一声说，酒是你亲祖宗呀？大清早的，你就喝上了？是想借酒消愁还是借酒发疯？酒能给你家喝出一栋大砖房来？酒能给你喝出一个花姑娘给你做老婆？

一直像个闷葫芦一样只顾往嘴里灌酒的黄二狗，听村主任批评他，就抢白说，我喝酒关你屁事，招你惹你了？

黄二狗的话刺激了村主任，他紧走几步，上前去飞起一脚，将黄二狗面前的塑料酒壶踹出老远。被踹出的酒在空气中弥漫开来，一股刺激辛辣的气味，让李小东差点涕泪横流。看一脸怒火的村主任，李小东赶忙上去拉扯村主任的衣袖说，主任，别生气，发这么大肝火做甚？

村主任手一甩，差点甩李小东一个跟斗。村主任铁青着脸盯着黄二狗说，你他妈的还敢说没招惹我？因为你家，全村都脱不了贫。我去县里乡上，总挨领导批，头都抬不起来，你还厚脸皮说没招惹老子！我告诉你黄二狗，你就是一粒耗子屎，搅坏了一锅汤！

村主任骂痛快了，就反剪了手，对李小东说，回村上去，这种人家，茅厕里的石头，又臭又硬，看它个尿！

村主任如此情绪化，让李小东有些意外，同时也在心里把他看低了。走了这么多山路，啥事也没办，李小东觉得自己亏死了，所以，心里也窝了火。于是两个心情不好的男人，沉默了在山路上走。

最后，还是村主任率先打破了沉闷的气氛。下坡的时候，走在前面的他停了一下，叹一口气说，其实，这黄三娘家也怪可怜的。

可怜之人，总有可恶之处，李小东应和。

可恶的是黄三娘那儿子黄二狗，麻木得像截木头！村主任接了李小东的话说，真是哀其不幸，怒其不争。自打封山育林，缴了他家的猎枪，黄二狗他爹黄三爷就害了病，去县医院检查说抑郁了。没多久，这黄三爷就用裤腰带吊死在他家院后的梨树上。这黄二狗，跟他爹一个德行，不懂农活，只会钻山林打猎，就变得烂泥巴糊不上墙了。

我知道你是恨铁不成钢！李小东表示自己理解村主任的心情，但内心还是觉得村主任对待黄二狗太粗暴简单，就又说，你踹他的酒壶做甚，他一条五大三粗的汉子，要跟你耍起横来，你会吃亏的。

他敢？村主任铿锵地吐出两个字后说，除非他吃了豹子胆！

村主任对自己的威信，在李小东看来，简直到了自负的地步。

李小东跟在村主任身后，噔噔噔往山坡下走。山风像撒野的孩子，吹乱了茅草和野花。

才往坡下走了没多一段路，他们就听岭上有人在主任主任地喊，听起来有些着急。村主任停下脚步，手搭一凉棚往岭上看。李小东看见眯着眼吃力打量岭上的村主任眼角的皱纹又深又密。

号丧还是喊魂？村主人有些生气似的冲岭上的人吼道。

李小东隐约听到岭上人喊出大事了。

村主任示意李小东转身，往山上爬。他们气喘吁吁往山坡上爬的时候，村主任说，看到了吧，基层工作就这样，牛事不发马事发，成天都有让你烦心的事情。

喊村主任的人是牧羊人徐家桥。

徐家桥一见气喘吁吁的村主任，就捶胸顿足地说，村主任，我的羊死了。

村主任鼻孔哼了一声说，徐家桥，我还以为是你娘死了，死只羊，犯得着这样鬼叫吗？

徐家桥说，村主任，你站着说话不腰疼。你要看那场合，也会吓个半死。一只羊，整个脖子都咬断了，血忽淋剌的。

村主任有些不明白，他翻了一下白眼仁说，你狗日的话说清楚点，你的羊被咬死了？啥那么凶，是狼吗？

不，徐家桥摇摇头说，豹子。

豹子？！村主任一脸惊愕地说，豹子箐的豹子，不是前三十年就灭绝了吗？

真的是豹子！徐家桥肯定地说。

真的是？村主任不太信。

你不相信？徐家桥说，我带你看现场去，那里有豹子的脚印。

李小东尾随着村主任，村主任尾随着牧羊人徐家桥，往野猪岭深处走。长时间的封山育林，让野猪岭的生态一片大好，有些地方，树林茂密得人要走进去都很困难。岭的深处，安静阴森，仿佛这野林里只有他们的脚步声和喘息声。要是恰巧碰上豹子该怎么办？这样一想，李小东原本爬得热气腾腾的后背就一阵发凉，吓得他忍不住回过头去东张西望。

豹子不会稀罕你这种城里人，村主任淡定地奚落李小东说，别看你细皮嫩肉，但你的肉，豹子不爱。你吃过多少毒水果毒蔬菜，吸过多少有毒的空气？豹子也喜欢生态，要吃它也先吃我和徐家桥。

徐家桥说，那可不一定，豹子又不像你村主任这样脑子灵光奸猾。

村主任抬脚踢了一下徐家桥说，谁奸猾也没你狗日奸猾，我还不知你肚里那点小九九，喊我去看甚，不就是巴望着让镇上村里赔你损失。

徐家桥就嘿嘿笑，说主任，野猪糟蹋了庄稼，乡政府都给赔，难道豹子咬死了我的羊，就不赔啦？还讲不讲理呀？

村主任又抬腿，给了徐家桥屁股上一脚说，家桥，让你放羊，埋没了，你该去村上当会计去。

说笑间，三人就来到了出事现场。

三人毁了一群苍蝇的饕餮大宴。李晓东在现场看见，一群绿头苍蝇在他们到来后嗡的一声飞起来，黑压压一群瞬间就消失在了丛林中。

一股带着膻味的血腥气直扑李晓东的鼻孔。

现场比牧羊人徐家桥描述的触目惊心。

二

一个浸满了鲜血的羊头，一双充满恐惧的羊眼，一架皮开肉绽的骨架子。一个壮壮实实的男孩，一张混球似的刁蛮圆脸，一个挺着小油肚的男童身子，身子上茶壶嘴一样的小鸡鸡。

恐惧的羊眼越来越大，像一个巨大的黑洞正逼向自己。咯咯咯怪笑的男童声中，小鸡鸡越来越大，大得像一根大象鼻，仿佛就要把他李小东卷走。

被吓得惊醒过来的李小东，不明白自己怎会做这么个奇奇怪怪的梦。村主任派人为他腾出的这间村委会的房间，还残留着新刷上去的生石灰的刺鼻的味道。如果说梦见死羊，是因为白天看了豹子咬死的那只羊的惨状刺激了大脑的话，那刁蛮的男孩出现在自己梦境里该如何解释？

那张脸李小东很熟悉，那是自己供职的县政府常务副县长王罡的儿子的脸。县政府办的人，没有不知道王常务儿子的。那个叫强强的男孩，仗着自己父亲的权势，是个到处惹是生非，有恃无恐的小霸王。王常务的秘书任勇，经常要替日理万机的王常务去新华小学接强强，几乎每次都会听到老师和家长告强强的状。这些状无外乎是强强又打破了某个同学的头，敲碎了隔壁班的窗玻璃，站在走道上小便之类。任勇多次私下对李小东吐槽，说自己对未来都有养孩子恐惧症了。同样是县政府办秘书的李小东，也多次听自己服务的副县长说，这王常务养了个王衙内，迟早要毁在儿子身上。

李小东清楚，自己服务的副县长当年为跟王副县长争常务的位子有过节，明着是责备王常务的儿子，其实诅咒的是老子，所以就只听不议论。没想到的是，自己服务的副县长没看到王常务毁在儿子身上，自己却因为腐败进了监狱。没有了主子的李小东，在县政府办就被闲置了。他只能眼巴巴地看着自己的同事任勇媳妇混成婆，当上了政府办副主任，做了顶头上司。

深感受冷遇的李小东，随即就又被派去精准扶贫，成为全县最偏僻乡镇的驻村工作队员，他真切地体会到了落草的凤凰不如鸡。来驻村之前，李小东也去找过任勇，想让任勇帮自己疏通推荐推荐，把他留下的空让自己填了。但任勇却面有难色，说王常务不会要一个自己从前竞争对手的秘书去做自己秘书的，这是政坛大忌。

任勇劝李小东放弃这个不切实际的想法，他对李小东说，没有可能的。小东，即便有可能，你怕也侍候不起强强那小祖宗。这段时间，我都因为他受够了王常务的气，王常务总是责怪我，说我不用心，才让强强吓破胆的。

任勇告诉李小东，强强在学校里，称王称霸，胡乱打骂同学。同学的家长忍无可忍，几家家长约起来，请了社会上的人去教训强强。有一天，那些等候多日的社会上的人，趁任勇忙写材料晚了几分钟去接强强的机会，用一串糖葫芦将强强骗出了校门，然后把强强带到了一条巷子的僻静处。那些社会上的混混，威胁恐吓人是老本行。他们扒掉了强强的裤子，将闪着寒光的刀子放在强强的小鸡鸡上说，你今后再敢打同学，大爷们就把你的鸡鸡割下来去喂狗！

冷硬的刀子和恐吓的话语，吓坏了强强。从那天以后，强强就不敢去上学了。原本趾高气扬的小男生，而今变成了蔫鸡般的灰样。这可着急坏了王常务和他的妻子。夫妻二人就带强强又是看医生又是找心理疏导，但都无济于事。有老中医看了强强后对王常务说，不好治的，娃是吓破胆了。

任勇还向李小东爆料说，连巫婆都找了，巫术都没管用。

李小东靠在床沿上，用手拍了拍额头，脑子里血淋淋的羊头和强强顽皮的圆脸交错着不断闪现。这梦是不是有某种提醒或暗示？李小东将先前拍额头的手，摸着天灵盖想。

豹子箐这地方，虽然叫箐，但村委会却在一个斜坡上，夜里山风怒号，呜呜作响，听起来有些瘆人，苦思冥想的他，被孤单和无助的情绪紧紧包围了。他想，古时候那些被流放的官员的心境是否也像现在的自己一样寂寞而荒芜。

他甚至想入非非了——那只豹子会不会趁着夜色和呼啸的山风，摸进这村委会的院子来？

他顿时不寒而栗了。

孤独的人都是胆怯的！

胆怯的他忍不住又去想自己雾霭沉沉的未来，心里更加茫然。

李小东不禁胆战心惊了。

不行！李小东对着暗夜自语道，我得为自己拼一把。

拼需要勇气。

拼需要胆子。

现在自己却胆小如鼠，李小东沮丧地想。

此时，李小东发现自己的天灵盖仿佛被揭开了，顿时开悟了。

这梦不就是提醒自己要壮胆吗？

李小东此时想的不仅是要给自己壮胆，而更重要的是给那个叫强强的男孩壮胆。

他瞬间就理清楚了自己未来的人生之路——找到给强强壮胆的良药，获得王常务的青睐和信任，当上他的秘书，跟着他一起飞黄腾达。

就那么简单！

但要找给强强壮胆的良药，这事却不简单。李小东想了半天，也没想出找到良药的好法子。他甚至绝望地想，这世上根本就没有能壮胆的良药。

还是安生了睡觉吧。

李小东重新在床上躺好。夜里的山风叫得他心烦，他索性一拉被子蒙了头，想来个呼呼大睡。

这时，他耳畔突然响起了这样的声音——

他敢？除非他吃了豹子胆！

这是白天村主任说的话，这是一个做村主任多年的基层干部的底气和经验。他当时说这话给李小东听的意思，是自己料定了黄二狗不敢跟他耍横。

但李小东耳畔响起的这句话，现在对李小东来说，这哪是村主任的话，这是上苍给自己的启示。

豹子胆！

对，李小东一掀被子，猛地坐起来，重重地点头，豹子胆！

都说吃了豹子胆，胆子要有多大就有多大。那么，弄个豹子胆给强强吃了，他别说有胆去学校，怕是上刀山下火海都不会怕的了？

看来，这梦没有白做。

被梦点醒的李小东早早地起了床，披衣在村委会的院坝里像个哲人一样托腮散步。是的,豹子胆,只要拥有这稀罕物,自己的窘境就会柳暗花明。但到哪里去弄豹子胆呢?总不能把野猪岭上那只吃羊的豹子杀了,开膛破肚吧?再说,豹子也不是我李小东想杀就能杀得了的。

这对他来说绝对是个难题。

既然是难题,就该有解,只不过有难度而已。只要有豹子,就不能说搞不到豹子胆。谁说不能杀了野猪岭上那只吃羊的豹子?

李小东再次脑洞大开。

豁然开朗的他决定去找黄二狗。

李小东想到黄二狗,是他记住了昨天从野猪岭上下豹子箐村里时,村主任跟自己的闲聊。村主任说,这豹子真是狗胆包天!

也许是意识到了自己的比喻不妥帖,村主任有些恼羞成怒,他说,要是黄三爷还活着,老子就弄杆猎枪给他,收拾掉这凶残的恶豹。

李小东当时听了这话,就笑话村主任,你不敢的,杀豹子,可是犯法的事。

当然不敢,老子不就是说个心里痛快些嘛。村主任瞅一眼李小东说,其实你别看那黄二狗,人愣得像根木头,你真让他钻林子打猎,比他娘的兔子还机灵,枪法也不输他爹。

李小东又笑,说主任,你这脑瓜,当村主任委屈了。你不说黄二狗,拿他爹黄三爷说事,并没真想为民除豹。

为民除豹?村主任说,亏你还是县政府的干部,那一定是豹没除,法律先把老子除啦。

回想起昨天的闲聊,李小东就有一种铤而走险的快感了。平时,以为世间最愚蠢就是明知故犯的他,真正体会到了什么叫身不由己。

已经走出村子的李小东又掉转头,去了村口人家开的小卖部,买了两瓶糊涂仙酒。李小东提了它们就又匆匆赶去野猪岭。

寻到了黄二狗家,没见黄二狗,但黄二狗的妈黄三娘,驼了背一人忙出忙进，像是在煮猪食。破败的老屋衬映着一个驼背的老妇人，有些让李小东心酸。李小东先前领教过黄三娘的厉害，就怯怯地叫了一声黄三娘。

黄三娘转过身，努力抬起的头一脸慈祥。她笑吟吟的脸像池子里投进了一粒石子一样有让人着迷的涟漪美。李小东甚至有些不敢相信面前的就是昨天在包谷地里那个撒泼耍横的黄三娘。

哪里来的菩萨？黄三娘眯着一双老眼打量了一下李小东，认出来了，她又一拍腿说，这不是昨天那个跟村主任来的县政府领导吗？

李小东说，三娘，我不是县政府的领导，不过是个小办事员而已。

能办事就是领导，黄三娘说，你今天是来给三娘办事的？

李小东点头说，来了解一下你家的情况，你家是我的挂钩户。

黄三娘一听，有些失望。她摆摆手说，那就算了，以前也有挂钩的，不就是本本上记些数字吗？说的都是安慰话，开的都是空头票。

李小东听黄三娘这话，有些尴尬。他扬了扬自己手中的两瓶糊涂仙说，二狗在家吗？我想跟他喝两杯。

都说懒人有懒福，我过去还不信，黄三娘有些惊讶地说，这条懒狗，上辈子哪修的？干部请他喝酒，像做梦嘞。黄三娘边说边欢快地跑进堂房里。

站在院坝里的李小东，听见黄三娘高亢的声音。

二狗，太阳都晒屁股了，你还挺尸呀？早死三年，你背上都会睡起青苔。还不赶紧给老娘起来，有好事嘞，县上领导给你送酒来了。

接着李小东耳朵里又传来被吵醒的黄二狗不耐烦的声音，妈，你喊魂呀，你连编筐都不会，还编谎。你咋不说中央领导给我送酒？县上领导送酒给我，可能吗？太阳从西边出？我又不是傻子！

黄三娘说，太阳咋就不能西边出了？二狗，是真的，就是昨天村主任带来的那个干部。

黄二狗将信将疑地起了床，他出了房门，看见了站在院坝里的李小东。当他看清楚李小东手上提的两瓶糊涂仙时，先前绷紧的脸，就舒展出来一个笑容了。

黄二狗几乎是小跑过来，他边说同志辛苦了边去接李小东的酒。他高兴的样子让早晨似乎也欢乐起来了，简陋的院子里顿时有了种其乐融融的气氛。

黄二狗进屋去，迅捷地打开了一瓶酒，用土碗倒了两碗酒，兴致勃勃地端出来。他边走边对李小东说，都说早酒伤身，那是不懂喝酒的人放的屁。早酒最安逸，喝个早酒，一天都舒服通泰。

看着端了酒走近自己的黄二狗，李小东直犯恶心。原因是他瞥见了黄二狗两只眼角里金黄得刺眼的眼屎。

喂完猪的黄三娘从一旁的猪厩出来，对端着酒的黄二狗说，二狗，哪有招待干部同志喝寡酒的，你咋一见酒，就像见了你死去的爹？你等着，我给这小同志炸盘洋芋片来下酒。

李小东伸手接过一碗酒，把它往院坝里板凳上一放，又伸手去接另一碗酒。

你啥意思呀？黄二狗不解。

李晓东说，你还没洗漱哩。

黄二狗并没有因李小东这话难堪，他说，乡下人哪有那么多讲究。

李晓东说，我是不会跟没洗漱的人喝酒的。

听了李小东的话，黄二狗很不情愿地拿了一个塑料盆，去洗漱了。

黄三娘的洋芋片炸好了，黄二狗也洗漱完了。于是李小东就跟黄二狗相向蹲着，酒碗就摆在他们中间的一条板凳上。不是李小东或黄二狗想蹲着喝酒，是这黄姓人家就只有这条板凳。在清晨晒着暖融融的阳光喝酒，李小东是头一遭。一口微辣的白酒下到肚里，心里竟然涌起了莫名的惬意来。

李小东想，这黄二狗看着又傻又愣，但还是会享受生活的。

爽！李小东点点头，端酒碗说，二狗，咱们碰一个。

二狗自然响应。

两个土碗碰一起，发出一声闷响。

黄二狗将一大口酒咽下肚，打一酒嗝说，晓得喝早酒爽了吧？

李小东说，爽是爽，但还不够爽。你说你要有个媳妇，我就有了嫂子，我们兄弟喝着早酒，你媳妇我嫂子给我们炒着下酒菜，那样的早酒那才真叫个爽。

黄二狗觉得李小东是哪壶不开提哪壶。他有些不快地说，你把我当神仙呀？

李小东把酒碗往面前的凳子上一放说，这怎么会是神仙呢，正常人的生活嘛。

黄二狗说，这家徒四壁的，哪个姑娘敢嫁？

李小东摆摆手说，穷是可以改变的嘛。

唉，黄二狗叹气说，改变，用啥改用啥变？你哥我一不勤劳二没手艺，老母又年高，我又不能独自出门闯，你说该咋改变？

李小东说，办法是人想出来的，我帮你改变。

黄二狗端起酒碗，示意李小东也把酒碗端起来。你不要日哄人，我把你当兄弟，是看你这人实诚。要把你当啥扶贫干部，我也不喝你这瓶子酒，自顾躲一边喝自己的散装老白干去。

李小东说，二狗兄，此言差矣，我咋会骗你？我今天跟你喝酒，不仅仅是喝的兄弟酒，也是喝的脱贫酒。我就不相信你不想大砖房，不想花姑娘。

黄二狗白了眼李小东说，老弟，我只是不想做梦。

这不是梦！李小东激动得站了起来，他一手端酒碗，一手攥成拳头说，这是很快就会来到的现实！

你发疯，你是不是不胜酒力啦？黄二狗也站起来说，我穷习惯了，没图你帮我改变个啥？你不要心里过意不去。我知道你挂钩我，到时那些数字，你叫我咋填我咋填，都听你的。

李小东盯着黄二狗，目光凶得像刀子，二狗兄，你明摆着是不相信我，如果这样，这酒就别喝了！

别别别，黄二狗说，我不是不相信你，我是不相信我自己。小东老弟，老婆娃儿热被窝，哪个男人不想吗？

三

看到黄二狗被说动了心，李小东就不再激动，又蹲下身去与黄二狗从容地喝酒。酒喝到酣处，轮到黄二狗不淡定了。他抿了一口酒，抹一下嘴说，兄弟，你是不是背后有人，路子多得很？

李小东诚实地摇了摇头。

黄二狗忍不住叹了口气。

见黄二狗一脸失望和沮丧，李小东也端起酒碗，自顾喝了一大口说，打铁要靠自身硬。二狗兄，我没啥靠山后台，也没啥门路，但我有这个。

李小东用手指了指脑袋。

黄二狗说，小东兄弟，我原以为你是实诚人，没想你跟那些干部一样，都喜欢玩假打，喜欢日哄人。

错！李小东说，凡事只要动脑子，靠山、后台、门路，你想有就有！给你明说吧，我今天来，就是为它们来的，你可得帮忙。

你……黄二狗惊讶地说，我帮你找后台找门路，你喝高了？

其实你也是帮自己，李小东说。

你真的喝高了，黄二狗说，脑袋瓜迷糊了！

我清醒得很！李小东说，你就一句话，你帮还是不帮？

你真没喝高？

真没高。

我帮！但我丑话说前头，我屁本事都没一个。

你有大本事！李小东放下酒碗说，我要你再做一回猎人。

打野猪吗？黄二狗问。

不，李小东摇摇头说，打豹子！

一只豹子也换不来大砖房和花姑娘呀？黄二狗用手搔了一下头皮说。

李小东摆摆手说，二狗兄此言差矣，不仅能换大砖房花姑娘，你还会得到更多。

真的？

当然是真的！

黄二狗有些心动了。但他想了想，不行，这活计我干不了。

为啥？李小东问。

杀豹子是要坐班房的，黄二狗说。

这事只能偷偷干，李小东说。

偷偷干，你想想，黄二狗皱眉说，那么大只豹子，打死了，放哪里藏着掖着？

我们不要豹子，李小东说，我们只要豹子身上一个小小的东西。我们打死它后，得到我们想要的东西，神不知鬼不觉地溜走就成了。

你要豹子身上啥东西？

胆。

杀只豹子就为个胆，你不会有病吧？

你说对了，就是用它治病。

你还真有病？

不是我有病，是别人有病？

啥尿人，要豹子胆治病？

县领导的孩子。

听李小东说是县领导的孩子，黄二狗伸了一下舌头说，我弄明白了，你想巴结县领导，那可是大官呀。

黄二狗的话把李小东的脸说红了。

看着红脸的李小东，黄二狗仗义地说，我帮你没问题。

李小东强调说，你帮我也是帮你自己。

黄二狗放下酒碗，摊摊手，面有难色地说，但小东兄，常言道巧妇难为无米之炊。我想帮你，但我不是武松，要打恶豹子，得有杆猎枪呀！我家虽是猎户，但那是猴年马月的事了，封山育林政策颁布那年，我们家的猎枪就被公安收缴去了。

要打豹子，没枪咋行？这实在是个难题。

村里社里有没有没上缴私藏的？李小东问。

没有，黄二狗把头摇得像拨浪鼓说，哪敢私藏，公安发现后那是要蹲号子的。

李小东皱眉想了一下说，二狗兄，猎枪我想办法搞。

他边说边恶狠狠地将碗里的残酒一饮而尽。

黄二狗呵呵笑了竖大拇指说，看你一个文绉绉的书生样，其实内心野蛮着嘞！

要搞一杆猎枪，谈何容易？李小东告别了黄二狗，独自一人回村上去，一路上任他紧锁眉头冥思苦想，也没想出个好办法来。

李小东谎称身体不适，回了一次县城。他在县城的城乡接合部的那些臭气熏天的简陋公厕里足足转悠了一天，记录下了那些胡乱写在厕所肮脏墙壁上的私售枪支炸药的电话号码，回到住处后耐心地一个一个地拨号。但手都拨酸了，也没拨通一个。听说他回来，他的女友莎莎就赶来约会了。那时的李小东因拨不通那些私售枪支的号码，人有些烦躁和沮丧，见了莎莎有点不冷不热，气得兴致勃勃而来的莎莎扭头要走。见女友生气，李小东拦住了莎莎，说出了事情的原委。莎莎听李小东陈述完后，蔑视地对李小东说，才去乡下几天，你咋傻成这样了？现在扫黑除恶，那些电话号码，不法分子还敢用？

李小东于是就束手无策了。他像一个泄了气的皮球，瘫坐在椅子上。看着泄气的男友，莎莎心疼了，安慰说，办法是人想出来的。

李小东说，想啥想？我脑子里就只剩下去偷公安局了。

莎莎说，偷公安局，除非你吃了豹子胆。

李小东说，我总不能自己造杆枪出来吧？

这话拨云见日，提醒了莎莎。幼时她家有一个邻居，一个单身老头，就是私造枪支，被判了刑的。据说，这老头年轻时在兵工厂干过，有着制造枪支的精湛手艺，因在兵工厂偷卖材料，除名回了老家。这老头与莎莎的父亲交往甚密，俩邻居经常在一起下棋。后来他私造枪支出了事进了监狱，莎莎家也搬走了，就断了联系。但就在几个月前的一天，莎莎听父亲对母亲说，你猜我今天遇到谁了？廖老幺，廖老幺出来了，还住老地方嘞。他说他在狱里，想得最多的就是想和我下棋。我想好了，过两天去看看他，一来跟他杀上两盘，二来也故地重游。

莎莎记得那天的父亲是很有兴致的，有着与老朋友重逢的高兴劲儿和热乎劲儿。但这份高兴和热乎，轻易就被母亲的冷言冷语给浇灭了。你敢？母亲说，不准你跟廖老幺那样不三不四的人来往！你真手痒，就找别人去下上几盘。记住了吗？

父亲说，你咋这样无情无义呢？毕竟曾是邻居嘛！

谁无情无义了？母亲像一只暴怒的母狮吼起来。

莎莎如果不是因为那天父母差点为此吵架，都不会记得这事了，因为那天是自己做的和事佬。莎莎记得自己是这么说的，爸，妈哪是无情无义，妈怕你跟一个刑释犯来往，人家说闲话。妈，爸念旧情也没错，他不去找廖叔下棋不就得了？

想到廖老幺，莎莎对李小东说，小东，我还真认得一个会造枪的人。

原本已蔫在椅子上的李小东，听莎莎这一说就来了精神。但当他听莎莎说廖老幺就是因为私造枪支获刑在监狱里才放出来的刑释人员时，就又蔫回去了。他失望地摆摆手说，这廖老幺，帮不了忙的。话说回来，他也不敢帮，一朝被蛇咬，十年怕井绳哩。算了算了，你这辈子就等着安心跟我这小公务员过平凡人生好了。

莎莎说，李小东你不可泄气，这县城里追我的公子哥儿多了，我之所以看上你，是我把你当成了潜力股。你要弄到那豹子的胆，真的能当上王常务的秘书？

嗯，李小东应了一声说，这只是第一步，我要当上王常务的秘书，要不了几年我就能当政府办主任。你想想任勇都能干副主任，我这脑子和能力，是他任勇能比的吗？

莎莎点点头说，那倒是。

莎莎陷入了沉思。李小东发现，沉思着的莎莎真是楚楚动人。

要不，莎莎皱着眉头说，小东，我去找找廖老幺。

不，李小东摇摇头说，不起作用的，他怎么会信任你，这是铤而走险的事。

莎莎冲李小东叹口气说，那我真没招了。

也许……李小东欲言又止，心事重重的他一脸愁云。

也许？也许啥？莎莎说。

李小东盯着莎莎，艰难地说出了自己的想法。

也许，你爸能。

你想让我爸去找廖老幺？莎莎有些惊讶。

李小东点点头。

你让我去说服我爸，根本没这可能！莎莎说，我会被我爸骂死的。

李小东温柔地端详着莎莎说，你爸也许会骂你，但他不会骂我们的梦想。

四

周末，莎莎爸起了个大早，翻箱倒柜找到了当年从老房子带来的那盒旧象棋。他惊异地发现，那张原本是廖老幺画的标有楚河汉界的象棋棋盘，已经黄旧得不成样子了。为了不被老婆发现，他蹑手蹑脚出门的样子，像极了一个胆战心惊的小偷。

莎莎爸下楼去，骑了电动自行车，表情严肃地往老家赶。清晨灿烂的阳光把他的额头涂得油亮油亮的，莎莎爸就像一个肩负了任务的使者，有某种责任和庄严感在心中油然而生。也许正因为如此，他骑车的样子看上去有些生硬。他骑出了巷子，过了几条时宽时窄的街道，走了好长一段路，像是又想起了什么，于是调转车头往回骑了一段路，在一家超市门口停下，买了两瓶酒，就又往目的地赶。

他现在住的地方是新城，老家在老城，新旧两城之间，有十五里地。他已经很长时间没去过老城了，老城旧得恍若隔世，让他都骑车走错了路。他来到老家时，自己从前住的老房子已经不在了，但廖老幺住的还在。廖老幺住的房子，老旧得像一个暮年的老人，有气无力地佝偻在路边。他停下车，看到廖老幺家锈迹斑斑的铁门紧闭着，知道他还没起床，就站在门前扯了嗓子老幺老幺地喊。

闻讯从床上爬起来的廖老幺，开门看见老朋友，满脸都是惊喜。他用手使劲揉了揉眼角还残存着金黄眼屎的眼睛，确定不是梦境后将莎莎爸拉进了凌乱不堪的屋子。莎莎爸扬了扬另一个装了酒的塑料袋说，老幺，猜猜我给你带了什么？

廖老幺咧嘴一笑说，还猜什么猜？和尚头上的虱子明摆着呢。

酒嘛！

除了酒，你猜我还带来了什么？莎莎爸又扬了扬袋子说。

廖老幺又看了看袋子说，这我可猜不出。

莎莎爸把塑料袋在屋子里的木桌上放下，伸手从袋子里摸出那盒旧象棋说，老幺，这你都猜不着，真是的！

他边说边将象棋盒塞给了廖老幺。

廖老幺接过，拿着棋盒端详来又端详去，然后打开了棋盒。

那张黄旧的棋盘纸就掉了出来，落在了屋子里的地上。

廖老幺慌忙蹲下身子去捡棋盘纸，拿棋盒的手一歪斜，棋子就稀里哗啦掉一地了。

廖老幺没顾得去捡棋子，只把那折叠着的棋盘纸捡起来。他将它展开，呆呆地看着它，看着看着，就泪流满面了。

接着，两个老棋友相拥在一起，像两个小孩呜呜哭开了。

哭了，倾诉了，两人决定酣畅淋漓地杀上几盘。

俩老棋友，一张破旧的方桌前相向而坐，对弈起来。但让廖老幺没想到的是，这棋下得既不酣畅，也不淋漓。没有棋逢对手的那份因紧张和专注生出的快意。莎莎爸昏着儿迭出，毫无状态。廖老幺连赢几盘，发现莎莎爸总是心猿意马，神思恍惚时，他有些生气地一摔棋子说，你一肚子心事，咋还来找我下棋？

莎莎爸见廖老幺看穿了自己，就有些愧意地一个劲说对不起。廖老幺说，有心事就说出来，不要做闷葫芦。

莎莎爸想想，摆摆手说，其实也没什么。

廖老幺见莎莎爸欲言又止，一副犹犹豫豫的样子，就面有不悦了。他翻白眼仁瞅了瞅莎莎爸说，我知道你无事不登三宝殿的，你哪是找我下棋？要想与我下棋，你早找来了，分明是有事求我嘛。你是不是怕求我这劳改释放犯丢人？哎呀，有啥屁你就放个响，行不？

莎莎爸又磨蹭了一下，才吞吞吐吐地说明了来意。

廖老幺听完，说老伙计，你这分明是又想把我往局子里送嘛，你安的啥心呀？

莎莎爸说，不是因为孩子的前程，我也不来求你难为你。这事，你知我知。再说了，我那未来的女婿拿它去，不是干坏事，是去打豹子，做的都是为民除害的事。

廖老幺说，你女婿为民除害，做英雄，我廖老幺却要因为私造枪支二进宫。老伙计，你想得太美了，太划算了。我实话给你说吧，这事我干不了，也不想干！

莎莎爸说，老幺，难为你了。要不是莎莎缠着我央求我，我也不会来为难老伙计你的。这些年，我虽然没像你这样蹲班房，但日子也好不到哪去，摆个摊，像做贼似的，被城管撵得到处跑。看着莎莎找了个在县政府里工作的男朋友，我们都巴望着这小子有出息，能谋个一官半职，我和你嫂子也就少遭人欺负了。所以，我今天就硬着头皮来找你。老幺，再说一遍，这事你知我知，别说出去。我知道我今天来找你，欠考虑，不妥，给老朋友添麻烦了。

莎莎爸说完话，站起身来，冲廖老幺深深地鞠了躬，然后，就告辞了。

莎莎爸出了廖老幺的门，一只脚才跨上电动自行车，就听见廖老幺在屋子里唤他。

廖老幺说，老伙计，我改主意了。莎莎是我看着长大的，我不帮她心不安！你给你那未来女婿说，让他想办法找根无缝钢管来，我总不能干无米之炊的事吧？

听廖老幺这话，莎莎爸感动得差点就双腿跪在廖老幺家门前了。

当莎莎把廖老幺同意帮忙造猎枪的消息告诉李小东时，李小东激动得一下就把莎莎抱了起来。他后来通过在市里工作的同学，弄到了造猎枪用的无缝钢管。廖老幺通过自己过去的狱友，弄到了十数发猎枪子弹。廖老幺真是一个造枪的能工巧匠，不到半个月工夫，就造出了一支性能优异的猎枪。莎莎爸骑电动自行车去取猎枪却犯了难，他甚至胆战心惊地想，自己背着一杆猎枪，要如何才能掩人耳目。要是碰上警察或联防队员，那还不是吃不了兜着走，要惹大祸的。

他想，只能把它伪装成钓鱼的器材了。

但他的担心在见了廖老幺后却成了多余。天生聪颖的廖老幺，早就想到了这一点，他竟然亲手造出了一支折叠式猎枪。这样一支猎枪，轻易地就能装进一个旅行箱里。

在把猎枪交给莎莎爸后，廖老幺拍了拍莎莎爸的肩膀说，这就算我提前给莎莎的彩礼了，她结婚时，你得请我坐主桌才是。

莎莎爸一边往旧旅行箱里装猎枪一边点头说，一定一定！老幺，你可是俩娃的大恩人哟。

廖老幺说，老伙计，拿好话哄我？

莎莎爸啪地关了箱子，站起身来，拉上廖老幺的手说，哄你下辈子变牲畜。

别发恶誓！廖老幺摆摆手说，令婿若是今后真当了领导，罩着点他幺叔就行了。

莎莎爸点头说，自然，自然。

廖老幺将装了猎枪的旧旅行箱弯腰提起，然后顺手递给了莎莎爸，示意他可以离开了。莎莎爸依旧一副衷肠未倾诉尽的依依不舍的样子。

廖老幺挥了挥手半开玩笑半认真地说，走吧，走吧，老伙伴，啰唆啥？不就那六个字：苟富贵，勿相忘。是不是？苟富贵，勿相忘！勿相忘哦！

五

猎枪是莎莎从县城带到豹子箐村交给李小东的。从县城到豹子箐村，要坐一个早上的乡间长途客车。李小东中午接到莎莎的时候，恍若是正在出演一部描写二十世纪三四十年代地下工作的电影。莎莎雪白的脖子上系着一条血红的丝巾，穿一件蔚蓝色的连衣裙，提着一个柳条箱。那种李小东只在电影电视剧中见过的柳条箱。他情不自禁地想起当年从事地下工作的女特工。

于是，莎莎站在他面前的时候，他终于忍俊不禁，笑了。

莎莎没笑，她机警地看一下四周说，笑什么笑？人家都快紧张死了，亏你还笑得出！

莎莎一边责备李小东，一边把箱子递到李小东手里，压低了嗓门说，枪就在箱子里。

李小东回到住处，关了门，拉了窗帘，打开柳条箱，就看到了新得贼亮的猎枪。他将枪从箱子里拿出来，细细端详一阵子，把枪又放回柳条箱里，转身就把莎莎抱了起来。

莎莎，你太有能耐了，我真是爱死你了！李小东动情地说。

唉，唉，小东，你干什么呀？你手上的油弄脏我的衣服了，莎莎挣扎着说。

弄脏你的衣服了？李小东嬉皮笑脸地说，那我帮你脱了。

莎莎咯咯笑了说，李小东，你可不准耍流氓。

李小东说，我今天流氓定了。

一对兴奋的男女，喘息声和呻吟声让村委会空寂冷落的院子里顿时春风荡漾了。

激情过后，莎莎无限满足地坐下午的乡间客车回县城了。把莎莎送走后，李小东提了柳条箱，就去野猪岭社了。出村口时，他没忘记给黄二狗捎上两瓶醉明月。

李小东来到黄二狗家，正是晚饭时间。黄二狗看见李小东手上提的醉明月，高兴得手舞足蹈地迎向李小东，一把就抓了李小东手上装酒的袋子，转身就往厨房走，边走边喊，妈，有好酒嘞！李小东带醉明月来了，你得炸盘花生米。

李小东说，二狗兄，你咋眼睛里只有酒，还有箱子嘛。

黄二狗说，箱子你随便放院子里，我这样的家，贼才懒得来哩，安生得很。

但李小东还是坚持让黄二狗将柳条箱放屋子里去。黄二狗不待见柳条箱，他说，你送我箱子干啥？我又没东西可装。

李小东说，这不是送你的，你可摆放好了，里面的东西可珍贵了。

黄二狗听说有珍贵东西，好奇心就冒了头，想打开箱子看看，但被李小东制止了。李小东冲厨房方向努努嘴说，别让你妈看见了。

你连我妈也防呀？黄二狗边说边摇了摇头，你们城里人，心眼子真多！

李小东说，二狗兄，我们要打豹子的事，可不能给你妈说哦。

黄二狗说，小东兄，打啥豹子哟，你还真以为能弄到猎枪？

李小东听黄二狗这么说，以为自己之前给黄二狗的开导工作白做了，就说，二狗，你不会把我过去说给你的话当了耳边风吧？

黄二狗没回答他，而是提了箱子进屋去了。李小东也有些急了，跟进屋去说，二狗，你不会后悔了吧？

后悔啥？黄二狗放下箱子，搔了搔头皮说。

打豹子呀，李小东说。

黄二狗摊了摊手说，我又不是武松，拿锤子打？

李小东说，二狗，如果我真弄到枪呢？

黄二狗笑笑，摇了摇头说，我晓得你们当干部的，耍嘴皮子行，弄枪，又不是吹牛？

这话把李小东真逼急了，他说，你到底打不打？

黄二狗说，你弄到枪我就打！

好！痛快！李小东差一点就拍了巴掌，他将手伸出来说，二狗兄，咱们拉钩。

拉就拉！

俩小拇指就真钩在了一起。

黄二狗咧嘴笑了笑看着自己的小拇指说，这，这还是小时候玩过的了。

李小东说，二狗兄，今天我就让你见识见识，看看你老弟我是耍嘴皮子的还是做实事的。

他边说边蹲下身子，打开了柳条箱。

箱子打开，黄二狗被惊得嘴成了O形，激动得俯下身子就去抓枪。这时，院子里响起了黄三娘吆喝开饭的声音。

黄二狗冲李小东竖一个大拇指说，哥就一个字，服气！

李小东纠正说，是两个字。

黄二狗在李小东肩头击一掌说，管屎它几个字，反正今天我弟兄伙就一个字——一醉方休。

是就一句话，李小东又纠正说。

这饭吃的是那个开心，这酒喝得是那个畅快。俩年轻人的这份高兴劲，让黄三娘莫名其妙。她自个吃完饭，就进房歇着去了。黄三娘离开后，这兄弟俩酒喝得越发放肆了，直到月亮都把院子罩上一层清辉，俩都没有停杯的意思。

酒对黄二狗来说，就是干旱的禾苗遇到了水。原本木讷得近乎痴呆的黄二狗，在酒精的作用下，变得既活泛又灵光了。他甚至笑话李小东，认为他这是铤而走险。李小东说，那这还不是为了你。黄二狗不信，说李小东，你是把我当枪使，你这是富贵险中求。

李小东脸上就有些挂不住，他说，二狗兄，我们现在是一根绳上的蚂蚱，一荣俱荣的。

黄二狗咧嘴一笑说，也是一毁俱毁的。小东兄弟，你不要担心我会半路撂挑子，咱山里人实诚得很，说出去的话就是泼出去的水，收不回的。说句掏心窝子的话，打豹子，你这是搔到我心窝窝的痒处了，当过猎人的，只打些个兔子岩羊麂子，是算不上个好猎手的。能打一只豹子，今后哪一天我去了阴界，见我爹我也会拍胸脯，我没丢他脸。

李小东提议，明天一大早就到岭上去打豹子。黄二狗听了李小东的话，就说你是外行。你以为豹子是想打就能打到的？黄二狗看着李小东，像教育一个小学生一样说，我们先得想办法搞清豹子的活动规律，像无头苍蝇在山里乱窜，是找不到豹子的。我给你出个主意，你去找牧羊人徐家桥。我听说徐家桥放的羊被豹子前后吃了不下三只了。三只羊，值上万块钱，痛得徐家桥提了板斧，在山里找寻了好几天，说要跟豹子拼命。

拿板斧去砍豹子？李小东说，这徐家桥胆子也够大的！他没找到豹子？

要真找到豹子，他还能活着吗？黄二狗将半杯残酒一仰脖倒进嘴里，咽下后打了呵欠说，该困觉了，再不睡，太阳就该从东山上爬出来了。

翌日清晨，李小东起了床，没管鼾声正欢的黄二狗，就忍着头痛去找徐家桥。昨晚酒喝多了，走在乡间的小道上，李小东感到头重脚轻，一会儿，额头上就全是虚汗了。

来到徐家桥的靠山脚的住处，李小东远远地就闻到了一股膻骚的气息，晨风将这种气息送进了李小东的鼻子里，让他肚子里顿时翻江倒海起来。他蹲在路边干呕了一阵，就又强打精神，去找徐家桥。

徐家桥正准备出门，就看见了朝自己走来的李小东，于是就把身上巨大的箩筐放下来，招呼李小东，说前世修来的福分嘛，干部来茅舍还是头一遭。徐家桥的话不像敷衍，他欢天喜地去倒茶找香烟的样子，把李小东当成了贵客。

李小东接过热茶，徐家桥又赶紧递烟。李小东摆摆手，说自己不会抽烟。徐家桥自个点上，吸一口后，喷着烟雾说，你这样的大干部，无事不登三宝殿，一定是我的补偿有眉目了。

李小东摇头，说补偿的事，归村主任管。

听说李小东不是为补偿而来，徐家桥有点失望，就说，那你找我有啥事？

我今天想跟你去岭上放羊，李小东说。

领导跟我去放羊，太阳从西边出来了。徐家桥不敢相信自己的耳朵，他说，你逗我开心吗？

李小东说，我想听你给我说说那只豹子。

徐家桥一听说豹子就来气了，他吹胡子瞪眼地说，有啥好说的，都怨那只狗日的豹子，现在我的羊都不敢放岭上去了，都关羊厩里，割草来喂。

李小东明白了，刚才徐家桥放下的箩筐，是装青草用的。于是李小东就把手按在箩筐上说，那我陪你割草去。

李小东花了一个上午跟徐家桥割羊草，但从徐家桥嘴里获得的关于豹子的情报却很少。徐家桥对那只吃了他三只羊的豹子有满腹仇恨，他说自己在山里寻了三天，连豹子的影子都没找着。只是在山中的几个地方，发现了豹子屎。那屎里，还残存着豹子没消化掉的山羊毛。

尽管如此，李小东还是掏笔，将徐家桥发现豹子屎的地方，详细地记在了随身携带的便抄上了。

李小东像一个受挫的情报员，带着可怜分分的收获，正午的时候去见黄二狗。黄三娘下地干活去了，黄二狗就一个人躲在家里擦拭那支李小东带来的猎枪。他见李小东推门进院子了，就端着猎枪冲李小东开起了玩笑，举起手来，缴枪不杀！

看着黑洞洞的枪口，李小东被吓了一跳，他正色道，二狗兄，别开这样的玩笑，会走火的。

黄二狗嘿嘿笑了说，看你这囧样，怕是你才要吃豹子胆。子弹都没装，走啥火？

李小东将黄二狗手上的枪推向一边说，我没心思跟你开玩笑，早上你梦周公的时候，我去找徐家桥了，陪他割了一上午草，也没打探到什么有价值的关于豹子的线索。他说他在岭上转了三天，就只见过几堆豹子屎。

黄二狗一听，就把猎枪往门边一放，拍了一下手说，这还叫没线索？这可是大线索！找到豹子屎，离找到豹子也就不远了。你可能不晓得，这豹子，它是用屎尿来标记自己的领地的。小东老弟，今晚天一黑，我们就进山。

为啥要等天黑？李小东说，天黑了，森林里什么都看不见，你大白天要干什么呀？

黄二狗说，豹子白天都躲山洞里。

李小东说，徐家桥的羊不是白天被豹子咬死的？

黄二狗说，那只能说明那是只饥饿的豹子，饥饿让它白天出来冒险！它这几天刚吃了羊，白天不会出来的。我是猎人，我比你懂野物，你听我的没错。

在打豹子这件事上，李小东当然清楚自己要听黄二狗的。夜幕低垂的时候，黄二狗带着李小东，提着柳条箱往山岭深处去。临走时，黄二狗还往空胶壶里灌了二斤烧酒，这让李小东心里很不舒服。什么德行，打豹子这样重要的事，也忘不了这两口猫尿？李小东在心里恶狠狠地说。

越往山岭深处走，路就越崎岖，然后就干脆没有路了。如果没有黄二狗，李小东一定会把自己看成一只无头苍蝇，他已经不知道东南西北了。周遭都是森严的树木，阴沉得瘆人，越走越让人提心吊胆。黄二狗走到山里，只顾低头走路，屁也不放一个。他在深夜的山中，走得又快又矫健，让李小东跟得气喘吁吁。有一阵子，李小东脚下蹿过去一团东西，吓得李小东啊了一声，前面的黄二狗头也不回，吐了两个字：野兔。又有一阵子，李小东头上又飞过去一片东西，吓得李小东大叫一声妈呀，黄二狗依旧不回头，又吐出两个字：锦鸡。李小东对黄二狗这副司空见惯的做派简直到了深恶痛绝的地步。他觉得自己就像一个新兵跟在身经百战的将军后面，这感受糟糕得让他心中有了羞耻。

我们这是要去哪里？李小东说。他有些怀疑黄二狗跟自己一样是在瞎走一气。

黄二狗终于回过头来，他不解地说，你啥意思，不是去打豹子吗？

李小东这才心里确定了，人家黄二狗没有像自己一样瞎走，人家走得很有目的性。

做个猎人真不容易，李小东有了切肤之感。直到他累得脚瘫手软的时候，黄二狗在一棵大松树下停了下来，他将手上的柳条箱往地上一放，打开箱子，将箱子里折叠了的猎枪拿出来，一边装子弹一边说，徐家桥说的豹子拉屎的地方，就该是这里了。

李小东不知道黄二狗的判断是对还是错，现在他只能听黄二狗的。

黄二狗准备就绪，就团了身子，抱了猎枪靠在大松树旁。他示意李小东也像自己一样。李小东说，这哪是打猎，这是守株待兔。

待的是豹子，黄二狗纠正说。

比喻而已，李小东说。

兔子是兔子，豹子是豹子，比个啥鸟喻？黄二狗说。在清冷的月光下，李小东看出了黄二狗认死理的那份倔劲儿。

原以为守株待兔是份轻松的事，等真的守了待了李小东才知道这是份累心的活计。来的路上虽然空寂冷清，毕竟还有脚下蹿过的兔子，头上飞过的锦鸡，而现在在这里，除了月光，就是风，还有就是被风吹得摇摇晃晃的树影。李小东这样呆坐了两个时辰后，心里有些烦躁不安了。古有守株待兔之傻，今有守株待豹之蠢，要被人知道，自己这笑话怕是要被讲一生的。

这真能等到豹子吗？李小东终于憋不住，问像个闷葫芦的黄二狗。

月光下李小东也能看清黄二狗翻的白眼。你问我？我又不是豹子。黄二狗没好气地说，如果你再这样喋喋不休，我肯定地给你讲，等不到。

为啥？

豹子不喜欢听人讲话！

那就像天上那轮月亮一样沉默着吧。李小东抬头凝视着头顶上的皓月想。

下半夜的时候，月亮躲进云层去了，风也紧了起来，怒涛泛起，仿佛一个山岭都在哭似的。山风比上半夜硬了许多冷了许多，李小东的牙齿无规律地上下撞击了几下，身子也哆嗦了一阵，就后悔出门前没多备件衣服了。

这时他闻到了酒香，低头一看，黄二狗将一壶盖烧酒，递到了他嘴边，示意他喝下。李小东接过，将满满一壶盖酒，倒进了嘴里。一股热辣的气息，从嘴一直冲刺到了心里，身上的寒意随之退去。李小东连续喝下三盖子酒后，内心生出了对黄二狗的感佩。这经验老到者，岂是自己这初出茅庐者可比的。想想临出门时自己对黄二狗带酒的鄙视，李小东现在鄙视了自己。

身子暖和了些，倦意就来了。漫长地等待守望，消磨了先前的新奇感，让狩猎成了一项既单调又乏味的苦差。李小东的眼皮不停地打架，如果不是刻意坚持，他会倚着这粗糙的大树的树干，做一个美梦或噩梦的。黄二狗却不同，他安静平和，连呼吸都均匀沉着，坐在大树下，始终盯着那些在月光下摇曳的树影。这个平日里表情呆滞，行动慵懒的家伙，在整个夜里都保持着一种罕见的机警。李小东想，这黄二狗也许天生就是做猎手的料。

李小东已经记不得自己是第几次打盹了，他只知道这最后一次打盹前，他都是自个儿醒过来的。而这最后一次，他是被黄二狗的胳膊给拐醒的。醒过来的他，目光迷离地看了看黄二狗。黄二狗努努嘴，要他往前方看。朝着黄二狗示意的方向看过去，李小东赫然发现，那树影摇曳处的杂木丛中，有着一个移动的黑影。这黑影正在朝着他们蹲守的方向移动。

李小东紧张得憋住了呼吸。

这时，他的耳朵也听到了黄二狗的呼吸声。这呼吸声不再均匀，变得短而急促。

渐渐地，死盯着黑影的李小东看清了，前方那向他们蹲守处移动过来的，就是一只豹子。这只豹子走得很慢，走得从容、镇定，仿佛一个巡视领地的王者，有着一种与生俱来的威严。这威严有着一种阴森的煞气，让人不寒而栗。

李小东发现自己的整个身子都紧张得僵硬了，心要从喉咙里蹦出来。他颤抖着伸出手，想去拉黄二狗的手，抓到的却是猎枪的枪管。正在试图瞄准的黄二狗，毫不客气地用枪管拨开了李小东的手，黄二狗显然是有些愤怒，拨弄的力量自然也重。李小东的手不由自主打在了树干上。

手击打树干的响动，让闲庭信步的豹子一惊，就在它尾巴竖起转身欲奔回树林去时，清脆的枪声响了起来。

砰！

夜里的枪声响得清脆辽远，让李小东耳膜生痛。李小东看见那只豹子发出一声低沉的孔叫，就窜进了树林里去了。

黄二狗扔掉枪，沮丧地一屁股坐在了地上。狩猎不成，整个人都被挫败感包围了。看着泄了气的黄二狗,李小东内疚得恨不得给自己两嘴巴。

都怪我影响了你,李小东充满歉意地对黄二狗说。

黄二狗摇了摇头说,不怪你,是我长时间不打猎,手生了。我才一扣扳机,就知道失手了!

六

野猪岭社的人,夜里都听见了岭上传来的枪声。一大清早起床后的邻里,都饶有兴趣地问对方听没听到枪声。也有人不相信是枪声,说是雷声。这招来对方一阵嘲笑,大晴天打雷,亏你想得出!

既然明确了是枪声,那是谁开的枪?野猪岭社已经好多年没听到过枪声了,这一声枪响,让他们既兴奋又有些惶恐。徐家桥一大早起来,抱了一捆草料出门就碰到了邻居桂花。他本想装作没看见她,就把草料抬高,试图遮住自己的脸。徐家桥刻意躲避着桂花,是因为他害怕那些风言风语。桂花的男人在市里打工,平日里桂花一人拖着三个未成年的孩子过,生活不易,作为邻居的徐家桥是看在眼里的。看着日子过得艰难的桂花,徐家桥心里就生出了同情,时不时就到桂花家去,帮忙修个水管,劈个柴什么的。有时宰了羊,也送条羊腿过去,给桂花家三个饿狼似的孩子打打牙祭。但有一次送过去的羊腿,被桂花提了去村上的乡街子卖。这事,被徐家桥媳妇知道了,媳妇心里很不爽,就给徐家桥诉说,徐家桥不以为然。于是,两口子就发生了口角,竟然大吵大闹起来,搞得整个社的人都知道了。于是,有人就背地里说,徐家桥勾引桂花,被媳妇发现了。媳妇跟他吵的是醋架。后来,桂花的男人春节回家来,就上门,要打徐家桥。社长闻讯赶来,才阻止了大动干戈。徐家桥觉得自己冤极了,整个儿一个羊肉没吃着却惹一身骚的憋屈。从那以后,徐家桥对桂花全然是一副惹不起，难道还躲不起的做派了，他们哪怕是撞见也视为陌路，相互之间气儿都不吭一声了。

但今早不一样，桂花先开了口。

家桥哥，昨晚岭上响枪了。

桂花先招呼，这让徐家桥有些猝不及防，他愣了一下，挤出个尴尬的笑容。

有这事？

难道你昨晚没听到枪声？

没听见，昨晚我喝高了，睡得死。

徐家桥抱着草料往羊厩走，桂花在身后说，谁吃了豹子胆了，敢在岭上放枪，难道不知道打猎是犯王法的吗？

徐家桥说，你凭啥说是打猎，万一是派出所的追逃犯放的枪呢？管啥闲事呀？

桂花听徐家桥抢白自己，就悻悻回自家院子了。抱了茅草径自往羊厩走的徐家桥，差点跟黄二狗撞个满怀。

好狗不挡道，徐家桥揶揄说。

黄二狗说，啥话？骂我可以，领导你也敢骂？

这时，徐家桥才看见跟在黄二狗后面的李小东，于是赶忙赔不是，说，我跟二狗玩笑嘞。大清早的，领导要跟二狗去哪里？

黄二狗想说我们是刚从岭上下来，但他才张嘴，话就被李小东抢过去了。我让二狗带我去他家调查调查。

徐家桥说，二狗，别辜负领导的良苦用心。其实，你可以学学我嘛，整几十头羊伺候伺候，几年光景，也能脱掉特困户的帽子。

黄二狗说，看把你能的。我再穷，也不当放羊郎。

李小东说，二狗，你啥思想？三百六十行，行行出状元，放羊郎怎么了？能致富，都是好样的。老徐，你忙吧，不耽误你喂羊了。

李小东示意黄二狗离开。但他跟黄二狗才走出去几步，就听见徐家桥说，领导、二狗，有人说昨晚岭上响枪了，是真的吗？

黄二狗心里一惊，木头一样站住了。李小东回过头来说，有这事，知道谁开的枪吗？

不晓得，徐家桥摇了摇头说。

李小东用手推揉了一下提着柳条箱的黄二狗，小声说，镇定点。

黄二狗说，我这心怦怦跳的，镇定不了。

村主任真是一个负责任的好领导，一听说野猪岭上响了枪，就带着镇上的森林公安到野猪岭来了。他来时，没忘记带那个显示自己官威的铁皮大喇叭。他举着那个大喇叭，用他的公鸡嗓，冲野猪岭的住户一顿狂喷，那样子像电视剧里狗仗人势的汉奸。

我知道是谁开的枪！

我还知道开枪的目的是想打豹子！

谁开的枪，谁有自知之明就主动站出来，坦白从宽，抗拒从严！

这些话和着山风灌进黄二狗的耳朵里，让他越听越害怕。黄二狗像风中的树，颤抖着身子对李小东说，听到没有？主任什么都知道，我们还是主动去承认吧。

李小东被黄二狗气得直瞪眼，心里直骂这黄二狗是烂泥巴扶不上墙。他正色道，你不自己吓唬自己会死吗？豹子你都不怕，就怕个村主任。没听出来他是在虚张声势吗？他要知道是你黄二狗开的枪，径直冲你家来，让警察把你铐走不就得啦？

但李小东是不了解村主任的刚愎自用的。在村主任的心里，他早认定了开枪的人，一点也没有虚张声势的意思。村主任玩的不完全是敲山震虎的招数，他觉得开枪的人是和尚头的上虱子明摆着的。但他认定的人就是不自觉站出来，这很让他失望。他拿铁皮大喇叭喊累了，认为自己已经仁至义尽了，就冲森林公安的人说，这分明是不见棺材不掉泪！

那就麻烦你们跟我走一趟了。

于是他挥挥手,迈开八字步,就走了。

但他走的方向,并不是黄二狗家的方向。

他带着森林公安的人去了牧羊人徐家桥家。

徐家桥已经给羊喂完草料,此时正躺在自家院子里的竹躺椅上,美滋滋地晒太阳。村主任一行推开他家院门的时候,他还以为是给自己送补贴来了,就笑嘻嘻地从竹躺椅上起来招呼。

主任,你托人带个通知,补贴我自己去领取嘛,用得着如此兴师动众?

村主任马着脸说,徐家桥,你就给我装吧,你以为你能靠蒙混过关?想得美!你自己说,昨晚岭上响的枪,是不是你放的?

徐家桥看着马着脸的村主任和板着脸的森林公安,知道村主任没跟自己开玩笑。他说,主任,我昨晚喝高了,睡得就像死猪,我咋个还能跑岭上放枪!你可不能冤枉好人哦。

没想到你还是个嘴硬的主!村主任盯着徐家桥说,冤枉你?我问你,谁与岭上那只豹子有仇?不就你徐家桥。它吃了你三只羊,相当于在你心上扎了三刀!徐家桥,这三刀把你扎狠了,扎得太痛了,扎得你失了理智,铤而走险了!对那只豹子,你恨不得千刀万剐,除之而后快对不对?

你说我恨那只豹子,一点都不错,我是想千刀万剐它!徐家桥点点头说,我同意你头头是道的分析,但昨晚我真的喝高了,岭上的枪不是我放的。

你是不见棺材不掉泪,还是死猪不怕开水烫?都这个时候了,你真以为抵赖还有用?村主任冲森林公安的人挥挥手说,还不给我房前屋后到处搜。

主任,搜家是犯法的!

徐家桥既像提醒又像警告说。

打豹子也是犯法的！村主任皮笑肉不笑地说，那你还打？

我没打！你怎么能空口无凭冤枉我？

正是因为不空口无凭，村主任用力一挥手说，搜！

几个人把徐家桥家翻了个底朝天，一无所获。

徐家桥喊着冤屈，申明自己要去法庭告他们。但徐家桥轻视了村主任的执着，也小看了他们的智商。村主任背着手在堆满了草料的屋后凝视一番后，指着草料垛对森林公安的人说，把这些草垛全翻一遍。

几个森林公安忙碌了一阵，竟然就有了斩获。

当一个森林公安将一支锈迹斑斑的猎枪从草垛里抽出来，放在徐家桥面前时，徐家桥承认是他的猎枪。他说自己对那只吃了他三只羊的豹子确实起了杀心，于是就花重金让邻居的一个亲戚在黑市上给自己买了这支猎枪。

赃物在此，你不会再抵赖了吧？村主任面带胜利者的微笑看着垂头丧气的徐家桥说。

天理良心，徐家桥指着天空说，昨晚岭上那枪不是我放的，我要说假话，天打五雷轰！

但此时的徐家桥发再毒的誓，在村主任和森林公安眼里，还不如一个屁。一个警察二话没说，掏出锃亮的手铐，就将徐家桥的两只手铐上了。

徐家桥被抓，黄二狗松了口气，不再胆战心惊了。他从家里拿出装了酒的胶壶，要李小东跟自己喝上两杯。李小东还沉浸在村主任制造的这件冤案中。他的脑海中，总是浮现出村主任那趾高气扬的得意样。在一个最最基层的干部身上，李小东真切地体会到了权力的傲慢。

这酒喝得人很不舒服。

黄二狗喝酒，原意是想与李小东庆祝逃过一劫。但黄二狗无论怎么喝，就是高兴不起来。

老徐真是个冤大头！

当这话连同酒气一起从黄二狗嘴里吐出来，黄二狗嘴一瘪，眼里就滚出泪水来了。李小东看着泪水流过黄二狗的面颊，负疚感和羞耻感混合着泛上心头了。

这酒也就喝不下去了。

告别了黄二狗，李小东回到村委会的宿舍。一夜未眠的他，头疼得像是要爆炸似的，于是就和衣躺在床上，想睡一觉。

但他怎么努力也无法入睡。后来就干脆起床了，脑子昏昏沉沉的他，去村口的乡村客运点，买了张车票，就回县城去了。

晚上莎莎来看他，见他一副暮气沉沉一蹶不振的样子，就奚落他没出息。莎莎说，豹子没打着，你就这样子？你是打豹子，又不是捕小鸡，有那么容易到手的？没打着，再去打嘛，只要豹子在，总有打中它那天。

李小东叹口气说，莎莎，我可不想再去打那豹子了。现在想起来就后怕，要不是那自以为是的村主任张冠李戴，我现在怕不是跟你在一起，而是蹲号子了。

莎莎轻蔑地瞅了一眼李小东说，你这样子，还梦想成大事？人家为啥抓那个牧羊人？因为，这牧羊人有作案动机。你呢？谁会想到你一个县扶贫工作队的队员会去打一只豹子？对不对？

李小东有些发蒙，加之一夜未眠，头脑昏沉得像灌了糨糊。他说，莎莎，你想说什么呀？

莎莎见李小东如是，有些生气了。她说，李小东，我说什么？我说没有人会认为你有作案动机，怀疑不到你身上。我是想提醒你，你弄不到那豹子胆，你会失去飞黄腾达的机会。如此好的机会，你不能任性地说不想干就不干了。你要的是豹子胆，不是豹子。你只要打到豹子，开膛破肚，取了胆全身而退就成功了。要藏一只死豹子难，目标太大，但要藏一个豹子胆,却易如反掌。一支枪我都能藏了给你带去,难道藏一个胆比枪还难?我一女流之辈都觉得不够难的事,你一个男子汉还嫌难?

听了莎莎这一通话,李小东就觉得脸上挂不住了。他咬了咬牙,富贵险中求,那我就再冒险一回!

莎莎听李小东这么一说,标致的脸上一松动,就有了笑容。她竖了一下大拇指说,这才是我喜欢的男人嘛!没野心的男人不配做男人!

莎莎边说边钻进了李小东的怀里。

李小东从县城回到豹子箐村,也是第二天下午,他才走进村委会,就跟村主任撞了个满怀。成功破获了野猪岭枪案的村主任心情大好,他说今晚要请李小东去家里喝两杯。

李秘书,一定要去,村主任说,今天我老婆准备了上等的下酒菜,全是些刚冒头的野生蘑菇,味道可鲜美了。

李小东说,野生蘑菇?是牛肝菌吗?我来驻村前听人说,全县就数豹子箐的牛肝菌好,那可是上等食材。

没错,这野生蘑菇就是牛肝菌,村主任拍了拍李小东的肩膀说,这豹子箐的牛肝菌,又数野猪岭社的最好。自从岭上出现了豹子,就没人敢上山拾菌了,街子上也就没野猪岭的牛肝菌卖了。但今天早上,我老婆上街,却意外买到了野猪岭的野生牛肝菌。听我老婆说,是一个叫桂花的婆娘背来卖的。这女人胆量不小,敢去岭上拾菌,我老婆说她怕是吃了豹子胆了。

李小东笑了笑,说吃了豹子胆,真的就胆大?

村主任说,常言就这么说,我又没吃过,不晓得。那叫桂花的婆娘,哪是吃啥豹子胆,分明是瞎子见钱眼睁开了。这牛肝菌卖得挺贵的,她是为了钱铤而走险,虎口夺食。

是豹口夺食,李小东笑着纠正说。

这野生牛肝菌的滋味，只有吃过的人才知它的鲜美。李小东还知道，这样好的酒食是不能白吃的，自己得忍受村主任的自吹自擂。抓了徐家桥，制造了一场冤案的村主任，自负得超过了福尔摩斯。一听说岭上有人放枪，我就锁定了他徐家桥。村主任端着酒杯，无限炫耀地对李小东说，这就是经验，这豹子箐村四个社，三千号人，谁翘翘尾巴，我就知道他要拉什么屎。

李小东说，主任，经验主义是会犯错误的。因为，很多事都超出了经验。如果徐家桥是冤枉的，你会尴尬吗？

尴尬？不会！村主任往嘴里灌下半杯酒后说，李秘书，你要会推理嘛，谁因为豹子吃了亏？是徐家桥。谁最恨豹子？吃了豹子大亏的人嘛，那还是徐家桥！他不打豹子，谁会打？这样一推，这样一理，不就亮堂了。咋会冤枉呢？要冤枉，那就是有人指认，说豹子是你李秘书打的。但这话谁会信？

李小东说，何以见得？万一真是我李小东打的豹子，你尴尬不？

不可能！村主任一巴掌拍在酒桌上说，李秘书，凡事都讲个动机，你没有动机。

万一我有呢？李小东抢白说。

你不会有！村主任武断地说。

面对脸红脖子粗的村主任，李小东无语了。

人就这样子，自以为很聪明，其实愚蠢得匪夷所思。

想想徐家桥，李小东突然就又有了内疚。

七

李小东在村上忙活了几天给贫困户造册的工作，周末的时候，又提上两瓶烧酒去野猪岭社找黄二狗了。黄三娘见干部隔三岔五往她家跑，跟自己的儿子二狗如胶似漆，不分彼此，这让她这做娘的心里一直很高兴。今天又见李小东，又见他提了酒，黄三娘整个脸就笑得沟沟坎坎的了。她招呼完李小东，给他上了茶，见两个年轻人交头接耳，就自顾出门去。她想去唐小芬的土杂店，买包花生米，给两个年轻人当晚饭的下酒菜。

  黄三娘在半路上就遇到了背着背篓从岭上下来的桂花。黄三娘想，这丫头一定走了不少路，额头上都沁出亮晶晶的汗珠了。于是三娘就招呼说，桂花，你上岭了？桂花点点头，说上了，三娘，你不会也要上岭去吧？三娘说，我上岭干啥？家里来干部了，我去买点下酒菜。

  一听黄三娘要买下酒菜，桂花就把背上的背篓放下来，向三娘兜售她在山上捡拾来的牛肝菌。桂花说，三娘，招待干部，这下酒一流了。

  三娘弯下腰，拿起一朵，放鼻前闻了闻说，好菌子，多少一斤呀？

  桂花说，今年贵些，五十元一市斤。

  桂花的话，惊得黄三娘舌头都伸出来了。这么贵？她摇了摇头说，桂花，乡里乡亲的，你狮子大张口。

  三娘，桂花叫唤一声说，什么狮子老虎的，今年岭上有豹子，没人敢进山林去，水涨船高，物以稀为贵嘛。

  听桂花这一解释，黄三娘知道菌子贵的缘由了。但她还是不解地说，桂花，都没人敢进山林了，你为啥敢去？就不怕豹子撕吃了你？

  桂花听了黄三娘的话，就笑，说自己有秘密武器。

  秘密还武器？

  三娘不解。

  于是桂花就指了指自己身上的衣服。

  黄三娘这时才注意到，桂花上身穿了件豹纹的衣服。

  我男人今年春节前回家给我从城里捎的，桂花说，要在山里真碰上豹子，我就蹲下去，变成一只母豹子。

桂花边说边就蹲了下去，她这样子，可把黄三娘逗乐了。

三娘说，嘿，还真像只母豹子！

三娘边说边就要从桂花身边绕过去。

桂花说，三娘，你不买菌子了？

三娘说，桂花，我一个贫困户，买五十块钱一斤的菌子吃，会遭雷劈的。

桂花为难地说，三娘，但我又不能便宜你，我不也是没办法吗？去山里捡这菌子不容易，心都提到喉咙眼子了，说不怕，说穿了豹纹衣服，其实是哄自己的。

那你还去捡？真是瞎子见钱眼开了。三娘看着桂花说，桂花，你这是麻线上打秋千，危险得很！

我咋不知道危险？桂花说，我想凑点钱进城去，没其他办法才进的山。

进城？黄三娘说，进城找你男人？

桂花摇摇头说，三娘，不是我男人打工的那个城，是县城。

黄三娘说，你不要命地去捡菌卖钱去县城，为啥？

我觉得徐家桥冤！桂花说。

原来是为徐家桥！

黄三娘比碰上豹子还吃惊。

原来我还骂村子里那些长舌妇嚼舌头，原来你们真有一腿，黄三娘说。

三娘！桂花着急地说，三娘你可别乱说，我跟徐家桥清白得很！

清白？你哄鬼去！黄三娘说，那你凭啥去给他喊冤？

桂花说，凭他是个好人！凭他不占我便宜！也要帮我和娃！

黄三娘说，桂花，就算你跟他清白，但你心里有他了，你这是情人眼里出西施！在他家猎枪都搜出来了，那枪还不是他放响的？他说他冤，你就信？

我信，三娘。

桂花咬了牙对黄三娘说。

执迷不悟的桂花，感动了黄三娘。她对桂花说，桂花，今天我这贫困户也奢侈一回，给我来斤菌子！

黄三娘出门去买下酒菜的时候，李小东和黄二狗两人吵开了。

也许是徐家桥被抓，震慑了黄二狗。当李小东提出再次进山去打豹子的想法时，被黄二狗干脆利落地一口拒绝了。他要李小东另请高明。

李小东说，大砖房不要了？大花姑娘也不想要了？

想！黄二狗坚定地说，但接着就叹了一口气，想归想，不要了！

黄二狗说撂挑子就撂挑子，这是李小东没有想到的。李小东就着急得乱了方寸，骂黄二狗胆小如鼠，不配做男人。李小东拿话激他，但黄二狗依旧一副死猪不怕开水烫的样子。他总是耸了肩摊了手对李小东说，我可不想蹲班房。

直到黄三娘提着塑料袋装的那斤牛肝菌回到家来，李小东和黄二狗才不得不消停了下来。

黄三娘的菌子做得好，但李小东却吃不出好滋味，亏了老人家的良苦用心。话不投机，李小东与黄二狗，酒也就喝得马虎，不一会儿就草草收场了。三娘没看到两个年轻人从前那份热乎劲，以为是二狗得罪李小东了。她一边收拾残羹剩汁一边对李小东说，你宰相肚里能撑船，别跟我家二狗一般见识。

黄二狗摆摆手说，妈你啥都不晓得，凑啥热闹呀？去厨房忙活你的去。

黄三娘就抱了碗筷，去厨房刷洗了。

李小东阴沉着脸问黄二狗，说我的柳条箱呢？

黄二狗说，在里屋床下，你要柳条箱做甚？

李小东没吭声，径直就进了里屋，把柳条箱提了出来。

黄二狗一边用牙签剔着牙一边说，小东兄弟，天都漆黑了，还回村公所去？

李小东摇头说，不，我上岭去。

上岭去？黄二狗有些吃惊，手上的牙签都掉地上了，说小东兄弟，这么晚了，上岭去做甚？

还能做甚，李小东甩了甩手上的柳条箱说，去打豹子呗！

李小东看一眼黄二狗，提了柳条箱，自个就出门去了。

黄二狗撒腿追出去。

你打不了豹子的，黄二狗对径直往前走的李小东说，你以为打猎是儿戏呀？

李小东突然转身，盯着黄二狗。

我知道我没有打豹子的本事，李小东说，但黄二狗，你知道你为啥穷，为啥活得如此窝囊吗？

我当然知道！黄二狗说，我是猎人，不准打猎了，我能不穷吗？

不，李小东摇摇头说，你不知道。不要以为自己是猎人，就认为自己连野兽都不怕，就胆大了。其实，你穷，你活成个光棍，你活得让人看不起，都是因为你太胆小，胆小到不敢为改变自己的命运，去冒一次险！

李小东这话，像子弹击中了黄二狗的要害。他用手不断地搔头皮，皱着眉头咬紧牙关，沉默良久。

看着黄二狗这样子，李小东叹一口气说，对不起，二狗兄，我这话虽说的是你，但也是说我自己，我也胆小，我也活得窝囊得很。

黄二狗翻白眼瞅一眼李小东，走上前伸手夺过了李小东的柳条箱，大步流星往前走。

李小东慌忙转身，小跑着追上黄二狗，拍了拍黄二狗的肩膀说，二狗兄,你这是干什么呀?

黄二狗说,还能干什么,跟你一起上岭打豹子嘛!

八

黄二狗在前面走,李小东跟在后面。

山林寂静得只听见他们急促的脚步声和粗重的喘息声。

天上无月。

林间无风。

夜黑得彻底,伸手不见五指。

在这样的夜晚寻找豹子,李小东想,除非是与豹子恰巧碰个迎头。能够证明黄二狗走在自己前面的,是他的喘息声和从嘴里喷出的酒气。在这山中如履平地的黄二狗,仿佛长了一双夜视眼。李小东能跟紧了黄二狗,凭的就是一个感觉。李小东还发现,这次去打豹子,竟然跟上一次有了许多不同。上次有月光,人反倒害怕,心中总有种恐惧。今晚抬头是黑色天幕上热闹的星星,但心里一点恐惧都没有,深一脚浅一脚地走,也一点也不害怕,哪怕前面就是万丈深渊。

李小东知道,此时让自己消除恐惧和害怕的,就是黄二狗。人与人在特殊环境下建立的信任关系,就这么简单直接。在这山岭上,在这样什么也看不见的夜晚,谁是强者,你只能相信他。

所以,黄二狗往前走,李小东也就后面跟,哪怕是瞎走一气。李小东甚至觉得,自己先前怀疑在这样的夜晚寻找不到豹子的念头,都是愚蠢的,不该有的。

山林里有一种阴森的气息,让人胆寒。李小东觉得自己和黄二狗此时不是人,而是幽灵。黄二狗一如既往地沉默,除了粗重的喘息声和沙沙的脚步声,李小东还能偶尔闻到黄二狗身上的酒味。李小东再也无法忍受这种沉闷，他喘了口气问，二狗兄，我们这是要去哪里？

黄二狗停住，李小东听到了柳条箱碰到地面的声音。黄二狗头也不回说，不是要打豹子吗？

李小东说，是。

豹子不会等着我们去打，黄二狗依旧不回头地说。

这样乱窜恐怕也找不到豹子，李小东说。

黄二狗对李小东说的话既不反驳也不赞同，他嘴里吐出两个字：

碰呗。

黄二狗话虽这么说，但还是改变了在山林里瞎走乱窜的方式，又重新回到前次伏击豹子的地方。黄二狗索性将柳条箱平放地上，枕着它打起盹来。

李小东掏出手机，才发现整个上半夜都在这山林里绕圈圈了。他很想问黄二狗，豹子上次在这里受了惊吓，它还会再次出现在这里吗？它会不会早挪窝了，重新建立了自己的领地？

但黄二狗的鼾声让李小东打消了询问黄二狗的念头。李小东背靠着大松树，也睡过去了。

李小东开始做梦，梦见自己一个人在极地行走，但也分不清是南极还是北极。

天还没放亮，黄三娘就起了床。

黄三娘也做了个梦，梦见自己的青包谷又被野猪糟蹋了。起了床的三娘一边唤着自己儿子，一边诅咒着让她睡不好安稳觉的野猪。

没听到儿子应自己，黄三娘有些生气，骂道，二狗，你难道也被野猪叼了？

三娘边说边推开儿子屋的门，才发现屋子里别说儿子，连鬼都没有。三娘只好一个人出了屋，在院子里寻得一根竹竿，就壮了胆去看自己的包谷地了。

三娘走出一段，在路的拐弯处，差点跟人撞个满怀。被吓得魂都差点像惊鸟一样飞出去的三娘，发现差点跟她相撞的人是桂花，就说，是桂花呀，我还以为撞上鬼了。

桂花说，原来是三娘，我还以为碰上老妖精了。

乡下人打招呼，有时是讲规矩，有时又不讲规矩，你说我一句，我还你一句，谁也不往心里去。

黄三娘说，桂花，你看见我家二狗没有？

这下桂花倒是真生气了。她说，黄三娘，你啥意思，这话像是我偷了你家二狗似的？

黄三娘自知说错了话，赶忙赔笑脸说，桂花，你想多啦，我可没那意思。你这大老早的，要去哪里呀？

桂花白一眼黄三娘说，能去哪，总不能大清早去钻男人被窝吧？我这是上山去采菌子。

这么早进山，你就不怕遇见豹子？黄三娘说。

桂花咧嘴一笑，指了指自己身上穿的豹纹衣服笑而不答。

桂花笑着就打三娘身边走过去了。三娘往前走了几步，又停了下来。不知怎么她又想起了桂花。她用竹竿在地上连敲三下说，桂花这小婆娘，怕是吃了豹子胆了！

全世界都是雪花。

全世界都是冰凌。

全世界都是深入骨髓的冷！

从梦中惊醒的李小东，发现自己仿佛也成了冰人。他牙齿打着架，好半天才回过神来。山岭上的夜，好冷！他偏了头看黄二狗，发现黄二狗早醒了，一个人蜷缩在柳条箱旁抽烟。黄二狗喷一大口烟雾说，要是有壶酒整上两口就好了。

李小东说，你做梦讨媳妇呀？痴心妄想！

黄二狗扔了烟头，站起身，用力踩了几下烟头说，今夜这豹子，看来打不成了，还是回家困觉吧。

于是，两人就一前一后下山。

对面的山峦上，有了鱼肚白。

黄二狗摇了摇头说，这一夜，白折腾了。

李小东说，我们不找豹子了？

黄二狗说，找啥找？天都快亮了。

李小东沮丧极了，有精无神地跟在黄二狗身后，活像一个从战场上下来的逃兵。

黄二狗提着柳条箱，面无表情地走在前面，毫不关心一身挫败感的李小东。下山的路，并不比上山轻松，加之一夜没睡好，走得就都吃力得很。

就在他们要走出山林的时候，走在前面的黄二狗突然退了两步，就像受了惊吓。柳条箱都从他手里掉到了地上。

他紧抓李小东的手说，你看，左边山箐松林里，好像是豹子。

李小东紧张地顺着黄二狗指的方向看过去说，是豹子，二狗，千真万确，我连它身上的豹纹都看见了。

黄二狗手忙脚乱地打开柳条箱，将猎枪拿出来。他一边哆嗦着装子弹一边对李小东说，你可盯好了，这次再放跑它，再要找它就难了。

他们轻脚轻手离开山路，找了一个最佳射击点。这是一个堪称完美的射击点，一棵树的分叉处正好让黄二狗架猎枪，这无疑增加了射击的准头。

黄二狗架好猎枪，眯着眼，做好了瞄准的姿势。这姿势自然放松，他的枪口随着林中移动的东西移动。

黄二狗对李小东小声说，这豹子在找啥？难道谁家羊这么早就放上山了？

李小东没吭声,他认真地观察着森林里那移动的东西。他惊讶地发现,那不是豹子,是一个人!

李小东正打算向黄二狗说出自己的发现,耳畔,一声心惊肉跳的枪声清脆地响了,震得他的头都差点炸裂了。

枪声,将一轮旭日惊得从东边山峦跳了出来……

叫了一声

挨了领导一顿训，说我恍兮惚兮，干工作像梦游。领导的话像一梭子弹击中了我的痛点，让我哑口无言。我低着头走出领导办公室的时候，领导在背后又补了一梭子——你过去可是科室里的先进，过去干工作的那股劲儿哪儿去了？

哪儿去了？我边走边心里暗自嘀咕，过去，我没想过要二胎呀。

这时手机响起来了。

电话是妻子打来的，仿佛是天塌了下来。光贵，妻子在电话里喊，你还不赶紧回来，家里出大事了。

我握手机的手禁不住一哆嗦，就问出啥大事了？

你妈，她语气比先前更急促了，你妈把玉佛弄丢了！

还以为是天大的事。我舒了一口气，镇定从容地对妻子说，丢了就丢了呗，大惊小怪的。

你说啥？电话另一端的妻子提高了嗓门，我的话显然是让她怒火中烧。吴光贵呀吴光贵，你哪儿来的口气，丢了就丢了，那可是两万块钱的东西！

我知道是两万块钱的东西，那是我前几个月出差去边境小城瑞丽买的。两万块钱对我一个小公务员来说，是不吃不喝不花销一个季度的收入。但自己母亲弄丢了这两万块钱的玉佛，不是丢了就丢了，还能怎么样呢？

两万块钱咋啦？二十万，二百万又咋啦？我心中突然冒出一股火来，对着电话吼道，东西都丢了，你让我妈生一个出来？东西又不是我兄弟！

你……振振有词的妻子突然哑了火，啜泣声撞痛了我的耳膜。我有些后悔自己的冲动，正欲赔个不是，妻子却挂断了电话。

人这辈子，会犯大大小小的错误。小错好纠，大错难补。我活了四十年，算是活了半辈子。这后半辈子会犯什么大错，我不知道。但这前半辈子，我太清楚自己犯的大错，那就是冲动地让老婆怀上了二胎。

我现在身上还背着一个月几千元的房贷，再养个孩子，断是请不起保姆的。但国家二孩政策出台，我们的同事都把它当成了福利。科长是六〇后，他总是对我说，小吴呀，现在政策好了，六〇后也老了，我是不行了，你可要把握好机会。我们科长和我一样都来自农村，养的都是女儿。这农村出来的人，尽管受了高等教育，也知道了男女平等，但在这生男生女的问题上，还是不坦然，还是看不开。回乡下去，面对亲戚，就会有压力。科长姓林，他老父亲总在他面前叹气，说你这辈好不容易让林家进了省城，但下一辈，省城就没我林家了。

我父亲不会这样说，在我才十岁的时候，他就抛下我母亲和我，以及我的二弟三妹撒手人寰了。我和妻有了女儿娇娇，母亲说，女儿好！女儿是父亲的小棉袄。我和妻都很感激母亲的深明大义和洒脱。但后来二弟家养的也是一个女儿，我母亲就有些失落了。她由此觉得自己亏欠了父亲，常一个人去父亲的坟头，要父亲不要责备她。

去年春节我回老家过年，妹妹对我说，哥，你得努点力，二哥家虽怀上了二胎，但妈请人卜算了，说还是个丫头。你回来，妈脸上的笑是刻意堆上去的，她一点也不快活。

我说我不能因为让妈心里快活,就生二胎。这可不是我这当大哥的一人说了算的,还得征求你大嫂的意见。你大嫂是知识分子家庭出身,最讨厌的就是封建余孽。

我话是这样给妹妹说了,但春节过后回来还是鼓起勇气给妻子说了生二胎的想法。妻不置可否,说要找她父母商量。我于是就准备了挨批,陪妻子回了趟娘家。正在专心看报的岳父听我说想要二胎,放了报纸一拍腿站了起来,说好,好呀!这世上什么才是最可宝贵的财富?他看着我问,我答不上。他又看着他女儿问了一遍,妻子依旧没答上。于是他就揭晓了答案,人呀!人才是最可宝贵的财富!你们想生二胎,我举双手赞成!

岳父将双手举过头顶的样子很滑稽,仿佛不是赞同,而是投降。

岳母看岳父这样子,就摆摆手说,得得得,你赞成,孩子生了你带?娇娇就把我这把老骨头折腾得够呛了!我得把丑话说在前面,你们想生二胎我不反对,但要巴望我来带,那是不可能的。我要趁还能走得动,出去走走,我也有我的诗和远方,就像现在网上最火的那句话一样——世界那么大,我想去看看。

妻子听岳母那么说,就道,孩子生下来不劳二老操心,我们请保姆带。

岳母撇了撇嘴说,请保姆?你们那点收入,又欠着房贷,你们请得起吗?

妻子看着我,眼神中有求援的意味。情急之下,我脑洞大开,援军就跃出了脑海。我说,妈,有办法的,我让娇娇的奶奶来带。

这样的事,最好的援军是自己的母亲。岳父岳母听我这么一说,也就没有了意见。我与妻班师回朝的路上,妻子说,一说生二胎,光贵,你这榆木脑袋咋一下就灵光了呢?

我说,我这是超强大脑。妻子撇撇嘴说,光贵,你这人咋这样?说你胖你就喘!现在我们只是解决了生二胎的后勤保障问题,要生二胎,还要你这个先锋能冲锋陷阵,你看你这油肚。她拍了拍我的肚子,警告说,回到家,不准蔫鸡样!

妻子边说边冲我暧昧地笑了笑。

我现在骑着电动自行车往家赶,脑海里出现从前妻子那个暧昧的笑容,依然觉得是那么妩媚。

一切美好和妩媚,都是昙花一现吗?我苦笑了一下,骑在电动自行车上的我,又陷入了回忆里……

带着吹糠见米创造一个人的任务去过夫妻生活,对我来说绝对是个苦活。为了生二胎,我和妻子顾不得白天上班的劳累,在夜里兢兢业业地耕耘,直让我对夜幕一低垂就充满恐惧。当近六十个恐怖的夜晚过去,胆战心惊、弹尽粮绝的我,终于从妻子的口中获得了犹如救命稻草的捷报。那真是一个用任何美好的形容词来形容都不过分的傍晚。去医院做了检查的妻子一手拿着化验单一手骄傲地拍着肚子说,光贵,有啦!听了妻子的话,我像一个陷入拉锯战的将军听到前方传来捷报那样激动地将妻子抱了起来。我的冲动马上被妻子的惊叫止住。妻子戳了一下我的额头说,别毛手毛脚,弄流产了咋办?吴光贵,我可告诉你,从现在开始,我不是肉做的,是瓷做的,你要小心轻放,还有,从今以后,一切家务活儿,你得三包。

我头点得像鸡啄米,嘴里吐出一串是是是,脑子里又出现了我永恒的援军——我的母亲。

我说,老婆,我马上通知娇娇的奶奶,让她尽早从乡下来这儿。

招之即来的母亲,背上背着一个大包。大包里除装了她的换洗衣服外,就是她认为孕妇要吃的补品——几乎全是我家乡的土特产。我去长途汽车站接她的时候,她已在长途汽车站的门口等着我了。她佝偻着的样子显得既矮又小,让她背上的背包显得既大又沉。她干瘦的两只手也没闲着,左手提着一筐易碎的土鸡蛋,右手在胸前搂着一个易碎的瓷观音。

我把她的背包和土鸡蛋放进从朋友那儿借来的马自达轿车的后备厢里，示意母亲把她搂在胸前的瓷观音也放进后备厢。母亲后退了两步说，娃儿，你这车厢不保险。她边说边把观音搂得更紧了。

我开车接母亲去家里的路上，母亲都紧紧地将瓷观音搂在胸前。那样子就像一个母亲小心呵护着一个婴儿。

妻子早就在家里恭候母亲了。我按响门铃，妻子就迅速开了门。一脸笑容的妻子亲热地唤了一声妈，本能地伸手去接母亲怀里的东西。但当她看见母亲胸前怀抱着的是一个瓷观音时，就像遭了电击一样缩回了手，脸上的笑容荡然无存。她定了定神说，妈，你大老远的，抱这么个东西来做甚？

妻子的话，让也是一脸笑容的母亲大惊失色。她呸呸呸冲我家客厅的地板夸张地吐了三口唾沫说，媳妇，说啥浑话？做甚，没有这观音菩萨，能有你肚里的孩子？

我赶紧给妻子递眼色，并大声说，娇娇，还不快来叫奶奶。

在卧室写作业的娇娇，亲热地喊着奶奶手握铅笔跑了出来，然后整个人往母亲身上扑。母亲笑得一脸都是深深的皱纹，抚摸着娇娇的头说，孙啊，长这么高了。小心点小心点，别弄坏了菩萨。

母亲用眼扫了一遍我家干净整洁的客厅，用不可思议的眼神看着我说，光贵，你这家咋连个神龛都没有呢？

我无言以对。

娇娇看着我说，爸，神龛是啥？

我说，桌子吧。

于是娇娇就松开抱奶奶的手说，奶奶，我有张不用的电脑桌，我给你搬去。

娇娇将电脑桌搬出来，我示意她把它放在墙边。母亲将瓷观音恭恭敬敬地放在电脑桌上,又转身看着僵在客厅里的我。光贵,有香吗?我摇了摇头。那……有蜡头吗?母亲又说。

我又摇了摇头。

光贵,母亲长叹一口气说,你这日子是咋过的呀?

我说,妈,你别忙活了,这么远的路,你也累了,赶快洗个热水澡吧。

母亲听了我的招呼,我把她领到妻子特意为她准备的房间。她从背包里拿出一套换洗的衣服,就去卫生间洗热水澡了。

好奇的娇娇站在白得耀眼的瓷观音面前,一边端详着瓷观音一边对我说,爸,菩萨原来是这个样子,我明天去学校要给同学说,我家有菩萨了,我还要请要好的同学来家里看。

你敢!

妻子冲娇娇暴喝道。

妈,咋啦?

娇娇不解。

这有啥好看的?还不嫌丢人吗?做你的作业去!

妻子满腔怒火。

娇娇冲我伸了一下舌头,做一个鬼脸,躲进屋里去了。

好在卫生间都是哗哗水声,要不,被母亲听到妻子的话,后果就严重了,我心里想。

我劝妻子,至于吗?

吴光贵!妻子用手指着墙前电脑桌上的瓷观音说,就算我能容忍你妈的迷信,也容忍不了它的恶俗,你看这是啥玩意儿!

我这才开始细细打量这瓷观音。

它的做工确实太粗糙了,釉上得极为马虎。塑像观音的比例也不对,看上去头重脚轻,显得臃肿,观音的脸也太胖,像是满脸横肉,眼睛竟然是斜视的。观音的头上、脸上、嘴上都上了彩,那彩艳得就像妻子说的那样——恶俗。

毫无疑问，这瓷观音一定出自乡间拙劣工匠之手。

我对妻子说，妈才来，别因为这，惹她生气，包容包容吧。

母亲洗完热水澡，我和妻子安顿她睡下后，就自顾自上床睡了。

我刚进入梦乡，就被妻子摇醒了。我有些恼火地说，又发啥神经呀？

光贵，妻子说，我真的无法包容，我一想到那瓷观音，就犯恶心。

我安慰妻子说，睡吧，明天我去工艺品市场转转，买个做工考究点的来把它换了。

妻子吃惊地从床上坐了起来。

吴光贵，你还有点原则没有？在我们这家里供个观音，你觉得合适？朋友们上家里来，看了会怎么想？

我说，那你让我咋办？把妈惹生气了，她一拍屁股回山里乡下去，你肚里生下的孩子，哪个来带？

我的话终于起了作用，意识到严重后果的妻子沉默了好一阵子后说，那就让它摆放几天，但你得说服你妈，至少得说服她摆她住的卧室去。反正我看不得那东西，一看就恼火。我怀着你的娃，我不开心，你娃能长好吗？

这威胁的话，被妻子说得入情入理。

我却犯了难。

妈每天起来的第一件事，就是冲瓷观音又是作揖又是磕头，嘴里还念叨着观音菩萨保佑。

有天母亲要出去买东西，就让娇娇领自己去，但妻子说娇娇要做作业给阻止了。母亲独自出了门。看见母亲脸上不快的表情，我就责备妻子过分了。妻子委屈说，吴光贵，你认为我对你妈过分，那你去问娇娇，她要是把娇娇带坏了咋办？

我不解，母亲咋会带坏了娇娇？于是我把娇娇叫来问话，娇娇说她跟奶奶出去,奶奶见啥都拜,见小区里的大榕树,就跪地上拜,还要她也拜,对她说那是神树。娇娇带奶奶去城市最大的万达广场,看见巍峨的万达双塔那两座高楼,在众目睽睽之下她就跪下去了,还惊恐地说那俩都是神物。

我对妻子说,拜棵大树,有啥好大惊小怪的,小时候我在山里也拜,山里人都相信万物有灵。

妻子说,那她拜高楼如何解释?

我一时无言,迟疑了一会儿对妻子说,妈没见过那么高的楼,她兴许是被吓着了。

妻子说,愚昧。

我嗔道,不准这样说我妈!

如果不是妻子肚子里怀着个未出生的孩子,一场嘴仗肯定不可避免。

妻子说,是可忍,孰不可忍。

我没再吭声。

母亲来到家里一周后的一天,我被领导安排去瑞丽出差。瑞丽是个美丽的边陲小城,我履行完公干,就想起了我大学的同学胡鸟。他当年大学毕业后主动要求去了边疆,好像就是去的瑞丽。于是我发微信给了好几个大学同学,终于通过女同学王曼获悉了胡鸟的电话。

我打电话给胡鸟,他没接。我又打,电话依然是通的,但还是没接。我原本巴望着联系上他,让他陪我去瑞丽周遭转转。现在既然联系不上,我就只好找旅行社,参加"瑞丽一日游"。就在我准备打电话咨询旅行社的时候,我的电话响了,显示的号码是胡鸟的。

谁呀?刚才是谁给我打电话?

一个语气冷硬的男声。

我说,你是胡鸟吗?

没有回答。电话里这么说,你先告诉我你是谁?

我说，我吴光贵。

吴……电话另一端肯定是停顿了一下，像是在检索记忆，接着就响起一阵惊呼，光贵，老同学嘛，今天太阳从西边出了，想起给我这老边疆打电话了？

我说，我在瑞丽。

啊，太好了！从声音中能听出胡鸟的惊喜，快告诉我，您住哪里？我现在就过去看您。

我说，景成宾馆。

十多年不见的老同学，邂逅的亲热劲猝不及防，惊叫，拥抱，大声叫着彼此的绰号。一阵寒暄后，我提出了我的请求。

一听说我想在瑞丽转转，胡鸟就一拍大腿说，你找对人了，来瑞丽看啥？看翡翠，瑞丽是翡翠之城。不瞒老同学，我毕业这些年，别的一事无成，但在玉文化研究上有些许成就，也算是半个专家，今天我就带您开开眼界。

我本来想告诉胡鸟我不想看翡翠。我这人，你让我看木头还凑合，看石头，我自己就成了石头。但我也知道客随主便的道理，就顺了胡鸟的心意。

路上，胡鸟问我，光贵，你知道古人为何要佩玉吗？

我摇头，说不晓得。

因为他们要做君子！胡鸟手一扬说，君子以玉比德。

我笑说，我虽不是小人，也就一凡夫俗子，比德，累不累呀？我们今天是去看玉还是看翡翠？

我的话让胡鸟惊诧了，他肯定没有想到他的老同学竟然如此无知。不会吧，光贵？这你都拎不清？翡翠是玉的一种，又叫硬玉。今天，我得给你好好普及一下翡翠知识。

胡鸟说到做到，他带着我出了东家玉行，又进了西家翡翠商号。胡鸟没吹牛,在瑞丽城里,他是名副其实的专家。他每进一家店,店主都要热情招呼他,恭敬地称他胡老师,接着就是为他端茶倒水,有人还要拿出宝贝让他品头论足。他的话在那些店主听来,就是一言九鼎。

我说,行呀,胡鸟!

知识就是力量嘛!胡鸟的语气中充满了得意。

说真的,跟一个内行领略和感受一种文化,就是不一样。我跟着胡鸟在这翡翠商城里转悠一圈,确实有些收获。面对翡翠,我再也不像先前一样是块冥顽不化的石头,也感受到了翡翠之美。我的微妙变化自然逃不过胡鸟犀利的眼睛。

你这次来瑞丽,我得让你放点血,胡鸟半开玩笑半认真地说。

放点血就是破费的意思。我对胡鸟说,老同学,我可是穷光蛋。这翡翠我承认很美,很迷人,但价格对我来说是穷小子面对富家小姐,高攀不起的。

什么东西,并不是越贵越好的。翡翠这东西,讲的是缘。当然,还得看你有没有独到的眼光。今天,我就小试牛刀给你看。胡鸟拍了拍我的肩膀,语气相当自负。

进店,看货,选;出店,再进店,再看货,再吹毛求疵,如此重复了不知多少回合,胡鸟终于有了意外发现。

是一个手把件,雕的是一尊佛。

胡鸟凑近我耳边低语,材质一般,但雕工堪称一流,很有艺术性。

我虽然不太懂翡翠,但却看得出雕工。说玉不琢不成器,看这个手把件就明白了。这个手把件确实是好工,造型端庄,比例匀称,线条自然流畅,细腻圆润,让人一眼看上去,就有一种舒适感。

我于是点头认同。

那就它了,胡鸟说。

我想说不。但我这时想起了母亲,同时脑海里也出现了母亲抱着的那尊瓷观音。我于是生出了一个想法，用它去换那尊瓷观音。

胡鸟认为我是默许了，就开始跟店家砍价。店家是认识胡鸟的，就说胡老师来，就半价了。他边说边伸出一个巴掌。

胡鸟摇摇头说，这把件，我觉得雕工尚可，材质我是看不上的，棉多，就这个数。

他边说边伸出两个指头。

店家犹豫，说胡老师，这肯定不行。

胡鸟一脸高深莫测的微笑，说肯定行，不吃亏的。

店家还是迟疑不决。

胡鸟说，我老同学来瑞丽看我，买个手把件做纪念，你得给我面子哦。

店家想了想，在心中计算了一下，说胡老师，我就卖你个面子。

两万元成交。

银行卡刷得我心疼。

出得店来，胡鸟在我后背上猛拍一巴掌，差点没把我心脏给拍出来。

今天，算是捡漏了！他要咬定五万，我也会让你买下。

想起花去了两万元，我怎么也不能像胡鸟这般手舞足蹈，怎么也高兴不起来。

出差回来，我把玉佛作为礼物送给了母亲。母亲自是欢喜，她捧着玉佛，一边端详，一边喃喃阿弥陀佛。一阵兴奋过后，母亲问我，这么精美的玉佛，多少钱呀？妻子正欲说两万，但两字才出口，就被我制止了。不贵的，我对母亲说，八百块钱。

母亲还是觉得八百元钱多，她说，光贵，做了城里人，咋就变得大手大脚了呢？给妈买礼物，用得着花那么多钱吗？几十块的东西，妈就欢喜了。

妈，我说，给你买这玉佛，我可是有条件的。

啥条件？母亲笑眯眯地问。

换你的瓷观音，我说。

瓷观音？母亲抬头，看了一眼摆在墙边电脑桌上的瓷观音说，本来就是送给我的，还说啥换不换。

我犹豫了一下，说妈，我的意思是，这瓷观音就不要摆在客厅里了。

母亲有些惊讶地看了我一眼，继而脸上就有了不悦的表情。她把玉佛重重地往茶几上一放说——

吴光贵，你小子这是黄鼠狼给鸡拜年啊！

听她愤愤的话，我知道母亲气得不轻。看母亲生气，妻子就赶忙倒了杯开水，双手捧给母亲，劝说您老别生气，喝口热水平复心情。

母亲冲妻子翻了一下白眼，狐疑地说，是你的主意吧？

妻子一脸委屈。

这事与她没关系，我认真地对母亲说，是我自己的主意。妈，这瓷观音摆在客厅里，不合适。你过去不是一直告诫我入乡随俗吗？我回故乡去，哪次没听您老的话？城里的人要入乡随俗，这乡下人进城，也得遵守城里的规矩不是？城里人不兴在家里供观音供菩萨，是移风易俗，我们得遵守。要不，来个客人啥的，会说这家人封建迷信哩。

母亲低下头，抚摸着脸想了想，起身去把瓷观音抱进了自己的卧室。

我也赶忙起身，将电脑桌端进母亲的房间里。

我放下电脑桌，母亲厉声说，出去，你给我出去！

我悻悻地出了母亲的房间，身后响起了愤怒的关门声。

玉佛孤零零地端坐在光滑如洗的茶几上。我把它捧起来，看着它庄严的脸上，那丝意味深长的笑意，越看越觉得这笑意里充满了对我的嘲讽。

我把玉佛装进盒子里，把它放回了自己的房间。

翌日清晨，我正准备出门去上班，母亲却唤住了我。她摊了手对我说，吴光贵,送我的礼物呢,泼出去的水你也能收回去?

我顿时觉得一阵轻松,母亲开口跟我要礼物,说明她心里已经原谅儿子了。我长舒了一口气,说妈,好嘞!我马上拿给您!

母亲爱死了这个玉佛。每天,她天一亮起床,洗漱完后,就要把玉佛摆在茶几上,恭敬地作三个揖,然后再去忙家人的早餐。忙完早餐,她就捧着它,一边细细打量,一边念念有词。母亲来我家不到一月,就跟小区的大爷大妈们学会了跳广场舞。跳广场舞,母亲也要带着它,把它跟放音乐的音箱摆在一起,玉佛每天都和着那些节奏感强的旋律,看她笨手笨脚地起舞。就是上午或下午去农贸市场买菜,她也要带上它,边走边阿弥陀佛。

她这一切来得轻松自然,却紧张坏了妻子。妻子总在我面前唠叨,说妈都七十多岁的人了,记性又差,把个玉佛拿出拿进的,弄丢了咋办?两万块钱的东西呀!

我看一脸都是担心的妻子,就安慰她说,放心,这么贵重的东西,母亲是不会弄丢的。我还给妻子讲了一个小故事,在我童年的时候,我跟母亲上街去卖菜,总共卖了五块多钱。母亲用两角钱给我买了一碗凉粉,剩下的钱,母亲一直死死攥在手心里。那是炎热的夏天,母亲把一把零钞攥得湿漉漉的,回家后不得不把它们放在筛子里拿到太阳底下晾晒。

母亲跳广场舞的舞友,听说八百块钱能买如此漂亮的玉佛,都很羡慕我母亲,并夸我好眼力,会买东西。有几个小区的大妈,每人掏出八百块钱塞给母亲,要她将钱转给我,也帮她们都买上一个。母亲把钱带回家,待我下班时交给我,把我弄得哭笑不得。我说,妈,你把你儿子当批发商啦?妈听了我的话,很不快地说,都是左邻右舍的,这个忙你得帮,做人不能太自私。

自私?这都上升到了道德层面,我心里那个苦啊!我说,妈,这个忙我可帮不了。

母亲说，你让你瑞丽的朋友再弄几个来不就成了，能花你多大力气还是精神？

我知道不能告诉她这玉佛不是八百块钱而是要两万块才能买得到，但又要说服她这事我办不了，确实伤透了脑筋。我苦苦思索后想起了胡鸟的话。

胡鸟说玉与人讲的是缘分。

于是我对母亲说，妈，玉这东西讲的是个"缘"字，这缘分，是要碰的。这忙，我真帮不了。

母亲后来把钱退给了她的舞友，不高兴了好几天。

我骑着电动自行车，把速度提到最大，像一个落荒而逃的不要命的莽汉般急急向家赶，脑子里想着这些，还是不太愿意相信我谨小慎微的母亲会把玉佛弄丢。

我急匆匆地扑进家门，看着妻子挺着肚子，一脸无助地站在屋子中央。我的母亲，一个人跪在茶几前，那长跪不起的样子，让人心酸。

茶几上，赫然摆放着她从老家带来的那尊瓷观音。

我上前，强行将母亲扶起来，让她坐在了沙发上。

母亲的一张老脸上全是泪水。

弄丢就弄丢了吧，用不着如此伤心，我安慰她。

我没弄丢它。她摇头说。

那你还哭啥？我说。

我哭那娃，她说。

娃？

我一头雾水。

说到娃，母亲不只是流泪，而是呜呜地哭开了。

一直等她哭累后，我才从她嘴里，知道了事情的原委。

今天下午，母亲像往常一样去我家附近的农贸市场买菜。买完菜后，她一手提着菜，一手握着玉佛，依然像从前一样念着阿弥陀佛往家走。走到离我家的小区还有几百米的地方，从附近的电玩室里走出来一个少年。少年输光了身上的钱，被电玩室的老板赶了出来。这个沮丧而狼狈的少年，出电玩室后跟我母亲撞了个满怀。就在他窝着火要对我母亲爆粗口时，少年在电子屏幕前熬得通红的眼睛一下就亮了，他看见了我母亲握在手上的玉佛。少年顿时变成了一条疯狂的狼，他手一伸就把母亲手上的玉佛抢了过去，撒腿就往马路对面狂奔。

就在这时，一辆卡车开了过来。

措手不及的司机赶忙制动，刹车声尖叫而起。看见向少年扑过去的卡车，母亲叫道，小子，当……

母亲想说小子当心，但她的心字还没冲出喉咙，就见少年突然停了一下，仿佛是遭了雷击，随即，整个人就飞起来……

母亲吓得一屁股坐在了地上，身子一歪，就昏了过去。坐靠在一棵行道树旁的她仿佛是睡着了。

没人注意到昏厥过去的母亲，人们的注意力都集中到了那个被撞的少年和那辆撞了人的卡车上……

母亲自个儿苏醒过来的时候，不见了被撞的少年和肇事的卡车。但她还是看见了马路中央暗红的血迹。

母亲断断续续给我说完事情的经过后，突然抓了我的手问我，光贵，那娃他到底是死是活呀？

我不置可否。站在一旁的妻子说，妈，你管这干啥？他就是撞死了，那也是活该！罪有应得！

媳妇！母亲突然大喝一声说，浑说啥？

我也在妈旁边坐下来，继续安慰她，妈，你就别胡思乱想了。

光贵呀，我怎么会叫那一声呢？我为什么要叫那一声呢？我要不叫，娃兴许就跑过去了。母亲边说边扑到我的怀里。她悲伤的样子，不像一个老人，倒像是一个婴儿。

晚饭的时候，我和妻子怎么劝母亲，她也不吃不喝，自个儿坐在沙发上，看着面前茶几上的瓷观音发呆。

晚饭后的黄昏，我家里响起了敲门声。我打开门，看见了两个表情严肃的警察。我把警察让进屋，其中一个警察从公文包里拿出一个东西，我一眼就看出那是母亲的玉佛。警察说，老人家，物归原主。

母亲向警察打探少年的安危。警察告诉母亲，少年经医院抢救，已经没有生命危险了，但依然伤得不轻。

听了警察的话，母亲凝重的脸松动了一下。她冲那个将玉佛递给她的警察摆手说，就把它送给娃吧，他那么喜欢它，差点连性命都搭上了。

警察愕然，说，您老可想好了，这可是挺贵重的东西。

不贵不贵，就八百块钱，母亲开心地说。

偶回乡书

一

老家发生地震的消息，是表弟打电话告诉我的，当时，我正陪着诗人何独在复兴路的一家小饭馆里喝酒。借酒浇愁，自古就是无聊文人爱干的事，何独也不例外。下午的时候，何独在微信里问我，能否陪他喝两杯。当时我正在写小说，卡在了节骨眼上，也正想找人排解内心的烦躁，就答应了。还是复兴路那家，我带酒？何独回微信，当然，你知道我没酒。我于是就提上两瓶醉明月，赶往复兴路那家好灶头小饭馆了。

我到好灶头的时候，何独已经点好了菜，选了一个临窗的卡座等着我了。我见他眉头紧锁拉长脸的样子，就知道这家伙肯定遇上不开心的事。我瞥了他一眼，一边把脱下的外套往椅背上放一边说，怎么，又掰啦？

在我的印象里，何独就是爱情这江湖里的一个多情浪子，半生都走在恋爱和失恋这条路上，从未偏离这样的轨迹。

掰？跟谁掰？老子早清心寡欲了。他眼睛翻了一下，给了我个白眼仁，看着窗外，脸上一筹莫展。

有屁就放，给我玩深沉？我也翻了一下白眼仁。

唉，何独正了正身子，一脸严肃，目光像一个要钓起重要答案的钩子似的望着我说，有个故乡就那么重要吗，就他妈了不起吗？

我被他问得一头雾水，将打开的醉明月酒往他钢化玻璃杯里倒满，又给自己倒了一杯后说，什么鸟问题？是人都有故乡，有何了不起？

可他们说我没有。

他的话听上去可怜巴巴，甚至带了点哭腔。

我心里骂了一句，什么鸟诗人，情感毫无出处。一个年过半百的中年男人，瞬间竟像个三岁孩儿。就在我正欲取笑他的时候，我竟然发现他沧桑的脸上有了泪珠。

他竟然——竟然真的可耻地哭了，这让我大感意外。

于是我打消了取笑他的念头，一本正经地说，何独，到底发生了什么事？告诉我。

何独说他下午开了一个诗歌与乡愁的讨论会。在这个会上，他被众诗人取笑了，诗人们说他没有资格参加这会，因为他没有故乡。何独是本市人，打小就生活在一条叫青云街的小巷子里。

何独认为青云街就是自己的故乡。但话才出口就被众诗人否定了，说青云街怎么能算乡，就算是，你也依然没有故乡。青云街拆了好几年了，现在都成了高档住宅社区，连名字都改成了盛世豪庭。

于是大家就起哄，这一起哄，何独自己也认为自己没有了故乡。没有故乡的人，还要在此谈什么诗歌与乡愁？这样一想，就觉得自己真的不合适待在那会场里了。他选了一个大家讨论得热火朝天的时段，灰溜溜地悄悄退场了。

退场的他，心里挫败惨了。

知道了事情的原委，我有些哭笑不得，端起酒杯冲一脸泪水的何独说，为这也生气？干吧。

他不端酒杯，而是目光凶狠地盯着酒杯，显然对我轻描淡写的话不满。你们小说家懂个屁，肤浅！成天就只知道编故事。你知道那帮孙子诗人想干什么？他们想挑战我的权威，想把我说得一无是处。

我实在忍不住，笑了说，嘿，哪有那么严重。诗歌，在这个城市里，你从来都是头牌，撼不动的。喝酒，喝酒。

他端起了酒杯，一副暴怒的样子，目光如炬地瞪着我，你也取笑我，连你也取笑我？

看着面前这个情绪近乎失控的家伙，我正欲说你误会了我时，何独却重重地把酒杯摔在了地上。杯子炸裂的声音，惊得整个小饭馆里的人都朝我们这里看。

何独，过分了！

我的语气里充满了警告。

过分？我过分？他们才过分！他们说我没故乡，说我没有故乡的写作，是无根的写作，哪个过分？唉！

他冲我大喊大叫。

邻座一个漂亮的女孩，低声对正在看菜单的男友说，是个疯子，还是换家饭馆吧。

我想，该换饭馆的应该是我们，就起身说，何独，走吧。我拿上外套，强行把他拉出了小饭馆。

刚出饭馆，手机就响了。

我接完表弟的电话，对站在一旁还没消气的何独摊了摊手说，何独，你太厉害了，你这一生气，我老家就地震了。

地震？何独怔了一下说，严重不？亲人没事吧？

没伤人，是小震，但表弟说我家的山墙倒了。

一听说地震，何独不好意思再生气。我们俩像调换了一个角色似的，他安慰我说，别急，墙震倒了，可以修，没伤人就万幸了。

我说，我急啥，小震嘛，我从小就生活在地震断裂带上，习惯了。

墙都震倒了,还小震?你可得赶紧回老家去。何独焦急地说。

我淡然地说,是打算回去,那房是土坯的,跟一个行将就木的老人似的,我正寻思着跟我弟弟商量一下,从此拆了它。

拆?何独愕然,他摆摆手说,不能拆,要把它修复。

何独还强调说,必须修旧如旧。

我笑道,几间破土屋,你以为是你采风见过的那些百年老宅子呀?何独,我实话跟你说吧,要不是我那乡下表弟阻挠,我早就把它拆了。我老家镇政府的领导都催过我数十遍了,说那几间老屋不仅有碍观瞻,而且严重影响了他们的政绩。

何独说,你表弟比你有文化。

我说,这与文化没半毛钱的关系。

有!何独加重了语气说,你千万别干傻事,你要真拆了,你就跟我一样,没故乡了!

二

我下决心回老家去,不是因为我表弟的那个电话,而是在跟何独告别后,我接到的另一个电话。

电话是香港的郑治远老先生打来的。

郑老先生与我是同乡。我知道他是我同乡,是前几年的事。前几年,我的一本小说在香港出版,出版方邀请我去签售。签售会上来了个老先生,见了我就激动得像父亲见了失散多年的儿子,老泪纵横地把我紧紧抱住。他声音颤抖地说,我的小乡党呀,今天老朽终于见到你了!我不太习惯这突如其来又过于炽烈的热情,就说,先生也是乌蒙山人?要买书吗?老先生把头点得像鸡啄米,买买买,我全买了!我笑了,摆摆手说不行,你要全买了,我拿啥签给别人。老先生想想,说此话有理,我书就不买了,老眼昏花,瞎子翻书,装模作样,看不清个所以然。我请你吃饭,镛记酒家,飞天烧鹅。小乡党,要赏脸哦。

我还就这样真的去了镛记酒家,轻易地就接受了一个刚认识的陌生人的邀请。后来想起来,我知道这都是乡情使然。这举止唐突的老者,豪爽的性格太像我们乌蒙山人。当然,名声在外的镛记酒家,这家香港著名的老饭店,特别是那只听说过的飞天烧鹅,已诱惑了我这个吃货。

因为故乡,两个原本陌生的人在一张餐桌上迅速变成了忘年交似的老朋友。吃着带有陈皮香味的烧鹅肉,我内心开始对那个喋喋不休刨根究底的香港报社的专访记者生出了好感。不是他,郑老先生就不会从报纸上读到我是他的同乡的信息,我自然也就与这顿美味佳肴失之交臂了。

郑老先生并没有因为我那难看的吃相心生不快,而是笑吟吟地看着我大快朵颐。他说他二十世纪四十年代跟父亲来香港,第一次吃这烧鹅也这样。当后来我知道郑先生来香港时才五岁,我就不由自主地脸红了,毕竟郑老先生请我吃烧鹅的时候,我已经年过五十了。

一个五岁就离开故乡的孩子,对故乡并没有多少清晰的记忆。他记忆中最清晰的就是故居郑家大院右厢房旁边那棵宝珠梨树。春天,那梨花比雪还白,夏天那梨比冰糖还甜。他这样对我说的时候,还不禁咽了一下口水。

我说郑家大院改成了一所村办小学了,我当年就在那院子里读的小学。打小就知道那大院是郑财主家的,新中国成立后充了公,最早是村里的保管室,后来让给了学校。那棵梨树确实就像郑老先生说的那样花白果甜。

郑老先生对我说,我的小乡党呀,你说这人怪不怪?我现在有半山别墅,有海景洋房,它们比那大院子漂亮了无数倍。但当我年事已高,每晚来入梦的,却都是我郑家那藏在乌蒙山的郑家院子。在我梦里,那一树的梨花开得就像幼稚园里玩耍的孩童,热闹又喧嚣。

作为一个写作者,基本的共情能力我自是具备的。我能理解郑老先生的心情。于是我们就谈论起那个郑家大院,郑老先生说,他前些年偶尔也回去过,还以捐资助学的名义捐资修缮了院子。他说我老了,现在不能长途奔波。我就安慰他说,院子现在毕竟还在,又能为桑梓的教育做贡献,已经是两全其美啦。

临别前,郑老先生忽然向我提了个要求,说今后如果我回老家,一定要替他去院子里走走看看。我笑了笑说,我走走看看,代替不了您。郑老先生以为我不愿意为他尽这个义务,就说,小乡党呀,不会白看的,我今后给你邮寄你爱吃的飞天烧鹅。

说来也奇怪,我从香港签售回来,就把自己当成了一个接受使命的使者,回了老家,在郑家大院里来来回回仔细地看。郑家大院,虽不是什么雕梁画栋的豪华宅子,但红砖黛瓦、青石小径,依旧有一种沉稳安详的美。主人建造它时也很用心,前庭后园,都经过精心设计,只是常年风雨侵蚀,又疏于打理,显得有些破败和荒芜。特别是成为学校后,那些粉墙被顽童涂鸦,看上去就像个蓬头垢面的老者了。我吩咐给我家老土屋看家的表弟,要他也常来走走看看,有啥问题,就告诉郑老先生。我离开时,没忘记将郑老先生的联系方式给表弟。后来表弟就轻易取代了我,把自己变成了郑老先生的使者。郑老先生自从跟表弟联络上以后,就很少跟我联系,只是逢年过节的日子照常给我寄飞天烧鹅。

如果不是地震,郑老先生是不会打电话给我的。我接电话的时候,有些意外,长期疏于联系,都不知如何寒暄才好。但郑老先生不像我,他省去了寒暄这个序曲,直奔主题。

听富贵说老家地震了。

郑老先生说的富贵是我表弟。

我说是,我也是听富贵说的。

听说你家的老屋震倒了。电话里能听出郑老先生关切的语气。

没全倒，垮了一面山墙。

富贵说我家院子的老屋也伤得不轻。郑老先生把话题引向他的祖屋郑家院子。

我哦了一声，说是吗？

我承认我忽略了郑老先生焦虑的心情，他对我的心不在焉有些不满，所以在电话里加重了语气——

富贵说瓦片掉了一地！

听他语气急促，知道他着急。我于是安慰他，说震级就四点五级，小震而已，你郑家大院是砖木结构，不会有大问题。地震掉落几块瓦片，在老家是常有的事。

我的安慰显然起了作用，郑老先生语气不再急促，他缓和了一下语气说，听富贵说你要回老家去。

我犹豫了一下说，还没完全决定。

听我这么一说，郑老先生的语气又急促起来，还没？不行，你得下定决心回去！

这近乎命令的口气让我有些不快，说什么呀？

郑老先生显然没感受到我的不快，接着又说，回去，一定得回去！我的老屋就交你处理了，修缮费多少，我都出。你要当自己的事办。

我心里嘀咕道，我啥时成了你郑老先生的义务使者了？

对郑老先生的指手画脚，我心有不悦。但一个年迈老者的急切，我也心生同情，就迟疑了一会儿，便应了下来。

我向朋友借了辆SUV，驾车回老家去。出发之前，何独气喘吁吁送来五十条蚊帐，说是他一个开店的朋友，没卖出的存货，捐给我做救灾物资。何独说，大夏天的，山里的蚊叮虫咬是常事，兴许能救急，帮点小忙。

我真诚地向何独表示了感谢，驾车奔老家而去。

三

其实回老家的路并不远,特别是近年高速公路已经由市里修到了县城,我借的 SUV 跑了不到三个小时就到了县城。到县城后我没急着往老家的山里赶,而是去见了我那在政府部门当科长的弟弟。

弟弟见到我,表情漠然。他拿出两千块钱,说哥,我现在供着家孝念大学,手头不宽裕。家孝是弟弟的独子,在复旦读本科,是弟弟和弟媳的骄傲。弟弟把我当成了要修房钱的,这让我心生不快。我说,你什么意思呀?弟弟以为我嫌钱少,就说,哥,公务员一月就几千死工资。我说,我不是这个意思。弟看见我愤怒的脸,摊摊手说,哥,那你究竟是什么意思,说嘛。

我说,来找你,是想跟你商量,我想拆了那老屋。

弟弟听我这么说,脸像春天的冰面,微微动了一下。他说,哥,你不是要保留它做故居的吗?

我说,我什么时候说过我要它做故居,名人的老屋才是故居。你哥虽是一个有点虚名的小文人,还是晓得自己几斤几两的,不会轻狂得连自己是谁都不知道。这话你千万别再说,传出去会被人笑话的。

弟弟哼了一声,说富贵不是善茬,拉大旗做虎皮,狐假虎威。我前次下乡顺道回老家,有乡亲告诉我,富贵打你家老屋宅基地的主意,我还不信,现在知道是真的了。

我说,弟,你别这样想,大家老表弟兄的,他不过是想保住我们的老屋,把我抬高,拿此吓唬村镇领导罢了。人家有自己的宅基地。

弟弟一脸轻蔑,说我们的表弟富贵,他狐狸的尾巴,我早看出来了,他到处找人看我们老屋的风水,是想给他儿子结婚,寻个修房的好宅基地。

我笑了一下说，我知道富贵心眼多，但想给自己孩子找个结婚修新屋的好地方，也是情理之中的事。我们答应他又何妨，也算做个顺水人情。

弟弟说，哥，你有所不知，他儿子才十六岁，结婚还早着呢。

我哑然。

沉默了一会儿，我说，怎么办呢？

弟弟说，拆呀！因为这老屋，县领导都找我谈过好几回话了，说我一个国家干部不能学做钉子户。去年本来是组织考虑让我去一个局任局长的，有人就拿老屋说事，后来不就黄了。为这，你弟妹没少埋怨我，说人家的哥哥处处为弟弟着想，你哥可好，只想自己，身前事都想不过来，就开始想身后。

听了弟弟的话，我重重地在他肩头拍了一巴掌，大声说出了一个字——

拆！

弟弟猝不及防地笑了，他说，确实早就该拆了。

我点点头说，我们一起回去，把这事处理了。

听我约他回去，弟弟收敛了笑容，说人在政府，身不由己。

我马上知道了他的心思，他不想得罪我们的表弟富贵。

我不再勉强，心里想，这得罪人的事，我来做好了。

我于是又驱车往老家赶。

从县城到老家，也就百余公里，但县级公路，车跑起来却费劲许多。我的SUV在坑洼的路上剧烈颠簸，一路上，我都能见到贴了"抗震救灾"的载重卡车。我暗自思量，这地震不能只看震级，老家地方的震灾并不像想象的那么轻。越往山里走，行路越难，本就不够宽的县级公路上，间有落石横于路面，车得小心绕着走。百余公里路，我开了六个小时，才到了镇上。

镇子原本就潦草零乱，现在就更是一塌糊涂，到处都是东一地西一处的赈灾帐篷，到处都能见穿了迷彩服的武警，围着重型大卡搬些救灾物资。我停下车，打量着像一口正翻炒着豆子的铁锅似的镇子，问我身边一个不停地嗑着葵花子的女人，说灾情如何？女人吐出两瓣葵花子壳，说倒了些房，都是空心砖的，死了三个人。

女人打量了我一下，问我去哪里？我说我回老家。女人又问老家在哪个村？我说羊角村。她说好远的，还有三十里地，你不能去，有落石。地震倒的房没压死人，死的三个，都是被落石打的。

女人边说边指了指前面一家好再来旅馆，说那是她开的，平时五十元一间房，现在一百。非常时期，要我理解，并说她是涨价幅度最小的。

我摇头，说我必须得去。

她说，不要命了呀？

我说，我得去看看我的老屋。

她说，金屋子呀？

我说，土坯房。

她伸了一下舌头，说一个老土屋，竟然也能让你这么光鲜的男人牵肠挂肚？你怕是嫌我旅馆贵，我跟你打八折如何？

不是价钱的事，我解释说，我真得走。

女人瘪了一下嘴，说你以为我惦记你口袋里的钱拉你生意？人家是看你人模人样的，丢了性命可惜。

我笑了一下，笑得有些尴尬，冲她说声谢谢，就上了车，掉转车头，绕过镇子，往老家羊角村赶。

去羊角村的路是村级公路，路面硬化得有些马虎，柏油铺得像猫盖屎。路上见不到车辆，连行人也少，偶尔有骑摩托的从我身旁掠过。山越来越深，路上的落石也越来越多，我的SUV像一只蜗牛，缓慢地在路上爬行。

从镇上出来，折腾了半个小时，车开出了数十里，终于不得不熄火停下来。公路中央有一块黝黑的巨石，像头威严的大象堵住了去路。下了车的我围着巨石转了一圈。看着从路边斜坡上滑下来的石头在路面上砸出的深坑，我知道它的分量，没有十数个人是动摇不了它的。我有些后悔自己没听镇口那个女人的话。我蹲下身子，无能为力又无可奈何，索性从上衣口袋里摸出一支烟。

吸了半支烟后，我准备掉头，驱车回镇上。我想还是去那家好再来旅馆好了，大不了忍受那女人一顿数落，总比困在这前不着村后不着店的地方强。

其实，说此地前不着村后不着店，并不准确，路下数十米，就有一农家。这种单家独户的人家，在我的故乡是司空见惯的。因为很难找出一块几十户人家围在一起的平地，散户也就是自然而然了。我还看见被巨石堵的路旁边，一块绿油油的菜地，蔬菜长势喜人。

这时我听见路前方啪啪几声响，就站起身来，手上捏着燃了半截的烟，往前看。我看见一农家少年，赶着一头牛，怡然自得地边走边甩动手上的长鞭。长鞭在空中划出优美的弧线，将空气击打得啪啪作响。如果不是地震影响我的心情，我会把这当成一幅赏心悦目的牧归图，嵌刻在我的记忆里。

他走近我，拉住牵牛的鼻绳，像是我要抢他的牛似的。哎，我跟他打招呼，他看我一脸和善，也匆忙哎了一声。

我抽出一支烟，递过去，他给我摆手，说不会。给陌生人主动递烟，是我们山里人表示友好的行为。我的行为让他顿时消除了对陌生人的提防心，他看看我跑得脏兮兮的车，又看看横亘在路上的巨石说，地震滑落的。

我说，怎么没人把它搬走？

那么大的石头，咋搬得走？再说，有力气的人都进城打工去了。

我叹了一口气，说，那今天是过不去了。

他说，你要去哪里？

我说，我要回老家。

老家？他有些好奇地看着我，你老家在哪里？你这样子像城里人。

你凭啥说我是城里人？我说，我脸上又没写。

他就咯咯笑了，露一口黄牙，指着我说，细皮嫩肉的，还骗我不是城里人。

我说，我老家是前面羊角村的。

羊角村？他扭转身，指着路的前方说，还有十几里地哩。

我点点头说，没错。几百公里我都走了，就难在这十几里地哩，我家老屋震坏了，真急人。

看我一脸犯愁的样子，他松开牛鼻绳，任牛慢悠悠地走。他现在不关心他的牛，开始关心我的车。他左看右看，前看后看之后，拉扯了一下我的衣角，指着那片长势蓬勃的菜地说，从这里兴许能过去。

我看了看菜地的地势，又看了看我的 SUV 的轮高，发现确实像少年说的那样，兴许能过去。

但我还是摇了摇头。

他看着我，以为我胆小。屋子震坏了是大事，知道你急，难道你不想试试吗？

我从他的话语中获得了鼓励和诱惑。

不是我不敢试，我端详着菜地说，这是人家的菜地。

少年说，这是我家的菜地，你放心过。

少年的好心让我感动不已。

他用鼓励的眼神看着我，说你过，我帮你看轮子。

我感激地点点头，开车门，上车坐定，启动油门。车子轰鸣着，从路边慢慢移向菜地。少年在我的前面一步一步倒退，盯着我的车轮，给我做着往前走的手势，像一个成年引路的老手。

我甚至闻到了蔬菜被碾压后发出的菜腥味。我想，少年的心会不会也像这些蔬菜一样受伤。车在经过几次努力后终于成功地穿越菜地，重新回到正路上。我停下车，拉开车门，跳下去，激动地掏出一支烟，猛吸一口，又猛地吐出，恨不得要大叫一声了。

我们老师说，做事要有一颗勇敢的心。

少年冲我竖着大拇指说。

他全然没顾被车碾压坏的菜地。我抽出一支烟，递过去。他依旧像从前一样挥挥手，说不会。我说，不会也拿上。他犹豫了一下接过，把它卡在耳朵上。

我想他一定知道，这不是一支烟，而是一份谢意。少年一定是读懂了这份谢意。乐于助人又善解人意，这个穿着脏旧衣服蓬头垢面的少年，我把他当成了天使。

我的鼻孔里又有山风塞进了菜腥味，看着惨不忍睹的菜地，就又觉得自己不能这样心安理得地离去。

我掏出钱夹，抽出一张面额五十元的人民币，递给少年。少年本能地伸了一下手，随即又被什么烫了一下似的缩了回去，慌乱地向我摆手。

我将钱硬塞给了他。

我上了车，继续赶路。车开的时候我从后视镜看见，少年把我给他的香烟点上了。我从后视镜里看到他吐出一团烟雾，咳得东倒西歪的他还一直冲我的车屁股挥舞着手臂。

四

终于在天黑前赶到了故乡羊角村。

村里的人都挤到郑家大院去了。才进村时，我还以为是一个空村。黄昏时分的羊角村，不见炊烟，除了山风拂过核桃树和栗树的声音，就只剩下我的 SVU 的马达的轰鸣声。

SUV 的马达声唤出的是我的表弟,他从郑家大院的院门里探出身子时腋下还夹着一床脏兮兮的被子。我想来的就是你!他看着停了车打开车门的我大声说。

我看着一脸英明的表弟问,乡亲们呢?

表弟努努嘴,说都在后边的操场上。

我知道郑家大院后面的那块操场。当年小学校搬进来,就把后院原本是郑家的菜地平了,做了小学校的操场。我儿时最惦记的最向往的就是它。因为在它上面,立了两个木制的篮球架。

我说,地震不都过去了吗?

表弟说,县地震办通知还有余震。

我边说边往郑家大院里走。

表弟见我急匆匆的样子就说,不去看看老屋吗?

我说,明天看。

表弟紧跑几步,与我并排走,又说,没吃晚饭吧。我说,没。表弟说,只好将就了,刚建的临时食堂,红豆酸菜汤泡饭。

我一出现在操场上,就被人围住了。大家都以为是上面派来的救灾干部,七嘴八舌地问我救灾物资啥时到,竟然没有一个人认出我是谁。

表弟见状,就提高嗓门说,他不是领导,是我表哥。

一听不是上面派来的领导,人们就散开了。几个年纪大的盯着我看了一阵,点头说,是小林,当年出去时胡子都没长,现在都成老头了。

我就笑说,"少小离家老大回"嘛。好多人认不得我,我也认不得好多人了。我于是就掏口袋,发香烟,寒暄。老乡见老乡,热乎劲儿一下子就上来了。谈兴正浓时,表弟捅了捅我说,该吃饭了,过会儿就没得吃了。

我跟表弟到了临时食堂,说是食堂,其实就是从教室里搬出的桌椅,在操场西南角拼成的几张简易饭桌。角落里有一口大锅，上面熬着红豆酸菜汤，临时用红砖垒成的灶上摆着一大锅饭。

表弟拿出一个大土碗，盛了大半碗米饭，用大勺舀了一大勺红豆酸菜汤浇上递给我。我伸手接过，正准备狼吞虎咽时，一群人陪着一个三十岁左右，穿戴整齐，外表干净清秀的年轻人向我这儿走过来。

地震把大作家招回来啦？他粗声粗气的嗓音与他的外表大相径庭，给人一种不和谐。

你……是？我看着他，全然陌生。

表弟赶忙介绍，这是我们的陈副镇长。

陈……镇长，我招呼说，一起吃饭。

饭在镇上吃过了。陈副镇长拿一个塑料圆凳往我对面一坐说，大作家，我也挺喜欢文学。大学读书时，我也经常读小说，特别是马克尔斯的，我特别喜欢，可以说是他的铁粉。

马克尔斯？我赶忙检索记忆，发现脑子里没有一个叫马克尔斯的作家。

大作家不会不知道马克尔斯吧？看我一脸茫然，陈副镇长脸上浮过一阵轻蔑后用卖弄的语气说，他写的《孤独百年》，我读出了千年孤独的味道。

我哦了一声，终于明白他说的作家是马尔克斯，说的书是《百年孤独》。

不好意思，他谦逊道，都是大学时读的，现在在基层工作，忙得看书的时间都没了。话又说回来，中国作家的东西，不读也罢，没几个有思想的。

我心里想，从假谦逊到真狂妄，就一步之遥。我说，陈镇长，我们还是不谈文学的好，你喜欢魔幻，再谈就成荒诞了。

看来我是班门弄斧了，陈副镇长摘下眼镜，擦了擦说，实话说吧，我这次就是为你这大作家来的。

他把我说笑了。我说,镇长编故事呀?我是神不知鬼不觉进的村,镇长难道有超自然的能力?

你看!大作家就不一样,骂人都不带脏字,你真以为我哄你?我哪敢?是书记派我来的。

书记?我说,哪个书记?

镇党委唐书记啊,陈副镇长说,是你在县上工作的弟弟打电话告诉他的。听说你回来,忙着抗震救灾的书记硬是挤出时间开了个临时党委会,会后又派我来亲自找你听取意见。

我叹了口气说,我何德何能?拆个老土屋,惊动了领导,不好意思,不好意思。

拆……站在一旁的表弟意外地说,老屋要拆?陈副镇长,我表哥赶了一天的路,一定是累糊涂了,老屋不是要拆,而是要修。

陈副镇长摆摆手说,拆,一定拆。我们大作家再累,脑子也比你清醒。

我扒了口饭,咽下,抱歉地对表弟说,对不住了,来得匆忙,也没跟你商量。实话跟你说吧,我这次回来,就是来拆老屋的。

你对不住的不是我,表弟瞄一眼我说,你对不住的是舅舅。

表弟说的舅舅,是我过世的父亲。我没想到情急之下的表弟会端出我父亲来压我,这让我心生不快。就算这房子是你舅舅的,我瞪他一眼,用提醒的语气说,我是你舅舅的儿子,有权处理他的遗产。

表弟听我这么说,竟然火气上来了。他憋着一张大红脸说,这老土屋碍你啥了,伤你面子了,还是丢你的人了?你为何一意孤行要拆它?你留着它,你后辈儿孙就有个老家,他们就知道他们的来处。我晓得你成名人了,名人再有名,也得有老家。你知道你拆的是什么吗?是故居!

错了!陈副镇长挥手打断表弟的话,斩钉截铁地说,我们大作家拆的不是故居。那老土屋不过是我们大作家在童年时住过一段时间的老房子。我们经过多方考证,也找过村里上年纪的老者,确定这才是我们大作家真正的故居!

陈副镇长边说边指着眼前的郑家大院划了个半圆弧。

我愕然,继而瞠目结舌。我站起身,抹了抹嘴,独自离开,心里竟然有了委屈和愤怒。晚风拂过,我感觉到了它的硬和冷。

在陈副镇长一副讨好我的表情里,我看到的却是十足的傲慢。

身后,传来表弟的声音,陈副镇长,这个院子姓郑,不姓林。

你懂个屁!这是陈副镇长的声音。

五

月黑风高,我跟一大群乡亲在操场上露天睡觉,我难以入眠,睁着眼看满天的繁星。那些忽明忽暗闪烁的星群,像绽放和凋谢交替的花朵,更像一些说不清道不明的心事。它们出现、消逝;它们消逝继而又出现。

表弟睡在我的旁边,我知道他在假眠。他偶尔发出一阵夸张的鼾声,刻意做作。我唤了他几声,他的鼾声更大。我终于明白了那句话,你永远唤不醒一个装睡的人。

但蚊子能。那些恣意在我们裸露的脑袋之上嗡嗡作响的蚊子,总是冷不丁就在我们的颈上额上叮一口。我被这种偷袭严重骚扰,内心甚至产生了烦躁。偶尔偏头看一眼纹丝不动的表弟,不明白为何他百毒不侵,连蚊子也奈何他不得。我越不明白,心里就越佩服。我甚至想,是不是蚊子也懂亲疏,只跟陌生人作对?但我的想入非非马上让我扑哧一笑。我听见了啪的一声,随即就是一句骂——

死蚊子!

死蚊子咋会咬人,咬人的都是活的。我揶揄说,你醒了呀?你睡得才像死蚊子,怎么都叫不醒。

你不好好睡觉叫我做甚？表弟说，难道你反悔了，不想拆老屋啦？

正是，我说。

表弟一激灵就从地上坐起来，他说，你终于不犯迷糊啦。你知道镇上打你啥主意？人家看出你那老屋风水好，在文脉上，早就准备把小学校建在那啦。

我说，那为何要等到今天。

没钱呗，表弟说，这一震，钱不就来了。

什么意思？我有点发蒙。

谁敢让学生在危房里念书？表弟说。

这郑家大院是砖木结构，这点地震咋就成危房了？我说。

危不危，又不是你我说了算，表弟说，还不是领导一句话。领导认定它是危房，就能借此向县里甚至市里要钱重新建学校，晓得不？你以为你真是了不起的人物呀，你前脚到，人家一个副镇长后脚就跟来了，看把你美的！

我笑了，说我知道自己几斤几两。如果在我老屋那修学校，真能多培养出几个有志向的娃，我就……

你不会又想再改主意吧？表弟看着躺倒的我说。

想，我说。

神经病！表弟骂了一句，随即给后脑勺一巴掌。

我起身，坐在地铺上说，你骂谁神经病？

表弟没好气地说，我骂那些咬人的蚊子。

我说我带来了几十条蚊帐，放在后备厢里，你明天发给乡亲们。

表弟摆摆手说，要发你找村主任去发，你那可是救灾物资。凡救灾物资都归村委会统一调拨。

我说，睡吧，明天我找村主任去。

第二天一大早，我还没来得及去找村主任，村主任就找我来了。跟在他后面的,还有那看上去一脸斯文相的陈副镇长。我当时正蹲在一个简易的塑料盆前洗漱。村主任见一额头都是小山丘一样肿包的我,就掏出一小盒清凉油,拧开,用右手大拇指挖了一下就往我脑门儿上抹,还说,我们羊角村有三恶,一是婆娘恶,二是母狗恶,三是母蚊子恶。大作家,看来不仅女粉丝喜欢你,连母蚊子也喜欢你。

我不太习惯村主任的亲热,更不习惯他粗俗的玩笑。我说我带来了几十条蚊帐,就在我车的后备厢里。村主任击掌说这是雪中送炭。我掏出车钥匙,让他派人去搬蚊帐。村主任接过钥匙,往我表弟手上一塞,说,富贵,都搬村委会去,等下午我来亲自发放给大家。今早,我和陈镇长陪大作家去看看老房子。

一路上,陈副镇长显得很谦恭,对我都是溢美之词。他说我不仅才华了得,而且高风亮节。被人戴高帽子的感觉,并不都爽,我现在就觉得芒刺在背。我说,老屋拆了建学校,我没意见,但硬生生地让我多出个所谓故居来,我是不会同意的。

陈副镇长说,你为何不同意?怎么能说是硬生生的呢?林大作家,实话跟你说,我们也是充分调查研究过的,那确实是你的故居。

我苦笑了一下说,即使我同意,人家郑家后人也不会同意。香港的郑治远先生,在我回乡之前还给我打过电话,对郑家大院在地震中的处境充满关切。

嗯,陈副镇长哼了一声,说这郑家大院自从新中国成立后,就不姓郑了。

我哑然,说那姓啥?

姓公!陈副镇长挥了一下手说,新中国成立后我们政府没收了郑家大院,把它做了村公所。后来村公所搬出去,它成了村上的保管室。现在郑家大院是村上的公有财产,我们完全有处置权。

陈副镇长此时的语气显露出了领导人的霸气。

也许我的目光让他的态度从高亢重回了温婉。他摘下眼镜,哈一口热气,掏出一张餐巾纸,边擦边说,考虑到郑老先生是爱国同胞,对故乡有感情,镇上本着人性化考虑,还是把在郑家大院设立你故居的想法,向他做了通报。

他现在用和缓的语气说的话,在我听来,比之前冲动的话还要粗暴。我想他不仅冒犯了郑治远先生,也冒犯了我。我心里嘀咕,这世上有这样明目张胆张冠李戴的吗?郑老先生会被气个半死的。

我说,你们不应该这样,郑老先生年事已高,就不怕气死他?

嘿,陈副镇长笑了一下,把擦干净的眼镜重新戴上,说郑老先生觉悟高,他愉快地答应了。在电话里他一个劲地说我们这个创意好,还说如果镇上在打造你的故居上有经济困难,愿意给予支持。

听陈副镇长这么说,我不想让他和村主任陪我去看我的老土屋了。我对他说,陈镇长,我真的改主意了,那老房子我不拆了,我要的故居是它,不是郑家大院。

我转过身,扬长而去。

六

我径直去了我小学班主任凡老师家。

凡老师是我的班主任,也是我的语文老师。他是当年我们村小请的民办教师,从二十世纪七十年代,一直任教到九十年代,后来民转公因超龄没办成,就回家务农了。我后来能成一个作家,是拜他所教。他在我小学三年级时,送给我一本叫《童年》的小说。我熟读了这本小说,按今天时髦的说法,正是阅读这本书,我心里有了今后做一个写作者的初心。

我推开凡老师家的柴门,见他怡然自得地躺在竹躺椅上晒太阳。在清晨温暖明亮的阳光里，凡老师苍老慵懒的样子像极了一个超然世外的智者，就像地震没发生过一样。我心中浮现出一个词语，第一次没有再讨厌它——岁月静好。

我的到来破坏了这份静好。见我来，凡老师有些意外地站起身来，说你是回来救灾的吗？

我没有正面回答，而是责备他为啥不去郑家大院避震。他笑了笑说，金窝银窝岂能比自己的狗窝。在这死了，是寿终正寝，要死在外边，还不成孤魂野鬼。

我听了就笑，说我就是孤魂野鬼。

错也！凡老师说，你现在不仅有故乡，还是有故居的人。镇上要把郑家大院打造成你的故居，就没领导给你通气？

我尴尬地笑了一下说，这你也信？再说，这张冠李戴的事你老人家的学生会做？

非也！凡老师摆了摆手说，这怎么会是张冠李戴呢？我看你那副书生脾气，人到中年都还没改掉。

我抢白说，你喜欢教训人的脾气不也没改掉？

我今天还真就想教训你！凡老师边说边招呼师母给我泡茶。

我上前，重新把他扶回竹躺椅上，顺手拿过一张小板凳，坐在他身边说，请教训吧。

他笑了，张一口没牙的嘴，天真得像个孩子。他说，喝茶喝茶。

我说不渴。

你不要敬酒不吃吃罚酒，他说，别以为自己成了名家，就任性了。凡事都不要武断，郑家大院怎么就不可以是你的故居？人家镇上，是要花功夫打造咱羊角村。这是美丽乡村的一部分，你有责任也有义务支持，这毕竟是你的桑梓地。人家打造你的故居，是想让村子多一丝文气，让外人看这里不仅山清水秀，还人杰地灵。

我打断凡老师的话，说老师，能帮故乡做点事，我自是乐意，但不能指鹿为马，违背事实。那是郑家大院，它从来也没姓过林。我要同意了这事，今后传出去，岂不要被世人笑话？再说了，故居这词听上去怪别扭的，在我的印象里，只有逝者从前的居所才叫故居。人还活着，一般都叫旧居。

凡老师听了我的话，就笑了。他说，原来你是有忌讳，那我给镇领导建议，在你生前，就叫旧居。

听凡老师这一说，我只有苦笑了。看我这样子，凡老师嗔道，你笑的样子，比哭还难看。

我耸了一下肩，说老师，你误会了，我是说，那郑家大院是姓郑的，不是我姓林的老屋。

凡老师一听这话，有些不高兴了。他说，作家都能做，咋还这样死脑筋？郑家大院就该是郑家的，谁告诉你的？新中国成立后，郑家大院不姓郑了，它姓的是我们全村人所有的姓，当然也可以姓林。

这话从自己的恩师嘴里蹦出来，是完全出乎我的意料。我瞪大眼睛吃惊地看着凡老师，像看一个陌生人。不，更像看一个陌生的怪物。我知道，我得选择礼貌地离开了，否则，我和凡老师，彼此都会让对方不愉快。

我对凡老师说，我还是想去看一下我那震垮的老土屋。那面山墙上，有我当年在上面写的字。那些字都是当年上小学时，我写错后被凡老师用红笔勾出来又在墙上重写的。

老师有权利和义务纠正学生的错误，这是共识。但如果老师犯了错，学生该怎么做？告别了凡老师，我走在乡间小路上，总觉得这是个现实难题。

我独自来到我的老屋前，它的破败和不堪，超出了我的想象。房顶上，杂草长得正欢，院子里，蒿草已高过了人头。我站在院子里，看着这老屋,就像面对一个风烛残年的老人。我有些打心里佩服我那表弟了,让他帮我们看老屋,他真的就只是"看"了。

山墙并没完全倒,只是震垮了一部分。墙体已斑驳,我从前在墙上写的那些字也难以辨认。没有人住的房子,腐朽得特别快。我惊奇地发现,瓦檐的木头上,长出了几朵粉色的蘑菇,刺眼得就像一个老贵妇苍老的手上戴的珠宝。我皱了眉头想,让这样的房子立着,就像让一个年事已高的老人立正站着,是不人道的。我甚至觉得它连拆的价值都没有,直接放倒了事就好。

我转过身,走出柴门,心里竟然有了伤感。我感到自己将失去的不仅是老屋,还有故乡。我走在曾生养自己的土地上,物是人非,有一种陌生人的孤独。

我又回到了郑家大院。在我的SUV旁,陈副镇长和村主任站在那里等我,他们似乎害怕我悄然而去。他们看见我,脸上都有欣喜的表情。从车边一地的烟头我知道,他们一定耐着性子等了我许久。

还是去看看你的老屋吧,大作家。

陈副镇长的语气里有央求。

我说去过了,要拆,你们就拆吧。

听说我又改了主意,陈副镇长如释重负。他拍手说,大作家就是深明大义,下面,我们还是谈谈打造故居的事。

谈什么谈?我摊摊手说,从今往后,我已经是没有故居的人了。

大作家,陈副镇长摆摆手说,这就是气话了。你说我们张冠李戴,那是冤枉我们了。我们虽然是基层政府,但做事为政就讲个实事求是。据我们多方调查,你就出生在郑家大院。

我出生在郑家大院?我愕然道,我怎么不知道?

你要不信,村主任插话说,你可以去问问那些年事已高的老人。

七

是夜,我被表弟领着,继续睡操场。

操场上依旧是那清一色敞胸露怀的大通铺。

通铺之上,蚊子依旧嗡嗡,像战场上空的轰炸机群。

我问表弟,我带来的那些蚊帐,为何还不分发给乡亲们?

表弟说,分不了。

我问为何分不了?

表弟说,羊角村百户,你倒好,带来五十条蚊帐,咋分?

就因为这没分?我说。

分了,村支书去分的,没分下去,现在全堆在村委会会议室,表弟解释说。

有五十条就分五十户,有这么难吗?我有些不解。

不难?你去分分试试?表弟白了我一眼说,白天村支书都气得差点岔了气。人家村民说,要分,得人人有份,不能厚此薄彼。还有更过分的,要求村支书将一条蚊帐剪两段,每家每户拿一段走。

我沉默了。我想我要在场,也会像村支书一样气得岔了气。表弟的这番话,比蚊叮虫咬让我难受百倍。

喂,表弟见我不说话,唤了我一声说,表哥,你也别生气,乡亲们的觉悟,不能跟你们文化人比。说实话,基层这些干部也挺难的,你看那陈副镇长,为你故居的事,嘴上都起了泡,涂了蓝药水。其实,那老土屋没法修缮了,郑家大院做你故居,更合适。

表弟也这么看,出乎我意料。我说,人家郑家人的房子,做我的所谓故居,合适?我知道他们基层领导的辛苦,但有些做法我不敢苟同。今天白天,陈副镇长和你们村主任公然说我生在郑家大院,他们凭啥要撒这样的弥天大谎?

这不是谎,表弟说,我妈生前给我说过,你就生在郑家大院的门房里。妈还说,舅舅娶舅妈,外婆是不同意的,原因是舅妈家成分高,是富农。舅妈进了门,干啥外婆都看不上,成天数落她。外婆的态度让舅舅很生气,舅舅一生气就带着舅妈离家住进了村上的保管房,也就是郑家大院。舅舅是村保管房的保管员兼看门人。舅妈住进村保管房的门房前,也怀上了你,几个月后你就生在了那里,而且还在那里住到半岁。因为你的出生,让外婆改变了态度。她亲自上门向舅妈求情,让舅妈住回去,因为外婆太疼你这个孙子。后来舅舅就在你出生半年后,将舅妈和你送回了老屋。也许是外婆和舅舅、舅妈不愿再提及那之前的不愉快,就没给你讲。表哥,你说人家陈副镇长张冠李戴,冤枉了人家。

听了表弟一席话,我虽然对陈副镇长他们的做法不再反感,但要我接受郑家大院是我的故居,我知道自己是难以做到的。

我很清楚,明天陈副镇长还会找我。他还会使用各种手段,让我认下这所谓的故居。因为这是他的任务,他必须去履行,去完成。

我想,明天该是为难的一天。

就在我苦思冥想明天该怎么说,才能让陈副镇长理解我坚决拒绝郑家大院作为我故居的态度的时候,我接到了郑治远老先生发来的微信。郑治远老先生在微信中说,郑家大院能成为我的一个朋友、一个乡党、一个作家的故居,我感到荣幸,当然,这也是郑家大院的荣幸。

我知道这都是陈副镇长的功劳,他一定是做了郑老先生的工作。我看着这条微信,五味杂陈。我回了郑老先生一条微信。我说:郑家大院是你的故居,不是我的。我不要故居,我只要故乡。

第二天一早,我从大通铺上起来,悄悄一个人溜出了郑家大院,我头没梳、脸没洗、牙没刷,就上了我的SUV。我启动了车子,在晨曦中悄然离开了故乡羊角村。

我的样子疲惫，像一个逃兵。我知道，逃跑是我唯一的选择。

我在出村后不久遇到了一辆拉救灾物资的卡车。这辆对头车停了下来，鸣了两声喇叭，司机在驾驶室里用沙哑的声音问我，羊角村还有多远？我告诉他不远，也就十来里路。

司机重新轰响油门，我大声问他，车上拉的物资里有没有蚊帐？

他想想，冲我摇摇头，说蚊帐？没有。

我有些失望，说要再有五十条蚊帐就好了。

司机有些蒙，说，啥意思呀？一轰油门，就与我擦身而过了。

再往前走，太阳就从山顶上冒出来了，在太阳下，浓雾丝丝缕缕地消散了。虽然才遭了地震，但故乡的景色依然看上去美不胜收。

又见那块黑黝黝的巨石，它依然躺在路中央。两天过去了，怎么没有人搬了它？过去那块绿油油的菜地上，全是粗暴的车辙。不同的是，菜地顶头处，多了一根用新砍的楠竹做的拦车杆。我有些内疚，是我率先糟蹋了这块菜地。我再次想起那个放牛的少年，我是否利用了人家那份纯朴善良？

当我想着少年，少年就出现了。我看出来了，他跟我一样，连脸都没洗，眼角有眼屎，在早晨的阳光里，金光闪闪。

二十块钱一辆车，他冲我喊。

他边喊边走向那泛着翠绿的楠竹做的临时拦车杆。

我掏钱包，发现没有零钱。我说，可以微信支付吗？

他说，现金。

我说，没零钱。

他从口袋里掏出一沓零钱说，百元大钞，我也找得开。

我边掏钱包边想，这真的是我来时遇到的那个少年吗？

我下了车，递给他一张百元钞。这时少年认出了我，他愣了一下，说声是你呀，随即就去掏口袋。他掏出了一包紫云香烟，抽出一支递给我说，烟有点孬，别嫌弃哦。

我接过烟，他自己又拿出一支，叼在嘴上，摸索口袋，掏出一个火机，要给我点烟。我摆摆手，自己掏火机点了烟。他见我不愿他代劳，就自顾点了，深吸一口，吐出了一口浓烟，咳嗽起来。

我看着他，说你不是不会抽烟吗？

他止住咳嗽，对我嬉笑了说，学呗。

我说，收钱呗。

他摆摆手说，老朋友，免了。你教了我生财之道，就当学费吧。

他油腔滑调的样子，突然让我心生不快。我说，我可没教你，你还是收了这过路钱吧。

他看我坚决的样子，不再推辞，接过钱，熟练地找了我八十元零钞。

我重新驾车，穿过那片伤痕累累的菜地上路。

但少年的话却总萦绕在我耳际。

——你教会了我生财之道。

是我教的吗？

难道不是吗？

我的心中，两种问话此起彼伏。

我的手机响了一下，是微信铃声。我在路边再次停下车，掏出手机看微信。

微信是诗人何独的，他给我转账了八百元钱，附言说是刚收到的诗歌稿酬，给我修老屋做补贴。

我给他回了微信，说这钱我不收，我已经决定拆掉那老屋了。

回了何独微信，我决定继续赶路，但拉开车门后，又关上了它。

我站在路边，用手机拍了一张茫茫群山的照片，并把照片发了朋友圈，我在发朋友圈时还写了一句话。那是一个作家朋友写故乡的话——

山河破碎，终是故乡！

偷声音的老人们

一

时辰尚早,夜依旧黑得似铁。性急的陈三爷走在最前面,说疤老二,你就不会快点,脚上绑秤砣了?

三爷,又不是奔丧,疤二哥膝里有风湿,急啥子?顶陈三爷嘴的许老四说。

三爷被人顶撞,并不生气。从他脚步的急促声里能听出,他没有慢下来的意思。聋五叔呢?他说,别把他弄丢了。

他搀扶着我哩,回话的是疤老二。

此时迎面来了一辆载重卡车,车的远光灯像把锋利的匕首,将夜的铁幕划开了一条亮晃晃的口子。

五个暗夜行走的老人,在这夜的伤口上昙花一现,又被夜黑盖住。卡车发出车轮摩擦地面的粗暴声响,像个毫无教养的年轻人,从他们身边掠过。

黑夜里顿时弥漫了卡车尾气与尘土混合的气息。一直低头走路沉默不语的麻脸大啐一口痰,就放声一劲狂咳。

听着麻脸大破锣一样的咳声,陈三爷终于停下了他急促的脚步。他转过头说，麻脸大，咳什么咳？等会这么咳，公鸡会打鸣才怪？

夜掩盖了陈三爷的表情，声音却暴露了他的不耐烦。好在能隐忍的麻脸大并没有跟他计较，气都没吭一声。

行走在黎明前的暗夜里的这五个老人，他们是市郊移民安置新区昭女坪社区的移民。他们都属于一个他们自发的小组织。

这组织有个好听的名字：自救自五人小组。

陈三爷是这个小组的发起人，同时也是负责人。

作为负责人，陈三爷总要比其他小组成员操心多些。现在，转身欲继续往前走的他心里一怔，问道，录音笔，录音笔带了吗，许老四？

许老四在暗夜里一惊，慌忙将手伸进裤兜，摸到的是空空如也。他慌张地说，三爷，我记得出家门时我放在裤兜里的，难道长翅膀了不成？陈三爷转过去的半个身子又转回来，他说，许老四，你的意思是你把录音笔弄丢了？你搞啥子吗？

要不是黑夜一如既往地遮挡，许老四一定会看到一张暴怒的老脸。而他，只是听见了陈三爷着急又生气的跺脚声。

黑夜里浮起不紧不慢不慌不忙的声音。那是一路上除了咳嗽外跟聋五一样一声不吭的麻脸大的声音。

不要急，那东西在聋五装笔记本本的书包里睡觉哩。

麻脸大这样一提醒，黑夜里就响了一声，那是许老四狠拍脑门的声音。紧跟在后面的，是他如梦方醒的声音。

三爷，看我许老四这记性。出社区大门时，我塞聋五挎包里了，一时没想起。

跟记性无关，你做事一贯粗枝大叶，丢三落四。

陈三爷教训是教训的口吻，但语气显然柔和了许多。

三爷，许老四说，我这七老八十的人了，生成的木头造就的船，改不了啦。

许老四的话招来一阵爽爽朗朗的笑声。

气氛轻松了许多。

脚步也轻快了许多。

他们像一群训练有素的特工，长期的山村生活的爬坡上坎，弥补了年事已高的腿脚不灵便的缺陷。他们离开马路后，趁夜黑摸进了还没醒来的村子，正悄无声息地接近目标。

他们在一户农家院子墙外，种了蚕豆的田地边的稻草垛前，将身子匍匐下来，像极了影视剧里那些就要发起突袭的游击队员。

陈三爷压低了嗓门说，大家记住了，一律目视东方，等天边发白的时候，看我手势后，许老四负责压下录音笔的按钮。按钮一旦按下，大家都要像聋五一样，不能弄出一丁点儿声响。

匍匐在稻草垛旁边的人们首先闻到了干草的气息。随即，凉风又将花的清香送进了他们的鼻孔。

许老四吸了一口气说，真好闻，蚕豆好像开花了。

疤老二附和说，是蚕豆花。

陈三爷制止说，不要讲话，东方就要发白了，嘘——

三爷，疤老二轻声唤了一声说，我腿疼得厉害。

忍着，三爷目视东方说。

渐渐地，山峦有了朦朦胧胧的样子。在山峦之上，有鱼肚皮似的白显现了出来。

天就要亮了，三爷说，疤老二，你以为你是公鸡呀，脖子伸这么长看啥？都给我盯好这座坐北朝南的院子。

许老四说，三爷，你带烟了吗？我的脚都被霜打湿了，身上冷得筛糠哩。

三爷侧过身，姿势像个游击队的指挥员。他白了一眼哆嗦着的许老四，说就你事多，没烟，忍着点，太阳出来就不冷了。

院子的轮廓慢慢地由朦胧变得清晰。三爷心中感叹，大户人家呀，围墙也修这么高。

三爷盯着围墙内那棵高大的柿子树，树上还残留着几个被霜冻得通红的柿子，担心它们会从柿子树上掉落下来。

就在三爷咸吃萝卜淡操心的时候，院子里有了响动。三爷机敏地判断出，那是翅膀击打空气的声音。他冲许老四做了个往下压的手势，示意他按下录音笔的录音按钮。

一只健硕的大公鸡，像只大鸟一样腾飞了起来，极稳健地停留在了柿子树的枝干上。它的鸡爪紧紧地抓住枝干，将打开的翅膀收拢回来，一双闪着绿光的鸡眼机警地扫视着前方。

三爷赶忙把头埋下，心里嘀咕说，这哪是鸡，分明是鹰嘛。

就在大家都以为这只公鸡要停留在柿子树上的时候，它却第二次腾飞起来，在空中划出一道漂亮的抛物线后，稳健地站在了高高的院墙上。

三爷翻着白多黑少的老眼，看着眼前这只公鸡，想起年轻时挑行李送镇上有钱有势的肖财主的儿子的情形。那个公子，当年站在江边的码头上，也像这只雄立在院墙上的公鸡，骄傲得很，轻慢得很。

还没等三爷从记忆中抽身出来，公鸡已调整好姿态，面朝东方，将鸡头昂起，鸡尾扬起。看那阵势，它不是要鸣叫，而是要指挥那躲在黛色山峦后面的太阳跳出来。

公鸡的脖颈已经被鸡头拉升到极限，充血的鸡冠越发显得通红僵硬。它锋利尖锐的喙张成一把剪刀似的口。它的胸膛剧烈地起伏了一下，清脆而悠长的啼鸣仿佛就要冲口而出。

但取代啼鸣的却是麻脸大破锣一样的咳嗽声。

陈三爷扭头，将一双充血的老眼瞪成了牛卵。但比陈三爷还要愤懑的是那只公鸡，站在高处的它不情愿地吞咽下了那声长啼，将其在身体里变成了怒火。

它看见了麻脸大亮晃晃的秃头,继而又看见了另外四个不知所措的老人。顿时,满腔怒火的它迅捷地俯冲下来,像个英勇无畏的战士,奋不顾身地扑向这群破坏了它引吭高歌的人们。

二

韩家川七点半就骑电动车来到了昭女坪社区,进大门后就看见社区主任夏晓峰站在了社区篮球场上。在夏主任的对面,站着的是一群模样慵懒、表情不耐烦的大妈大婶。夏主任正在给这群人训话,意思是说请到韩家川教广场舞如何不容易,要大家提高对广场舞的认识,下个月市里领导要亲临社区看大家跳舞云云。

看见韩家川,夏晓峰停止了训话。他走过来,拍了拍正准备锁车的韩家川的肩头说,韩老师,这些人就交给你了,时间紧,任务重。一个月后,市里领导来看,要跳出点昭女坪社区的风采来才好。我得赶到豆腐厂去。

韩家川赶忙起身,手提锁电动车的塑料软管锁说,主任,别叫我老师,我来昭女坪时,龚主席就叮嘱过我,你是我的上级,要我像对他一样对你,我就是你的助理。这里你就交给我,你放心去豆腐厂。主任,你怎么啦,豆腐厂难道又出烦心事了?

别提了,韩老师,夏晓峰一脸愁眉不展的样子,冲韩家川摇了摇头说,真的别提了,说到豆腐厂,我就快变成豆腐了,社区入股的股东吵着要退股哩。

那问题严重了。韩家川脸上的表情也变得忧虑了。

夏晓峰弯下腰,打开自己的电动自行车,骑上去,说,豆腐厂那边,你就别操心了,操心也没用,死马当活马医吧。你把这边伺候好了，这些大妈大婶可是我挨家挨户吆喝来的。我真的搞不懂，跳个广场舞就这么难，咋就没个主动性呢？平日里搓麻将的精神，咋就上不了这些大妈大婶的身呢？

韩家川想说，这群大妈大婶跳广场舞不上心，是自己没教好。但没等他话出口，夏晓峰已经骑车一溜烟老远了。看着夏晓峰急匆匆的背影，有些感慨在韩家川心里油然而生了。

他把录音机拿出来，问大妈大婶们，《最炫民族风》这首歌晓得不？

不晓得。

大妈大婶们回答得很干脆。

凤凰传奇晓得不？夏晓峰又问。

大妈大婶的人群中有人有气无力地说，报告老师，晓得。

韩家川摆了一下手说，别叫我老师，千万别叫。

大婶大妈的人群中有人问，为啥子不准叫嘛，不服人尊敬是不是？

韩家川脸上浮起一丝苦笑说，这么简单的广场舞，都教了两周了，还左手左脚的，我不配做老师，传出去会丢人的。我今天教个最简单的，也就是凤凰传奇的《最炫民族风》。这歌，旋律轻快，主要是要找准节奏，踩准拍子。大家先看我跳一遍。

他边说边弯下腰，将录音机的按钮按下，录音机的喇叭里就吐出了凤凰传奇这首比流行性感冒还要流行的歌来——

苍茫的天涯是我的爱

绵绵的群山脚下花正开

什么样的节奏是最呀最摇摆

什么样的歌声才是最开怀

不知怎么的，听着这歌，韩家川整个人就有了不适。如果这不是教广场舞的任务，韩家川宁愿得一次重感冒也不情愿听着这首歌又唱又跳。但现在他必须压制住自己内心的好恶，翩翩起舞。在这初春的早晨，一切就这样充满黑色幽默。

跳完一曲，他觉得浑身通泰了许多，有一种可耻的快乐感竟然要从体表冒出来。他喘了一口气，将动作进行示范分解。

他无限耐心地领着大妈大婶们一遍又一遍地跳。

但这群大妈大婶对广场舞的迟钝超乎了他的想象，他恨不得要瘫倒在地。看着这机械的像木偶般群魔乱舞的大妈大婶，韩家川摆了摆手，连责备的话也懒得说了。

散了吧。都散了吧。

他关了录音机有气无力地说。

一个满头银发，一脸油光中泛着慈祥的老大妈走过来，用怜悯的眼神看着韩家川，他没叫老师，而是称呼他为同志说，韩同志，看你怪不容易的，我们这些老妈子老婶子的也不容易，都是老胳膊老腿的，没移民前，就只会种地喂牲口做家务，这一大把年纪了，学跳舞，不灵的，不灵的。你就别折腾我们了。

韩家川从他的话里听出了诚恳，说，折腾你们的不是我呀！

韩家川从老大妈的眼神里，明白她也看出了自己的诚恳。

二十多天前，市文联的龚主席找韩家川，要他去昭女坪移民社区去挂职，任务是写库区移民后的移民安置工作和移民生活现状的报告文学。韩家川知道，作为市文联的秘书长，龚主席对自己的工作很不满意。原因是自己总抱怨市文联杂事太多，没时间搞创作。前不久，市委宣传部领导来文联调研，让韩家川提意见。韩家川说，市文联的工作浮在面上的多，沉到生活中去的少。创作要出成绩，作家艺术家都该积极主动到生活中去。

应该说，韩家川的所谓的意见，不过是些无关痛痒的话，但龚主席听后还是心里倍感不爽。有一年国庆，市文联搞联欢，善于模仿的韩家川，在同事们起哄下，来了个模仿秀。他当时没多想，就模仿了龚主席。那模仿真称得上惟妙惟肖，那动作和神态让同事们捧腹大笑。这让龚主席很生气，把同事们的笑声当成了嘲讽，心里记恨上了韩家川。

恰好市里领导提出写部反映移民生活的报告文学，龚主席就把这个任务交给了韩家川。但市文联里的明眼人都看得出来，龚主席这样做，是要把韩家川打发走，因为最近要在文联增设个副主席岗位。韩家川去挂职，没个一年半载，是回不来市文联的。

但韩家川欣然领命，来到昭女坪移民社区，做了名主任助理。但他千想万想也没想到，自己到任后，从夏晓峰主任这里领到的第一份工作，竟然是教社区大妈大婶跳广场舞。韩家川不是看不起广场舞，是他压根儿不会跳。他对夏晓峰说，主任，你这是赶鸭子上架。夏晓峰说，不会？给你一周时间，去市群艺馆学。

一周学跳广场舞，这任务对善于模仿的韩家川来说轻松得像休假。一周后，韩家川把几十个广场舞跳得超过了市里广场上的大爷大妈。但当他兴高采烈地回到昭女坪社区，准备将所学教给昭女坪移民社区的大妈大婶时，却被当头泼了一盆冷水。

这些大妈大婶，对跳广场舞毫无热情。她们动作僵硬，很敷衍，看上去仿佛不是跳舞而是受刑。夏晓峰算是明白了，这跳广场舞只不过是社区主任夏晓峰的一厢情愿罢了。

韩家川现在想起那天早晨的情景，仍心有余悸。在头一天，社区管委会就在各小区贴了跳广场舞的告示，且学舞的时间地点写得一清二楚，明明白白。但当他满怀热情身披晨光赶到社区篮球场时，看到的只是几个在篮球场玩耍的少年。好在不多会儿夏晓峰也赶来了，要不，一个人这么傻站着，自己不仅深受冷落，还会倍感难堪。好在夏晓峰有办法，当天下午又贴了告示，告示上说，第二天一早去跳广场舞的人，每人能领到五升瓶装的菜籽油。这办法很灵验，第二天一早，广场上就挤满了大妈大姊。

韩家川后来才知道，那菜籽油是市一家食用油公司送温暖活动给社区的一批赠品，被夏晓峰派上了用场。

放在地上的挎包里传出了手机铃声，把韩家川从不愉快的记忆里拉了出来。他蹲下身子，从挎包里拿出手机。

电话是夏晓峰主任打来的，要他赶去豆腐厂。韩家川说，主任，出什么事了？

夏晓峰说，你到厂里就知道了。

韩家川提起地上的挎包，骑了电动自行车，往豆腐厂赶去。

豆腐厂是昭女坪社区的第一份社办产业，是社区牵头，社区移民本着自愿原则，拿出部分补偿款入股创办的股份制企业。在韩家川的印象里，这豆腐厂，从创办到投产，就一直是市里新闻媒体关注的一个焦点，出镜率和上报率怕是市里其他龙头企业也自叹弗如的。韩家川在还没来昭女坪社区之前，就从报纸上知道，这由移民出资入股兴办的豆腐厂，拥有占领豆腐市场的秘密武器。这所谓的秘密武器，就是豆腐厂的厂长，移民库区无人不知晓的豆腐西施宫桂花的做豆腐的秘方。

但遗憾的是，事与愿违，当第一块秘制白鹤豆腐千呼万唤始出来了，并没有成为一块敲开豆腐市场的敲门砖。被吊足了胃口的消费者，遗憾地发现，这依旧是块普通的豆腐，并不是什么茄子箩里的南瓜，更非什么鹤立鸡群的东东。

理想很丰满，现实却很骨感。夏晓峰为移民寻求经济上的造血功能的梦想，像一块掉在水泥地上的豆腐，碎得很难看。

焦头烂额的夏晓峰，现在正被入股者里三层外三层地围着。任凭他如何口吐白沫地解释，入股者都是一个呼声：还我钱来。

赶到豆腐厂的韩家川看到这壮观的一幕，没多少基层工作经验的他，心都快提到嗓子眼了。他跳下电动自行车，就冲情绪激动的人群喊——

有话好好说，有话好好说。别冲动，千万别冲动！

情绪激动的大家纷纷扭头，看他这个半路杀出的程咬金。他的话没有平息他们激动的情绪，反而平添了他们的怒气。有人说，站着说话不腰疼，你的活命钱要是打了水漂，你怕比老子冲动百倍。

人群中有人提议，揍他这个管闲事的。

就真有人握了拳头逼向韩家川。

夏晓峰呵斥了一声，解释说韩家川不是管闲事的，是市里派来到社区挂职的干部，现在是他的助理。握拳头的人才松了拳头，退回人群里。

夏晓峰走近韩家川，说这里不关你的事。

韩家川顿时心生委屈，他说，不关我的事，你叫我来干啥？

夏晓峰说，我这里一时半会脱不开身，我叫你来，是叫你去望城派出所。

韩家川说，主任，搬救兵呀？望城派出所不管昭女坪。

夏晓峰瞪一眼韩家川说，说话咋不讲个方式方法呢？这些出资人听见了，还不火上浇油？谁要搬救兵？我是要你去望城派出所，让那个脑袋铸了铁的沈所长把人放出来。

谁犯事了？韩家川问。

夏晓峰说，社区的五个老人。

犯的什么事？韩家川问。

沈所长在电话里说的是偷鸡，但五个老人死活不承认，夏晓峰说。

五个老人从昭女坪跑望城偷鸡，一二十里地，谁信。韩家川摇头。

夏晓峰说，我也觉得有些蹊跷，会不会搞错了？问题还不在这里，这些老人不承认偷人家鸡，只承认偷声音，偷声音，鬼都不信！你去，让司机小王开那辆省移民局送的面包车，一定要赶快把人给我接回来。都是些上了年纪的老人，出点啥事，节外生枝就更严重了。你告诉沈所长，移民无小事，先放人再说。明白不？

韩家川点了点头。

三

陈三爷一伙被押到望城镇派出所的时候，值了一夜班的沈所长正准备回家美美地睡上一觉，昨夜连发的两个案子把他折腾得够呛。一起是发生在镇东的偷牛案。三个犯罪嫌疑人公然在人家牛厩里活活杀死了一头耕牛，并在厩里泰然自若剥起了牛皮。另外一起是发生在镇子上。犯罪嫌疑人撬开了镇上的一家超市，将值钱的烟酒洗劫一空，好在店主装在隐蔽处的监控记录了这一切。

沈所长见村治保主任孙大炮和村民押着五个狼狈的老人进了派出所，就熄了准备骑行回家的摩托的油门。出什么事啦，大炮？沈所长边拔摩托钥匙边说。

抓了一伙偷鸡贼，嗓门洪亮的孙大炮说。

偷，偷，偷！怎么又是偷？一天夜里下来，频发三起偷盗案，这让身为基层派出所所长的他，不免对自己辖区内的治安有了忧虑。他决定先不去管那一身的倦意，亲自来审理这桩案子。

清晨的阳光已经照进了派出所，面朝东面站着的沈所长眯着眼，皱紧了眉头，看着面前被一根粗麻绳捆绑成一串的五个人，活像一串蚂蚱。

孙大炮！沈所长提高嗓门，斥责说，给你说过多少遍了，别乱绑人，你咋就不长记性呢？

沈所长的话让孙大炮一脸委屈。

看你那样子，好像我错怪你了？沈所长瞪一眼孙大炮，又转头目视着陈三爷，说孙大炮，你都干什么了？

陈三爷五个，胸前各挂了一块纸板做的牌子，牌子上书有"老贼"二字。领头的陈三爷跟另外四人不同的是，他脖子上还被吊了那只被棍子打死的公鸡。

孙大炮跺了一下脚说，所长，你冤枉我呀，我不过是在他们腰间套了一股麻绳，不能算绑嘛。

沈所长指着吊在三爷面前的死鸡和牌子，问孙大炮，这又是谁挂的？

孙大炮转身，扯了扯一个长得像猴子的男人的袖口说，这是鸡主人，死鸡和牌子都是他挂上去的。

那长得像猴子的男人扑通一声跪在了沈所长面前，呼号着沈所长青天，要为我做主。

沈所长厌恶地看了一眼这个跪着长得像猴子的男人说，死一只鸡，也犯得着如此哭天抢地？

猴子模样的男人说，沈所长，这不是一般的鸡，是斗鸡，值钱得很，几千元一只呀。

见多识广的沈所长一脸轻蔑地看着猴子一样的男人说，我知道是斗鸡，我还知道你们利用斗鸡赌博。赶快给我站起来，又不是死了爹娘。

听沈所长这么一说，孙大炮赶忙将跪着的猴样男人一把提起来说，瘦猴，还不赶快把那死鸡和牌子摘了。

被叫作瘦猴的男人一脸不情愿地走过去，把老人们胸前的牌子和陈三爷脖子上的死鸡摘了下来。

这时候，沈所长发现了什么，他愣了一下，看着麻脸大老人，说孙大炮，你们打人啦？

孙大炮说，所长，没呀。

麻脸大老人的秃头上，有凝了的血痕。

沈所长指着麻脸大老人的秃头，说没打人，那头上是咋回事？

那是公鸡啄的。孙大炮说，所长，你是不知道瘦猴家那只公鸡有多凶。

沈所长吩咐民警送麻脸大去卫生院清理包扎伤口。他把孙大炮叫到一边低声教训道，你这个治保主任，别只知道抓人。像这样上了年纪的老人，要是伤口感染了，会要老命的。你这脑袋里怎么就长不出点觉悟呢？

首先被带进审讯室的是陈三爷。自感颜面尽失的陈三爷，紧绷着一张苦瓜脸，耷拉着眼皮子。沈所长看到他这个样子，知道这是一个好颜面的内心骄傲的老人。

你的名字？沈所长问。

陈三娃。

我问的是你的大名，也就是身份证上的名字。沈所长加重了语气。

我大名小名都叫陈三娃，陈三爷翻了一下眼皮子说。

听你的口音，不是本地人，沈所长用碳素笔敲着桌面说。

库区的，现在是移民，陈三爷说。

为什么伙同他人偷别人家的鸡？沈所长问。

我没偷。陈三爷抬起头，一副脖子硬硬的倔样。

人证物证都在，你还抵赖？沈所长面有愠色地说。

我没偷！陈三爷否认得更坚定，老天看着的，我要是真偷了鸡，就被雷劈死好啦！

我现在不跟你讲老天，沈所长放下手中的碳素笔说，我要的是人证。

麻脸大，疤老二，许老四和聋五，他们四个都可以给我做证，陈三爷说。

你说的这四个人在哪里？沈所长问。

除麻脸大你吩咐人送卫生院外，都在外面候着呢？陈三爷瞄一眼屋外说。

让你的同伙给你做证？老人家，你真想得出来！沈所长讥笑说。

信不信由你，陈三爷回嘴说。

这话惹恼了沈所长，陈三娃，你别倚老卖老，这可是派出所。

派出所咋的啦！陈三爷说，派出所也要讲王法。

沈所长说，陈三娃，这还像句话。谁偷了别人的东西，谁就要被法律制裁，这就是你讲的王法。你们不是偷人家鸡，天不放亮大老远跑人家村子干什么？

如果你一定要说我偷，我只承认，我偷了声音。陈三爷一脸认真地说。

这话钻进沈所长的耳朵里，让他觉得像是在听天方夜谭。他惊讶地说，老人家，你也是活了一大把年纪的人了，扯把子都没学会？

谁扯把子了？陈三爷把头抬起来说，我偷的就是声音嘛。

我就暂且信了你的话。沈所长说信，其实一点都不信，说，那你给我说说，偷的什么声音？

陈三爷说，公鸡打鸣声。

那我问你，你偷公鸡的打鸣声干什么？沈所长要一问到底。

救人，陈三爷回答说。

救谁？陈所长继续问。

救钟汉老头，陈三爷回答。

钟汉什么人？沈所长穷追不舍。

移民的老人。陈三爷对答如流。

那钟汉怎么了？

他害了病。

声音治病,闻所未闻。

信不信由你。

沈所长迟疑了一下,稍做停顿的他拉长了声音说,我信——

我看得出的,你还是不信,陈三爷脸上浮起一丝苦笑说。

我有一个要求,沈所长盯着一脸苦笑的陈三爷说,把你偷的声音拿来我看看行吗?

声音不能看,只能听,陈三爷纠正说。

是,不能看,沈所长点点头说,那就拿来我听听。

陈三爷说,没录上,公鸡发现了麻脸大。

你们带了录音机?沈所长问。

是录音笔,陈三爷说。

那就把录音笔给我看看,沈所长说。

陈三爷说,录音笔在许老四那里。

沈所长就吩咐坐在一旁记录的年轻警察去带许老四。

许老四被年轻警察带进审讯室,紧张得浑身直哆嗦。陈三爷见许老四那样,恨得牙痒痒了。陈三爷说,许老四,看你那熊样,不是贼也会被当成贼的。

沈所长制止陈三爷说,谁让你多嘴多舌了?这可是审讯室,没问你话,你就闭嘴。

沈所长看着像疾风中的树的许老四说,把录音笔拿出来吧。

许老四就哆嗦着手去摸裤兜,裤兜里什么也没有,就转而摸上衣的口袋,口袋里也没有录音笔。

许老四说,三爷,怕是掉蚕豆地里了。

沈所长拍一下桌子说,是我在问你话,不是你三爷。我问你,是不是根本没有什么录音笔?

许老四越发哆嗦了,佝偻了腰对沈所长说,没录音笔,我们跑那么远来干啥？

沈所长说，这话该我问你。

许老四双手作揖，对沈所长说，警官，你得给我们做主，我们都是泥巴埋到脖颈子的人了，这贼的罪名，可背不起呀。

沈所长又吩咐年轻警察说，把屋外那两个也叫进来。

年轻警察出去，把疤老二和聋五也带了进来。

沈所长没问疤老二，而是走到聋五旁边，问他姓甚名谁？

聋五呆若木鸡地站着，一副充耳不闻的样子。一直一声不吭的年轻警察动了气，冲聋五厉声说，所长问你话哩，你哑巴啦？

疤老二说，要问就问我，我姓巴，打小在村子里大人小孩都叫我疤老二。他是个聋子。

疤老二又指聋五说，你们别看他是个聋子，我们昭女坪社区的老人，数他文化高。

陈三娃，不，三爷，沈所长皮笑肉不笑地说，带着聋子去偷声音，穿帮了吧？

沈所长叹了一口气，接着说，偷只鸡，原本不是什么大不了的治安案件。像你们这样的老人，我说句不该说的大实话，你们态度好，甚至可以不立案，我们跟受害方调解一下也就罢了。但你们拒不承认，还扯什么偷声音的把子来骗警察，性质就不一样了。

沈所长的话激怒了陈三爷，他忽地站起来说，警官，如果你认为我给你扯把子，认定我们是偷鸡贼，我可告诉你，我就待在你们派出所好了！

年轻警察大吼着说，坐下去，谁让你站起来的。冲我们所长发脾气，你好大的胆子？

陈三爷兀自铁塔一样站着，原本因为苍老而松弛了的脖颈上，竟然有青筋凸露出来。

年轻警察冲上前去,想将他按在凳子上,但被沈所长挥手制止了。

沈所长掏出手机,将电话打到了市移民局,问到了昭女坪社区主任夏晓峰的电话。

四

韩家川一出豆腐厂门,就看见了接自己的面包车。韩家川拉开副驾驶的门,说去望城镇。司机小王拿出手机导航。韩家川讶异地看着司机小王,说,你不会连望城镇都不知道怎么走吧?

领导,我真不晓得。小王抬起头来,一脸诚实的样子,看着韩家川讶异的表情。小王说,我是外地人,是库区移民过来的。

原来你也是移民,韩家川点了点头说,从口音就知道是库区的。

乡音难改,其实也不想改。小王笑了笑,低头输了望城镇三个字后说,领导要去望城镇哪里?

韩家川说,去镇派出所。

小王哦一声,启动了面包车。他好奇地问韩家川,领导,谁又惹祸啦?

韩家川说,社区的五个老人去望城镇被人抓派出所了。

老人能犯什么事呀,要抓去派出所?小王不解。

听说是偷了人家的鸡,韩家川说。

不可能,小王摇摇头,目视前方说,不可能的,大老远地跑去偷鸡,又是五个上了年纪的老人。

韩家川没吭声,其实他心里跟小王想的差不多。待车开出一段距离后,坐在副驾驶位子上的韩家川突然问司机小王。

说他们跑到望城镇偷声音,你相信吗?

声音?小王偏了一下头问。

对，声音。韩家川点点头。

我相信，小王说。

小王的话完全出乎韩家川的意料，讶异之色再次浮上了他的脸颊。

你相信？

我当然相信！小王肯定地说，我还晓得偷声音的一定是陈三爷他们自救自五人小组的那五个老人。韩家川觉得这个司机小王神了，连偷声音的是自救自五人小组都知道。这让他不只是惊讶，简直就是吃惊了。

你凭啥如此肯定，韩家川说，说说你的理由。

小王笑了笑，领导，你难道忘了刚才我告诉你的，我也是移民。我跟你说句实打实的真心话，只有移民才会了解移民。

韩家川分明从话里听出了弦外之音，他说，小王，你的意思是我不了解，还是社区的管理者都不了解移民？

领导，这话我可没说。小王偏头看了一眼韩家川说，但你可以这样理解。

韩家川咳嗽了一声说，滑头！唉，小王，给我讲讲这个自救自五人小组。

小王面有为难之色，他把车速放慢说，讲五人小组，要从另一个老人讲起，这是犯忌的事。夏晓峰主任要是晓得了，我会挨批评的。

有那么严重？韩家川不解地说。

就是那么严重，小王点点头说。

韩家川的好奇心被小王的话勾了起来。韩家川从口袋里掏出烟，递了一支给小王，自己也燃上了一支说，小王，我今天要去派出所处理这五个老人的事。我初来乍到，对他们很陌生，我需要从你这里了解他们的情况。我晓得你有顾虑，是有为难之处，那我们订个君子协定，你给我说的话，我烂肚子里，绝不说出来。我用我的人格保证行吗？

小王犹豫了一下，一手握方向盘，一手点了烟，点了点头。

小王并不善于讲故事。但善于听故事的韩家川，通过自己脑子的快速整理，终于将小王的话理出了头绪。

入住昭女坪社区的移民，大多数都来自库区的白鹤镇。从家乡搬到异乡，移民们难免有对故土的不舍。虽然白鹤镇坐落在江边的河滩地上，土地并不肥沃，十年九旱，但家乡还是生活了祖祖辈辈的家乡，那行将淹没的土地上有太多的乡情和记忆。常言说，待惯的山坡不嫌陡，住惯的老屋不嫌矮。所以，乡亲们离开的时候，都是一把眼泪一把鼻涕走的。但他们走的时候并不全是凄楚和悲伤，毕竟他们都领到了数额不菲的失地补偿款和搬迁费。特别是当他们来到了昭女坪社区时，他们仿佛都忘记了失去故乡的伤痛。看着那个精心打造的移民样板社区，那一幢幢高大整齐的蓝白相间的样板房，他们的愁容渐渐地被笑脸取代。像城镇人一样活一回，这想法像酒一样芬芳醉人。

他们是欢呼雀跃住进昭女坪社区的，新家园，新生活，甚至是新身份，都让他们兴奋、欣喜和激动。但这种新鲜感和幸福感混合的心情并没有能持续多久，移民们终于开始咀嚼社会上那句揶揄调侃他们的话——毕竟，山猪都吃不来细米糠哩！

新鲜感被不适感取代，幸福的心情被对未来的茫然替换了。这一切都是悄悄地随着日子的押长而来的。

最感不适的是老人，而最最感不适的是老头。

外号杨老头的杨玉明老人，就是其中一位。

杨玉明自从住进了窗明几净的楼房后，就一直睡不好觉，得了失眠症。起初，家里人还以为是老人换了新环境，需要花时间适应。但没几个月下来，老人夜里睡不好觉的毛病不仅没改观，反而越发严重了。因为长久失眠，人的情绪也变得焦躁烦闷。后来竟然茶饭不思，厌食了。家里人看在眼里，急在心里。儿媳就只好给外出打工的丈夫打电话，要他回来看父亲。儿子千里迢迢从广州回来，多次跟老人打听，才知老人病因。

在老家白鹤镇，杨玉明老人住的是依山傍水的吊脚楼。那吊脚楼是在平地上用木柱撑起，高悬地面的一种干栏式建筑。这是一种既节省土地，又造价低廉，且又能通风防潮的建筑。这种建筑分上下两层，上层为居室，下层是关牲口的厩。杨玉明老人住在吊脚楼上，楼下关着猪和牛。那吊脚楼不隔音，深夜里，杨玉明老人能听见小猪的哼哼声、大猪的呼噜声、牛的反刍声。这些声音成了杨玉明老人夜生活的重要组成部分，是他的小夜曲。他要听到这种声音，才会睡得踏实，才会不知不觉进入梦乡。搬进昭女坪社区新家的杨玉明，夜里再也听不到猪声牛声了，失去了自己的小夜曲，这如何不让他辗转难眠？几十年养成的习惯，岂是短时间能改变的？

看着老人因失眠厌食憔悴得像山坡上的一棵瘦草，儿子心痛得抓破了头皮，也没想出什么好办法来。最后只能跟儿媳商量，决定将老人住的隔壁杂物间腾出来，在家里做一个猪厩。儿子跑到乡下找来了垫厩用的稻草，又去市场上买了两个刚断奶满双月能独立进食的猪崽，在家里养起了猪。虽然夜里只有两头小猪的哼哼声，没有大猪的呼噜声和牛的反刍声，但这也多少让老人心里踏实了，不再彻夜失眠。

这事被邻居告到了社区管委会。

在好端端的起居室里养猪，这在管委会的工作人员看来是不可理喻的陋习，是绝对不可容忍的。这事迅速被反映到了社区管委会主任夏晓峰那儿。夏晓峰主任亲自出马，带着三位社区工作人员花了一个早上，才把那当了猪厩的杂物间清理干净，并说服老人的儿媳去农贸市场，卖掉了这两头小猪。整个过程中老人一声没吭，面无表情。但作为社区工作人员之一的司机小王，还是看见老人眼中噙满了泪水……

这显然是个没讲完的故事，韩家川捋顺了小王的叙述后问，那后来呢？

后来？小王说，后来社区管委会就贴了告示，禁止任何人在社区里养家畜家禽了。

我问的不是这个，韩家川说，我是问你这杨玉明老人后来怎么样了，还失眠吗？

小王叹息了一声，摇摇头说，后来？后来他永远地睡着了。

韩家川说，什么意思？

小王说，后来他家人说他患上了抑郁症，再后来，他从他家六楼的阳台上跳了下去，死了。

这是个让充满好奇心的韩家川感到既意外又惊心的结局，他沉默了。车里的气氛也凝重起来，显得有些沉闷压抑。

还是司机小王率先打破了沉闷和压抑。他说，领导，导航上显示，望城镇就要到了。你不是要我给您讲讲自救自五人小组吗？其实，这小组的缘起就是杨玉明老人的死。他们跟杨玉明老人一样，需要声音，那是他们的药，或者说是另一种口粮。领导，我说句不该说的话，在社区里，这些老人是被忽视的一个群体。他们也是最难走出故乡的群体。他们孤立无援，社区、家庭都没有人管他们的心理需求、他们的精神需求，但他们又不甘坐以待毙，所以只能自己救自己。

如果不是亲耳听见，韩家川不会相信，一个年轻司机会说出如此的话。这是句句都有分量的话，是对移民老人有深入了解并感同身受的话，是一个移民的心里话。

韩家川真诚地说，小王，今后你别再叫我领导，你叫我老韩或者家川哥。我不过是文联里的一个写作者，你今天的话让我心里清楚了，我这次挂职该去看什么，想什么，写什么。我真心谢谢您！

司机小王的手机导航提示，目的地就在附近。

五

到了望城镇派出所，韩家川下了车，就一个人信步走了进去。如果说，在未和司机小王交流之前，韩家川对如何处理老人们这次所谓的偷鸡的事心中无底，有畏难情绪的话，现在他已经信心满满。为这，他是打心里感谢司机小王的。

派出所的沈所长经过一夜夜班，加之老人们不配合，咬定了不承认偷鸡，让他更感疲惫和恼火。见到韩家川时，沈所长也就没了好脸嘴。韩家川跟他打招呼并介绍自己是昭女坪社区的主任助理时，他只是铁青着脸哼了一声。这多少让韩家川心里有些不快。

你们这些人是怎么搞的，人越老，硬得越像青冈树，不服个软哩。沈所长的话里是满满的抱怨。他看了一眼不动声色的韩家川，摊摊手又说，这和尚头上的虱子，明摆着的事，人证物证都有，为何要死不承认？

韩家川说，所长，我不明白你说啥？啥是明摆着的事？

沈所长被韩家川这一问，简直就是吹胡子瞪眼了，他冷冷地瞥一眼韩家川大声说，你们昭女坪社区的人咋都这样呢？韩助理，你难道不知道，这五个老人偷了望城镇人家的鸡，而且是价值不菲的斗鸡！

韩家川冲沈所长做了个往下压的手势说，沈所长，你少安毋躁，别大声八气的，好像犯事的人是我一样。你是警察，没把事情搞清楚之前，不要轻易说什么和尚头上的虱子明摆着这样的话，一切都得尊重事实和证据。

沈所长说，韩助理，你的意思是你的人没偷鸡？

韩家川笑了一下，是那种带了点嘲讽意味的笑。他摆摆手说，这话我可没讲，我只是以为，这事情还没到所长你说的明摆着的程度。

沈所长上牙咬了下嘴唇，皱了眉头重重地点头说，好了，很好！韩助理，我今天就让你心服口服什么是明摆着，就算是我们望城派出所与你们昭女坪社区联合办案。

沈所长说完，示意韩家川跟他一起去审讯室。

走进审讯室，韩家川就看到一个老人抱了手站在凳子前，神情委屈而恼火。在他的旁边三个老人像战败的散兵游勇，佝偻着腰狼狈地靠着墙。

不是五个人吗？

韩家川的目光在审讯室内扫了一圈说。

哦，沈所长解释说，有个老人被鸡啄伤了脑袋，我们派人带他去镇卫生院包扎伤口去了。

韩家川也哦了一声，目光停留在靠墙站着的三个老人的身上说，所长，他们都是上了年纪的老人了，给个座行吗？

于是沈所长就吩咐那先前搞记录的年轻警察出审讯室去搬椅子。椅子搬来，三个老人坐下了。但先前站在椅子前的老人，就是不坐。

沈所长对四个老人说，这是你们社区管委会的韩助理，他是专程来配合我们派出所办理你们的案子的。你们有什么话，就对韩助理说。

四个老人缄口不言，头都没抬一下。

沈所长说，不配合是不是？陈三娃，你先说。

被沈所长叫作陈三娃的那个老人，依旧抱着手站着耷拉了眼皮子，说，我该说的，先前我已经说过了。

韩家川这下知道了，这个抱着手站着的，活像一头老犟牛的人就是陈三爷。

这时，坐在中间的脸上有块疤的老人举了一下手说，我是疤老二，三爷不想说，我说！我们没有偷鸡。我们是去录公鸡的打鸣声的。这只鸡，最早是我闲来无事发现的。那天在社区外，鸡的主人在空地上摆赌，我看见那只公鸡很健壮，想必它的声音一定很洪亮，就在鸡主人摆

176

完赌后尾随鸡主人上了公交车。尾随着到了鸡主人家，然后回去告诉了三爷，让许老四借了他儿子送给孙子用来课堂上录老师讲课的录音笔。在凌晨之前约了麻脸大、聋五，我们五人一起来录公鸡的打鸣声。但万万没想到的是，在许老四就要录音的时候，有气管炎老毛病的麻脸大，没忍住自己的咳嗽，招来了院墙头上那只公鸡。那公鸡凶得很，比电视剧里的敌人还凶，从院墙上飞下来就直扑麻脸大的秃头，啄得麻脸大直叫唤。我们都吓得乱成一团。好在聋五行伍出身，当过兵的他没太乱阵脚，他顺手操了稻草垛旁的一根柴棍子，一闷棍下去，把那只比敌人还凶的公鸡给打死了。后来我们就被主人家发现了，主人大喊有贼，村子里的人就把我们围住了。再后来，就把我们送派出所来了。

听疤老二老人说完，韩家川问，你们大老远地跑去录声音干啥子？

救人，许老四老人答道。

沈所长冲韩家川轻蔑地一笑说，用声音救人，韩助理可否相信？

韩家川点点头认真地说，沈所长，我相信。

你相信？沈所长一脸惊讶。

对，我相信！韩家川加重了语气说。

沈所长端起放在桌上的保温杯，呷了口茶，吐一片茶叶，既然韩助理相信声音能救人，那就是说，声音可以做得药了。

韩家川笑了一下说，沈所长，有些时候，声音就是一剂良药。

沈所长又喝了一口茶，他有些忍俊不禁，将嘴里的茶水喷了一地说，韩助理真是一个幽默人。这声音既然在韩助理看来是一剂良药，那我想问韩助理，这声音如何配伍，如何治病救人，救的又是什么人？

韩家山明显感到了沈所长话里的锋芒。他一脸从容地说，所长，你问错人了，这话应该问这些老人才对。

这时候，一直抱了手站着的陈三爷接话了。他说，你这个警官忘性咋这么大？我先前已经给你说过了，我们要救钟汉大爷。

那钟汉何许人也？沈所长问说。

许老四抢话说，他是昭女坪社区最年长的老人，都九十好几啦。

那他得了何种怪病，要声音治？沈所长刨根问底。

他夜里睡不着觉，患了失眠症，许老四说。

用声音治失眠？咋治？沈所长不解。

许老四说，警官，这你不懂了吧？且容我慢慢道来。

钟汉大爷在没移民来昭女坪社区之前，是我们白鹤镇裤脚村人人知晓的老人，有名得很。说他有名，是他养的鸡有名。他家养的乌骨鸡，是整个镇方圆几十里地最肥美的壮鸡。钟汉老人养鸡，不圈养，是放在河滩上野养，那些鸡刨食的是蚯蚓和打屁虫一类的小虫子。那鸡肉鲜美得没话说。钟汉老人养鸡，除了野养，跟别人养法不一样的是，有头鸡带着鸡队。头鸡都是大公鸡，钟汉大爷叫头鸡鸡队长。每天清晨，头鸡第一个醒来，它飞上院墙，一声长啼，所有的鸡就跟着吵吵嚷嚷出了鸡栏。听见长啼，钟汉大爷就从床上爬起来，目送他的鸡队长带领着鸡群走向长满野草、灌木和荆棘的河滩地。鸡队长是不宰杀的，也不卖给他人。等到鸡队长上了年纪，钟汉老人就会选最好最大的鸡蛋，孵出最好的鸡公仔，挑出最好的一只，把它培养成接班人，当下届的鸡队长。

库区移民的时候，钟汉大爷让家里人把母鸡都宰杀了，拿去市场上卖掉了。顺便说一句，钟汉大爷养的鸡，只有头鸡是公的，其余的鸡全是母的。钟汉大爷舍不得杀头鸡，决心把它和家什一起带来昭女坪。但当头鸡发现自己的那些妻妾死在屠刀下之后，它却气死了。这让钟汉大爷悲痛万分。离开裤脚村的时候，他抱着那只头鸡，也就是他视为心肝的鸡队长，在孙子搀扶下，蹒跚着爬上山岗。在一棵树下，钟汉大爷自己用锄头，挖了个小小的坑，将头鸡的尸体埋了，还用碎石砌了个小小的坟茔。然后，他一屁股坐在山岗上，像个孩子一样，脚在地上乱蹬，手在胸前乱搥，号啕大哭。哭声合着山风，让我们移民也跟着他一样伤心不已。

到昭女坪社区后,钟汉大爷跟家人住进了新房子。住进去的第一晚,他睡得又沉又死,是他的年过花甲的儿子叫了几遍才叫醒的。但自打那晚以后,钟汉大爷就再也没睡着过。据他儿子讲,大爷总是担心倒头睡过去,第二天再也醒不来。他儿子就安慰他,要他放心睡,第二天自己会叫醒他。但大爷抢白儿子说,你又不是鸡队长,你要睡死了咋办?

大爷从此夜里出现了幻觉。一睡过去,那只头鸡就会从他的脑袋里冒出来,一声长啼,大爷就会一骨碌爬起来,推开窗子,但外面却是墨一样的夜色。杨玉明老人跳了楼以后,我们这些老人成天都惶恐得很,心就像个空箩筐一样,空得难受,我们也睡不着。三爷就找着我们四个,成立了这个五人小组。三爷说,没人管我们,我们只能自己救自己,我们要把我们丢掉的声音找回来,还要帮像钟汉大爷那样的老人把声音找回来。

有一天,我在省城打工的儿子回家来过春节。他给我读中学的孙女买了礼物,也就是今天我搞丢的那支录音笔。儿子是买给孙女学习用的。有一天,我发现孙女录下了他的老师讲课的声音,我感到这东西既神奇又好玩。孙女就让我说话,她只轻轻按了一个键,待我说完话,她又轻轻按了另一个键,那笔就吐出了我刚才说过的话。我把这告诉了三爷。三爷也觉得这叫录音笔的东西神奇,他拉了我的手说,许老四,这下钟汉大爷有救了,你得把你这录音笔的玩法从你孙女那儿学过来。学那东西不难,我孙女一会儿就教会了我。刚好疤老二发现了那只斗鸡,说那鸡雄得很,不亚于钟汉大爷的那只,咱去录那斗鸡的打鸣。对了,我还忘了给领导汇报一件事,我孙女在教我录音的时候,还教了我一种新玩法,就是那录音笔能定时,你想让他几点播声音,它就会在几点播你要的声音。

沈所长听得很耐心，许老四老人打住话匣子后，他问说，那后来呢？

　　许老四说，后来我们夜里去找那只斗鸡录音了，再后来就被当成偷鸡贼抓了。真是羞先人哟，老几十岁，背个贼的骂名了。

　　听了许老四的话，沈所长看了看韩家川，韩家川也看了看沈所长。他们都没说话。

　　一阵沉默后，沈所长打了个呵欠对许老四说，要信你的话，就得找到那支录音笔。

六

　　在许老四的指引下，沈所长带着年轻警察在蚕豆地里找到了那支录音笔。

　　那录音笔里，确实没有鸡鸣，但却录到了麻脸大老人被鸡啄的惨叫声。回到派出所后，通过沈所长和斗鸡主人的讨价还价，终于达成了由五位老人赔偿斗鸡主人八百块钱的协议。韩家川替五位老人垫了钱，让在派出所的四位老人上了面包车后，又让司机小王把车开到卫生院，接了处理完伤口的麻脸大老人，回了昭女坪社区。

　　一只鸡赔八百元，老人们觉得心疼，坐在车上都成了闷葫芦。司机小王就打趣说几位大爷，八百元摘了五顶贼帽子，值！

　　麻脸大摸了摸秃头上缠的纱布说，值个屁！那只斗鸡不要那么凶，不啄我的秃头，聋五也不会失手打死它。要晓得那鸡那么值钱，我还不如忍痛让它啄哩。

　　陈三爷瞪一眼麻脸大说，麻脸大，你还好意思说，你不咳那声嗽，就不会有后边这些幺蛾子！这音没录上，钟汉大爷咋办？三爷，别责备麻脸大，谁身上没个病痛的。疤老二打圆场说，钟汉大爷的事，我们再想办法。要不是我这要命的膝盖，我就去临县乡下的我姑娘家，把那鸡鸣声给钟汉大爷录了来。

坐在副驾驶位子上的韩家川转过身来说，五位老叔，是我们社区管委会失职了，今后，这些事交给社区来办。你们都是上了年纪的老人，别再像今天这样，起早摸黑，危险着哩。

疤老二摆了摆手说，韩助理，你和社区还是不操这个心的好，我们的事，我们自己办。让你们办，靠不住！

韩家川冲疤老二笑笑说，大叔，你可以不信任我，但一定要相信社区。你为何对我们管委会有如此大的成见？

陈三爷冲疤老二挤挤眼说，疤老二，你那张嘴，咋就管不住呢？韩助理，成见？不敢不敢，社区对我们好着哩。

司机小王说，三爷，你就让疤二大爷说嘛，这韩助理，跟社区其他领导不一样。要说成见，韩助理，我替疤二大爷说，他主要是对社区办豆腐厂有意见。

一提豆腐厂，韩家川就更有了兴趣，他对疤老二说，老叔，这你一定得给我讲讲。

疤老二面有难色，侧身看了一眼陈三爷。陈三爷冲他翻了一下白眼说，看我干啥子？疤老二，你今后会死在这张嘴上。既然小王都说你对办豆腐厂有意见，你还不说，那不成了隐瞒领导了？你看你那豆腐西施的儿媳，人家多先进！你呢，后进着哩。

别提我儿媳，三爷，疤老二说，提她我心里就来气。

司机小王边开车边对疤老二说，疤二大爷，你心咋就二指宽呢？不就一副棺材嘛。

许老四说，小王，你这嫩崽子，懂个屁，你话说得倒轻巧，不就一副棺材？你晓得那是今后你疤二大爷百年了的老屋。

都以为我生我儿媳的气，就为棺材，你们真是冤枉我了。疤老二说,我是为我儿媳怂恿我儿子为拉苦井水不拉棺材生过气,但那是搬迁时的事,早就过去了。我是因为我儿媳不听我劝,硬要跟那夏主任去办豆腐厂生气。那豆腐西施的虚名,害了她了。那白鹤豆腐岂是想做就能做的?

韩家川说,你意思是你儿媳手艺不行?

那倒不是,疤老二摇了摇头说,要讲做豆腐的手艺,她配得上豆腐西施这名号。

韩家川说,这就令人费解了。

疤老二说,说费解也费解,说不费解也不费解。世间大凡好东西,都不是做出来的,是自然生出来的。这白鹤豆腐里藏有玄机。

司机小王说,疤二大爷,你就别卖关子了,谁不知道你儿媳做的白鹤豆腐,要用你们家苦水井的水来点豆花?要不,还叫啥子秘制豆腐吗?

你看,你看,疤老二摊了摊手说,说你嫩苔苔,人家会讲我欺负年轻人。你跟你们那夏主任和我儿媳差不了多少,都是知其一,不知其二。

小王欲回嘴,被韩家川示意打住。韩家山说,老叔,这其二是什么?

疤老二说,这可是我们家的秘密,别说外人,就是媳妇儿媳也不知道,不便说的。

嘿,陈三爷白了一眼疤老二说,毛病!又卖关子了不是?离开了白鹤镇,还做得出什么白鹤豆腐。

三爷英明!疤老二冲陈三爷竖了竖大拇指说,这话你说得像裤裆里放鞭炮,正确得很!

疤老二这话,把一车人都逗笑了。

其实,也算不得是啥玄机,疤老二说,自从库区蓄的江水淹没了裤脚村，我们家那点做豆腐的小秘密也就没用了。因为其他地方做豆腐点豆花这个工序，用的都是石膏或者卤水，所以我们裤脚村的豆腐用苦水井又苦又涩的苦水来点，就特别招惹人注意，都以为白鹤豆腐的名堂就是这苦水井的井水。但大家就没去注意，连裤脚村的人都没留意，我们泡黄豆的水、磨浆的水，那可是甜水潭的水。在裤脚村，老辈人管甜水潭叫阴潭，管苦水井叫阳井。这甜水潭的水是软水，这苦水井的水是硬水。那甜水井磨的豆浆，碰上苦水井的硬水，就像受了孕，生出了白鹤豆腐，这叫阴阳之合。我说这世间好东西都是生出来的，就是从白鹤豆腐上悟到的。用甜水潭的水磨出的豆浆，烧热后遇上苦水井的硬水，就会咕噜咕噜响。那声音好听得很，是欢喜声。我那徒有虚名的儿媳，不配那豆腐西施的名号。我们搬离裤脚村时，我提醒她，拉再多苦水井的水也没用，做不出白鹤豆腐。可她小肚鸡肠，猜疑是我为了那口棺材。现在好了吧，办豆腐厂，收不了场了，落个空欢喜不说，还招人笑话。

疤老二话说得轻松，韩家川听得沉重。韩家川心想，现在，夏晓峰主任要在场，会作何感想？

老叔，我不知道有句话该不该说？韩家川看着疤老二表情认真地说，你生儿媳气，我理解，但你该阻止夏晓峰主任，毕竟办个豆腐厂不容易，钱都是移民们从补偿款里拿出来的。

夏晓峰？你别提他，提他我更来气，疤老二摆摆手说。

三爷恶狠狠瞪一眼疤老二，意在阻止他。

浑说了不是？越说越没分寸了。

三爷，谁浑说了？我就是日气夏晓峰，咋啦？

韩家川从疤老二话里听出了耍横的味道。

疤老二，耍上牛脾气了？三爷提高了嗓门说。

这话憋肚子里，比屎阻屁眼里都难受！疤老二吹胡子瞪眼睛地说，那杨玉明老人在自家里养猪，招惹他啥了？他倒好，带群人三下五除二把人家养猪的地儿给清理了，也不问问人家为何要养猪，光会批评人家生活习惯不好，不讲卫生。谁不晓得猪养家里又脏又臭不卫生？但再脏再臭再不卫生，不要老命吧？我反正是认定了，那杨玉明就是被夏晓峰逼死的！

瞎话！蠢话！疤老二！三爷吼道，信不信我揍烂你那臭嘴！

原本已轻松的车内气氛又回归了沉闷，沉闷中还多了沉重。

好在昭女坪社区已近在眼前。

七

五个老人被韩家川顺利地从望城派出所带回了昭女坪社区，这让夏晓峰主任在心里高看了韩家川。当韩家川赶往豆腐厂去给夏晓峰交差的时候，夏晓峰还在跟宫桂花为做不出真正的白鹤豆腐在技术上攻关。夏晓峰知道，做不出真正的白鹤豆腐，后果不堪设想。想想早上那些情绪近乎失控的股东，他就会不寒而栗。看到韩家川，一筹莫展的夏晓峰说，韩老师，平日里看您这一脸斯文相，办起事来没想心中自有百万兵。都听公安的人说那沈所长是难缠的主，没想到您那么快就解决了问题，看来您还有点小诸葛能耐。过来，快过来，兴许这豆腐上的难题，您能想出好办法。

夏晓峰左一个您右一个您，让韩家川听出了一份尊重和欣赏。他心里自然也就有了愉悦，笑着摆摆手谦虚地说，不敢当不敢当，老人们没偷鸡，派出所得尊重事实嘛，哪是我的能耐？至于这白鹤豆腐，主任跟宫厂长都不要费心了，诸葛亮转世，我看也是无解的。

这无解二字，让夏晓峰心里非常不快。他没想韩家川会说出如此武断的话，就一脸不高兴地说，韩助理，说话注意分寸，我这主任做豆腐确实是外行，但你不能让宫厂长难堪。宫厂长为啥被称为豆腐西施？那是因为在移民来社区之前，人家做得一手地道的白鹤豆腐。我们现在在技术上遇到了难题，只要大家齐心协力开动脑筋，就没有过不去的坎，攻不下的关。你哪来如此武断，竟说出如此不得体的话来？

韩家川发现，自己不仅让夏晓峰主任不高兴，也让宫桂花脸上有些挂不住，就冲她抱拳做了个对不起的手势。然后他对夏晓峰说，主任，我们借一个地方说话。

没想到这话却惹火了夏晓峰，他粗脖粗嗓地说，韩助理，你们这些文人咋就那么多花花肠子？什么事情，到你们这儿就搞得神秘兮兮的，把宫厂长当外人，你啥意思呀？

看着一脸怒容的夏晓峰，韩家川赶忙解释，说夏晓峰误会了自己的意思。他心里确实觉得有些话面对宫厂长讲出来，对她很残酷，怕她一时半会儿接受不了。他有些为难地看着宫桂花，恨不得指天发誓自己没把她当外人。

宫桂花自是知趣的女人，她脱下手上的白手套，往工作台上一放说，既然你们做领导的有事商量，我就先回家了。

韩家川看宫桂花出了门，又转头看一眼黑了脸的夏晓峰，提议出去走走。夏晓峰很不情愿地跟韩家川在社区里肩并肩散起了步。

韩家川问夏晓峰认不认识疤老二？夏晓峰说，他是宫桂花的公公，你说我认不认识？

韩家川就把疤老二在车上讲的白鹤豆腐的故事跟夏晓峰讲了一遍。

还没等韩家川把故事讲完，夏晓峰整个人就垂头丧气瘫坐在了社区林荫道旁的长椅上了。

他吐出了一声长长的叹息。

韩家川从夏晓峰的叹息里，听出了困惑和绝望。

韩家川把话打住，坐到夏晓峰身边，从衣兜里掏出香烟，递一支给夏晓峰。夏晓峰抬起头，蹙了眉头接过烟。韩家川给他点上烟，自己也点上一支安慰说,我们还可以想办法生产其他东西,天无绝人之路嘛。

夏晓峰猛吸了一口烟,喷一口浓浓的烟雾,极为认真地看着韩家川说,韩老师,为啥这疤二爷明知我在跳火坑,他都忍心不站出来阻止,乐意看我跳呢?

这问题提得好尖锐,让韩家川无言以对。

我知道你不好回答我,那我帮你回答。夏晓峰又深吸了一口烟说,那是因为社区里有很多像疤二爷这样的人,他们认为办豆腐厂是我夏晓峰这个主任的事,不是他们的事!

韩家川说,主任,你千万别这么想。

夏晓峰不听劝,腾地站了起来,将还剩了大半截的香烟重重扔在地上,又重重地踩了两脚,仿佛招惹他的是香烟似的。他伸出手,划了一个巨大的圆弧说,韩老师,我真的搞不明白,他们为啥这样不待见我?自打开始破土动工建这个移民社区,我夏晓峰何时不是起早贪黑,巴心巴肝地扑在这社区上。市里领导指示我,社区要看见山,望得见水,要记得住乡愁。昭女坪社区依山而建,看得见山。但我们这地方是十年九旱的地方,望得见水,是个难题。你看到社区这被垂杨柳围起来的湖了吗?为了这一湖水,我前前后后跑市里各职能部门和永丰水库不下百次,硬是靠软磨硬泡的功夫弄下来了这一湖水。那哪是水,那是水库灌溉区的粮食!我文化不高,不知道要怎么弄,才能让移民们记得住乡愁。我就跑到你们市文联,请教你们龚主席。你们那个文绉绉的主席张口就说出一个外国人名字,叫什么海尔的。

韩家川纠正说,是海德格尔吧?

对,就是海……海德格尔。龚主席高深莫测地对我说,所谓乡愁,就是诗意地栖息在大地上。

说到这里,夏晓峰有些犯迷糊,我真搞不懂,啥是诗意地栖息?我就认个死理，觉得这乡愁就是要把他乡当故乡，让移民们把社区当成那个淹掉的老家。你看那房子，我们尽量刷成热带的蓝白基调，尽量在社区绿化上种热带植物。我和社区管委会的人也是动了心思的呀！

韩家川看着眼前的夏晓峰，委屈得就像被老师训错了的中学生。

韩家川知道，这夏主任说的绝非虚言，说的都是实打实的话，他的委屈也是真委屈。但韩家川就是找不到更合适的话安慰他。其实，韩家川心里很清楚，对夏晓峰，任何安慰都没有用，甚至他压根就不需要安慰，他需要的是发泄。因为他很多话在肚里憋得太久。

发泄了一通的夏晓峰，经过了短暂的平静后，又恢复成了一个处事不惊、老成持重的主任了。他自嘲说，这人一激动，就傻瓜了不是？有人不理解，但上面领导还是认可昭女坪社区的。我光顾自己发泄了，忘了正事，韩老师，那广场舞，你得下力气抓。市里打电话来了，我们这昭女坪社区现在可是被推到老虎背上去了。

韩家川不明白这推到老虎背上什么意思。说到广场舞，韩家川是真想打退堂鼓。他说，夏主任，这广场舞，我怕是没能力教会那些社区的大婶大妈了，我是宁愿骑老虎背也不愿教了。

不行！夏晓峰非常坚决地说，你要撂挑子，就是拆台了。我实话告诉你吧，我们这昭女坪社区，虽然有这样那样的危机，但人家市里、省里把它真是当成了样板的。现在，经媒体一炒，不得了啦，惊动联合国了。

联合国？韩家川不可思议地说，不会吧？

有些事是我们想不到的，夏晓峰说，我也是下午才接到市移民局打来的电话，说有个什么联合国的文科组织要来视察。

是联合国教科文组织，韩家川又纠正说。

韩老师，你肚子里就是墨水多，夏晓峰拍了拍韩家川的肩膀说，对，就是你说的这个教科文组织。我这个从街道上干起来的主任，弄不清楚这个组织有多大，但联合国还是听说过的，这一定要高度重视。不仅要做横幅、标语、彩球,还要请个军乐队。市里文化单位你熟,这请军乐队的事就交给你了。

韩家川总觉得这个请军乐队来欢迎联合国的教科文组织有些欠妥,就说了自己的意见。但夏晓峰说,韩老师,这意见你要提就给市里提去,都是市里的意见,我不过是按指示办而已。

夏晓峰说到这里,就无心跟韩家川再散步了,他兴冲冲地走了。还有千头万绪的工作,在等待着他。

韩家川总觉得,这上紧发条的夏晓峰,他的奔忙里,有什么不妥。到底是什么不妥,他也不好说。但直觉告诉他,就是不妥,就像欢迎联合国教科文组织请一个军乐队一样——

不妥的。

八

头上缠着纱布的麻脸大,回家去的样子像一个战败的伤兵,既疲惫又狼狈。进家门后,老伴看他那样,是又心疼又生气。在遭受了家里人一通劈头盖脸的数落后,麻脸大一个人悄悄溜进了自己的卧室。从床下面拖出了一只老得漆面斑驳的旧箱子,却找不到那把锈迹斑斑的钥匙,他不记得把它放哪了。

他坐在床沿上,感觉那秃头上被鸡啄的伤口隐隐作痛。那颗受伤的头颅空得像个掏了瓢的葫芦。记性仿佛都被那只凶狠的斗鸡啄了去,苍白如纸片一般了。

钥匙,我箱子的钥匙呢?

他哪是喊,简直是咆哮。老伴跑进卧室来,说麻脸大,你到底是被鸡啄了还是被疯狗咬了?钥匙?那箱子的钥匙,在你儿子那里,他帮你收着的。咋啦?今天太阳从西边出了,想你的宝贝了?你莫疯,想吹曲儿？这夜里吵到别人，会告到社区管委会的。

老伴说的麻脸大的所谓宝贝，其实就是他放在旧木箱子里的一对唢呐。

儿子闻讯跑进来，从口袋里掏出了钥匙，蹲地上给父亲麻脸大开锁。麻脸大瞥见，儿子的头顶已是花白一片，就叹息说，儿子，咋那么多白头发？

儿子说，爹，我都六十挨边的人了，该白头发了。爹，你拿唢呐做啥？

麻脸大说，我想把它们卖了。

儿子停住，心有不甘地说，爹，卖了它们，今后我们爷儿俩不做吹吹了？

白鹤镇的人管唢呐手叫吹吹。在白鹤镇人眼里，吹吹是让人羡慕的职业。

儿呀，你认为咱爷儿俩还能做吹吹？

麻脸大问住了儿子。

老伴插话说，做不成吹吹，也没必要卖了唢呐，留着它又不供它们吃饭，做个纪念嘛。

麻脸大说，我何曾不想留它们做个念想，但我们欠了别人钱，我得卖了它们还账。

欠别人钱？老伴说，麻脸大，你不赌不抽，咋会欠别人钱呢？

麻脸大说，你这老婆子，咋就喜欢打破砂锅问到底呢？聋五打死了人家的公鸡。

聋五打死的，咋要你赔？儿子说，谁打死谁赔嘛。

就是！老伴白一眼麻脸大说，别人杀人，难道你去偿命？

你，你，麻脸大指了指儿子，咳嗽了两声，又指了指老伴说，还有你，你娘儿俩咋一个鼻孔出气呢？聋五打死的是啄我的公鸡，晓得不？

儿子说，一只公鸡，要不了多少钱的，我替你赔。

麻脸大说，你说得轻巧，八百块哩。

什么鸡呀，八百块，金子做的？老伴惊呼道。

说你头发长见识短，你说我损你。麻脸大说，那不是普通的公鸡，是斗鸡，晓得不？就是人家养来打架的鸡。

儿子瘪了瘪嘴说，爹，你还说妈见识短？我看你才是。我才不管它是你说的斗鸡或者打架鸡，反正是只鸡，一只鸡要你们赔八百块，就是敲竹杠，就是不讲理，明天我就找这鸡主人评理去。

呸！麻脸大恨不得把唾沫吐儿子脸上去，你以为你能耐哩，评理？要不是派出所的沈所长一唬二吓，那瘦得像猴精的鸡主人没个一两千块不罢休哩。你真有孝心，明天陪我到市里去，我爷儿俩好好吹它几曲。我就不相信这城市是块大铁板，吹不热乎。

儿子说，爹，使不得，人家会把我们当成干扰分子抓起来。

看你那尿样！麻脸大说，是我的儿，明天跟老子进城去。你还愣着干啥，还不快去楼下土杂店备上两壶苞谷酒？发不好叫子，唢呐吹不响，看我不找你麻烦。

儿子就拿了空空的酒葫芦，去楼下土杂店买烧酒。作为一个吹吹，儿子深知父亲内心的那份落寞。在没搬来昭女坪社区之前，父亲一直是生活在热闹之中的。无论婚丧嫁娶还是乔迁添丁，都需要唢呐声，都需要吹吹。数十年光阴里，儿子跟着父亲体会到了做一名吹吹的骄傲。作为白鹤镇方圆几十里地最优秀的吹吹，父亲的酒葫芦，在他的记忆里，从来就没空过。那排队请父亲的人，只要拿到酒葫芦，就算是父亲应允了。能请到父亲麻脸大的人家，脸上就会多出分光彩来。

白鹤镇人把唢呐的哨称为叫子。叫子是挑上好的芦苇做的，吹吹们在吹奏唢呐前，要喝酒，俗称发叫子。如果主人家忘记了给吹吹送酒，那唢呐声就会像没喝到酒的吹吹，无精打采，既不嘹亮也不圆润。所以，要请吹吹的人家，总会提前些时日，亲临吹吹家，将酒送去，并当着吹吹的面，恭敬地灌满吹吹的酒葫芦。

父亲嗜酒，每天都要儿子陪自己喝上半葫芦。喝了酒，他就会带着儿子将明天别人家宴席上该吹的曲预习一遍。到昭女坪社区后，父亲就断了酒，其实也没人再登门往他的酒葫芦里灌酒了。离开白鹤镇，搬迁至移民区，人还是那些人，但他们却不再需要唢呐。红白喜事，不再有摆开的场子，都在酒店或殡仪馆办。吹吹派不上用场，唢呐也就锁进了箱子，酒葫芦也只好束之高阁。父亲麻脸大不再喝酒，不喝酒的他天天咳嗽不已，老嗓像一面随时被敲打的破锣。

儿子打了酒，提了装满的酒葫芦回到家，问父亲麻脸大，要不要发叫子？

父亲麻脸大哐哐地咳嗽了两声后说，当然要。儿子就拿了两个瓷碗，倒了两碗酒。爷儿俩相向而坐，儿子心痛地发现，父亲衰老得厉害了。

他们不言语，沉默着沽酒。喝完碗里的酒，儿子将大而长的那支唢呐奉上给父亲。麻脸大接了，又放下。他拍拍胸口对儿子说，要发的叫子，其实在这里。他压抑了声音，低沉地哼起了曲儿。儿子也跟着哼，爷儿俩哼着哼着，就哼出泪水来了。

头上缠着一圈纱布的麻脸大，伤心的样子，像灵堂上永别亲人的孝子。

韩家川来到市文化局，联系请军乐队的事宜。文化局接待韩家川的耿副局长非常热情，他说文化局也接到了市里领导的指示，要全力配合昭女坪移民社区管委会，搞好迎接联合国教科文组织考察团的文化展示工作。

该我们到社区去的，耿副局长客套中夹杂了些许歉意，却让韩助理亲自跑一趟。

人家话说得客气，韩家川却不好意思了。韩家川说，耿局，该夏主任亲自来的，但社区工作千头万绪，离不开他，我就只好代表了。

一家人不说两家话，耿副局长说，请军乐队没问题，文化局就管他们，自家的事。只是……

韩家川听耿副局长欲言又止，以为他有什么难处，就说，耿局尽可直言，有难处是吧？

耿副局长摇了摇头说，不是难处，我只想问一问，用军乐队欢迎联合国教科文考察团，是你们社区的意思还是市里领导的意思？

韩家川至少听出了耿副局长话里的两层意思，一是他对用军乐队欢迎考察团有不同意见，二是他又怕说出自己的看法冒犯了市里领导。

韩家川想，当个耿副局长这样的领导也真难，也真够累的。但在不宜用军乐队这点上，他跟自己是不谋而合的。韩家川说，耿局，我也不知道是市里领导还是社区的意思。实言相告，请军乐队欢迎一个国际性的考察团，我觉得不合适。

不合适你还亲自来请？耿副局长说。

韩家川苦笑了说，这就是人在江湖，身不由己。

我也觉得不合适，耿副局长说，韩助理是文联派到社区的挂职干部，大家都是文化人，军乐队欢迎宾客好不好？好！军乐队气势恢宏壮观，乐曲浑厚流畅，激昂高亢，能够烘托气氛，制造热闹的场面。但缺憾是它没什么地方特色。这种高级别的考察团来到我们这个小地方，机会千载难逢。都说文化是软实力，逮着这样的机会，我们却不用地方的音乐，选军乐，不合适，不合适。

韩家川赶忙说，耿局既是领导，又是文化行家，你一定能想出一个取代军乐队的好主意来。

这话让耿副局长有些为难了，他摆摆手说，不好想的，不好想的。我们有地方特色的欢迎仪式多，也很有特色很有意思，也热闹也诙谐，但有失气势和庄重，甚至有的还显轻佻。也许，选军乐队，压根儿就是市领导的主意，宁失特色，也要气势磅礴庄重得体。

韩家川没想到，这耿副局长会时时刻刻不忘揣测上面的意思。

还是用军乐队吧，耿副局长用手里的铅笔轻敲着办公桌说。

就在这时，有音乐仿佛是一只莽撞的鸟，从窗外飞进了耿副局长的办公室。这声音尖厉、高亢、嘹亮，甚至还显得粗鲁、蛮横。仿佛它是挤压出来的，是压抑了太久的，所以这声音是带了情绪的。它带着挑战，但似乎又不知道对手在何处，有点像失去了方向的怒狮，只顾横冲直撞。

耿副局长身子一颤，皮球一样蹦起来，没有了官员的伪装，活脱脱一个行家的欣喜和冲动。他啪的一声，双手拍在一起，冲韩家川吐出三个字——

好声音！

话音未落，耿副局长扑到窗前。

让耿副局长如此激动的是唢呐声。这唢呐确实吹得好，但在韩家川听来，却感到有些奇怪。这唢呐声一听就是行家吹出来的，没几十年修炼之功，技艺不会如此炉火纯青。但这声音却又有一种毫不掩饰的冲动，像是被什么激怒了一样，燃的是无名火。这会让人想到一个涉世未深的年轻人受了委屈那般。

韩家川也忍不住满肚子好奇心，起身来到窗前。耿副局长还激情未消，拍了一下韩家川的肩又握了他的手说，韩助理，这唢呐声，你听，多有个性，多有个性！为什么不选唢呐？为什么？

这时的耿副局长可爱得像个天真的小孩子。韩家川心里想，此时的他一定是忘了上面的意思了。

韩家川耸了耸肩说，为什么不选唢呐？

就选唢呐，错不了！耿副局长松开韩家川的手说，唢呐，曲儿虽小，腔儿真大，表现力超强！你听这声音，一鸣惊人，直冲云霄。唢呐艺术，虽是民间艺术，却是我们国家级非物质文化遗产，选它欢迎考察团，再合适不过。

韩家川想，这耿副局长仿佛要说服的不是市里的领导，而是要说服自己似的。他对耿副局长说，我们别光站在这里夸声音，下楼看看是何方高人？

唢呐响处，早已里三层外三层围满了人。韩家川和耿副局长费了很大劲儿，才挤进了看热闹的人群里。

挤进人群的韩家川，好不容易看清了吹唢呐的吹吹。这不看不打紧，一看，他的一张原来紧闭的嘴，惊讶成了一个"O"。

那吹吹竟是社区的老人麻脸大。

在他身边，是他的儿子，手中提着另一支唢呐，对看热闹的人群说，识货的都过来看一看瞧一瞧，不看不知道，一看吓一跳，上品唢呐，跳河价卖啦，八百块！八百块钱，一条香烟钱卖唢呐了，不是一支，是八百块一对。祖上传下来的，有年头了，买去说不准放成文物了。八百块钱，八百块钱一对的铜唢呐，打着灯笼也找不着。

麻脸大面无表情，只是鼓了腮，仿佛拼命一般吹。

站在韩家川身边的耿副局长叹了一口气说，吹得那么好的曲儿，咋不识货呢？这不是一般的黄铜唢呐，是斑铜唢呐呀，是人工一锤一锤敲出来的，每一支都独一无二，那么好的材质，那么好的声音！

韩家川说，耿局，你是内行嘛。曲能听出好坏，这货也识得好歹。不瞒你说，这吹吹是我们昭女坪社区的，我认得的。

耿副局长说，你们昭女坪社区藏龙卧虎呀，你这是捧了金饭碗还要去讨饭。

韩家川从口袋里掏出八百块钱，塞进耿副局长手里，然后凑他耳边说，耿局，劳驾你帮我买了这对唢呐。它属于昭女坪社区。

耿副局长说，不讲价了？

韩家川说，不讲。

九

喔——喔——喔——

天刚要破晓的时候，昭女坪社区里响起了公鸡的打鸣声。

躺在床铺上一夜辗转的钟汉老人，一激灵坐了起来。

住在他家楼下的豆腐西施宫桂花，也听到了公鸡的打鸣声。当时正在漱口的她，推开窗，往楼下看，看到一个身影一闪不见了。她嘴里含着满口牙膏沫喃喃自语，撞鬼啦？社区不是禁养家畜家禽了吗，哪来的公鸡打鸣声呢？

豆腐西施宫桂花自己的耳朵出了问题。这段时间，因为豆腐厂的退股风波，不仅让她颜面尽失，还让她心力交瘁。这段时间以来，她总是睡不安稳，总是觉得耳边多了一只蜜蜂或者苍蝇，那嗡嗡声，让她心烦意乱。宫桂花漱完口，欲出门时，公公疤二爷从卫生间里出来说，我好像听见楼下有公鸡在叫。

宫桂花说，我还以为只是我耳朵出了毛病。

这话让疤老二心里不舒坦，以为儿媳是在骂自己，就沉了脸回到自己房里去。但细想儿媳的话，说明她也是听到了，就又出得里屋来，想问个究竟。但宫桂花出了门，楼道上传来一串急促的脚步声。

疤老二想想，换了鞋上楼，敲响了钟汉老人的门。开门的是钟汉老人的儿子。钟汉老人的儿子也是一个老人了，老得耳朵比钟汉还背。疤老二问他听到公鸡叫没有？他啊啊两声，说你说什么？我没听清楚你再说一遍。

我听见了，坐在木椅上的钟汉老人说，疤老二，我家的头鸡显灵了。

疤老二说，钟大叔，你咋听出是你家头鸡的声音？

钟汉大爷说，这有何难，除了我家头鸡，谁家的鸡也休想叫得如此脆亮，如此中气十足。

疤老二就点头，脸上堆了笑说，钟大叔，这下你该睡个安生觉了。

上了年纪的钟汉老人，张开没牙的嘴笑，样子就像一个得了糖果的孩子，开心幸福。他说，疤老二，我睡安生了，明早头鸡不显灵，你要叫醒我哦。

钟汉老人的儿子说，爹，你放宽心睡，有我哩。

钟汉老人说，你呀，靠不住的。

翌日清晨，整栋楼都听见了公鸡的叫声……

第三天，人们都是被公鸡的叫声唤醒的。

钟汉老人家的头鸡显灵了，每天早上天不亮来报恩的故事，比禽流感还快地在社区里散布开来。好多人都亲自跑到钟汉老人家探究虚实。钟汉老人头晚睡好了觉，精神矍铄，逢人就张开不把风的嘴嗬嗬一阵，是我家头鸡，当然是我家头鸡，它晓得我老头子惦记它哩。

大家自然也就信了钟汉老人的话。这些从乡下来的移民，过去的生活中，除了与现实生活在一起，也跟鬼魂生活在一起。他们是相信万物有灵的。过去，钟汉老人对他家头鸡的好，很多人是看在眼里的。现在，钟汉老人睡不着觉，听不见鸡叫，怕自己醒不过来，为此提心吊胆，人变得憔悴、虚弱，死了的头鸡显灵来报恩，送上几声打鸣，在他们想来，太合情合理了。现在钟汉老人又很肯定，还有什么不相信的呢？

但社区里有一个人知道这事后是坚决不信的，他就是社区的夏晓峰主任。当豆腐西施宫桂花把头鸡显灵打鸣报恩的故事讲给他听时，他断然说，什么头鸡显灵，是有人装神弄鬼。

在夏晓峰看来，这是个严峻的问题。他一脸严肃地看着宫桂花，说桂花，我们移民社区不是封建迷信的温床，什么鬼呀魂的，都是扯淡！这世上根本没什么显灵一说。显灵？那是唯心主义者的幌子！那是有人装神弄鬼，蛊惑人心。你得多留个心眼，把这装神弄鬼的人找出来。

宫桂花慌忙摆手说，主任，做豆腐我行，这找装神弄鬼的人，我不行。

夏晓峰说，我看你能行，你得注意你身边的人。

主任，你啥意思呀？宫桂花不解。

桂花，夏晓峰循循善诱地说，你想想你那公公，在自救自五人小组里可是积极分子，前几天还去偷过鸡叫声。

宫桂花说，主任，不是没偷到吗？

夏晓峰说，我不是说这装神弄鬼的人一定就是你公公，也可能是他的同伙，我不过是给你讲一种思路罢了。

宫桂花仿佛豁然开朗了似的点点头说，夏主任，你没干公安，可惜了，我知道了。

疤老二一个人坐在家里，拿着电视遥控器把所有的频道都按了一遍，也没找着一个能对得上眼的节目，就索性关了电视，把遥控器扔了一边生闷气。他想，这钟汉老人真幸福，养只头鸡，死了还会显灵来报恩。自己那磨坊，那大石磨，那吱吱呀呀响的水车，咋就不会像人家钟汉老人的头鸡呢？疤老二对磨坊、大石磨和水车的感情，不比钟汉老人对头鸡差。几十年来，疤老二也不知道是自己陪伴着磨坊、大石磨和水车，还是磨坊、大石磨和水车陪伴了他。反正几十年的光阴，就是在磨坊里，在水车里，在大石磨前，像一粒粒黄豆被磨掉了。这几十年里，他耳朵里装了太多的流水声、水车的吱呀声和石磨旋转的声音。这些声音如交响乐般，让他平凡的生活充实，不孤单。现在，坐在这空空的屋子里,他总是心里发慌,好多次错把茶叶当了豆子,错把茶几当了石磨,把茶叶倒得茶几上到处都是。为此,他没少被儿媳宫桂花数落。宫桂花被夏晓峰主任叫去办豆腐厂,疤老二以为儿媳会请自己出山。但人家已经不用水车石磨,改用电磨了。当他知道自己是一厢情愿后,心里就不自觉地生出了些对儿媳的看法了。

别人是夜里睡不着,疤老二是白天如坐针毡。这种站着不是躺着也不是的日子,让疤老二变成了一个石磨——成天在家里打转转。好在陈三爷发起了五人自救自小组,要不,他会让自己的余生天旋地转了。

疤老二出了家门去找陈三爷。许老四和聋五已经在陈三爷家了,他们正在商量筹钱还韩家川的事。韩家川垫付的八百元钱,让他们争得面红耳赤。陈三爷说他是领头的,八百元钱该他付。聋五比画着手势,意思是鸡是他失手打死的,该他赔。许老四说,大家都别争,二一添作五,一人一份。疤老二进了三爷屋,说他赞成许老四的说法。他说,有难同当嘛,三爷、聋五,看把你们能的。

几个老人坐在一起,又说到了钟汉老人的头鸡的魂灵下凡显灵的事。许老四说,一定是我们偷声音的事感动了天上的菩萨,菩萨派头鸡的魂灵下凡来显灵了。陈三爷不同意许老四的说法,他认为这头鸡显灵,跟菩萨没有关系,要许老四不要什么事都要扯上自己的功劳。陈三爷说,就是头鸡想报恩。你们不知道,在白鹤镇的时候,钟汉大叔对头鸡,比对儿子都好。

许老四被陈三爷批评,心里很不服气。他说,我晓得啦,三爷的意思,当年那河畔的箫声,也不关菩萨的事,是人家那心上的女子主动来报恩。

瞎扯啥?!

三爷把桌子拍得山响,暴怒的样子像头发怒的老公牛。看三爷那样子,疤老二赶忙打圆场说,老四不过是开个玩笑,玩笑嘛,三爷,当真啥?

三爷不听劝,不消气,大家觉得没意思极了,散了。

出了三爷家的门,疤老二扯了一下许老四的衣角说,老四,说话不是要刀子,不能往痛处戳的。

许老四委屈得像个孩子,他说,我又不是故意的,这阵子心里烦,总觉得有火要从喉咙里蹿出来。疤二哥,你说这三爷也真是的,一辈子都端着,不累吗?

那叫骄傲,疤老二拍了一下许老四的肩说,你不懂的。

许老四摇了摇头,说我不懂,我也懒得懂。今天只顾跟三爷抬杠了,忘了告诉大伙,我想退出五人小组。

老四,说啥气话,疤老二说,拌个嘴,至于吗?

许老四脸上泛起一丝苦笑说,疤二哥,我在你心里,咋就是小肚鸡肠,心只有二指宽?我是打算投奔邻县的姑娘家,去帮她看管鱼塘。我跟你掏掏心窝子吧,自从离开白鹤老家,搬进昭女坪社区,这城里人的日子,我是受够了。我做梦都想的是我家那水下养着鱼,水上长满荷的荷塘。我只要坐下来,满耳朵里总有蛙的叫声,鱼儿跳起来又落到水里的扑通声。听不到这些声音,这脑袋瓜里就老想。这脑袋瓜越想,这心里就空得发慌,就爱动气,晓得不?

疤老二当然晓得,他有些羡慕许老四了。羡慕他有个嫁到邻县乡下的女儿,羡慕他女儿能为他提供一个鱼塘。他说,老四,你去吧,二哥为你高兴哩。

许老四叹了口气说,高兴啥子?女儿家毕竟不是自己家。

疤老二重重地给许老四一拳说,老封建!得了便宜卖乖不是?我晓得你那心里美着哩。我都能想象得出,你躺在垂柳下的池塘边,手里摇着蒲扇,嘴里喝着浓茶,耳朵里尽是蛙叫蝉鸣,脸庞上堆满幸福的样子。

二哥，你就别拿我开心了。许老四说，我走了，麻脸大、陈三爷那里，还得望你吱一声。

许老四自顾回家去，疤老二看着他有些佝偻的背影，那背影里确实没一丝欢乐，有的是浓重的忧伤。

疤老二在社区的林荫道上徘徊了好长一段时间。他想，如果有人能给自己提供一架水车、一个磨坊，自己会不会也像许老四一样，一点也高兴不起来呢？有些东西，是不是也像岁月，是寻不回来的。

他就这样想着回到家。推门进屋，看到了儿媳宫桂花那张像开过头的花朵一样的笑脸。这让疤老二感到既意外又不知所措。他愣住了。

爹——！宫桂花甜甜地拖长了声音唤了他一声，说别傻站着啦，吃饭吧。

疤老二在餐桌边坐定，拿起筷子，给坐在一旁的上中学的孙子夹了一箸子菜，然后才准备给自己盛饭。但宫桂花制止了他，拿出了一瓶新买的酒说，爹，别忙吃饭，儿媳今儿个陪你喝两杯。儿子，给你爷爷拿杯子。

捡到金子了还是中了头彩？疤老二手拿筷子说。

爹，你这话说得不中听哩，宫桂花说，什么好事都没有，就是想跟你老人家说说话。

宫桂花边说边往杯子里倒酒。疤老二心里暗自嘀咕，今天，这太阳怕是要从西边升起来了！

跟儿媳对饮，疤老二还是头一遭，既新鲜又不习惯，这酒就喝得有些别扭，不是滋味。两杯酒下肚，疤老二说，桂花，你不是有话要跟我说吗？

宫桂花端起酒杯说，爹，我再敬你一杯。你说这早上公鸡叫，奇怪不？

疤老二说，奇怪啥？公鸡就是早上叫的嘛。

问题是……宫桂花放下酒杯说，没有公鸡。

疤老二说，那是钟汉大叔家头鸡显灵了。

宫桂花摇了摇头说，那是唯心主义的说法，唯物主义不相信什么显灵的谎话。

疤老二纳闷了，这过去成天忙着做豆腐的儿媳，咋进了昭女坪社区，就哲学起来了，开始谈主义了。

疤老二自顾端起酒杯，抿了一口酒说，桂花，别跟我这糟老头谈主义，主义我不懂。你不相信显灵，我相信。如果不是头鸡显灵，那你的主义咋个解释？

宫桂花说，是有人在搞鬼。

疤老二说，原来你怀疑有人搞鬼？

宫桂花点点头。

疤老二说，你不会怀疑我吧？

宫桂花说，我怎么会怀疑你呢？爹，我是想，这事跟你那五人小组，怕是有干系？

现在疤老二算是明白了，这儿媳今天是给自己摆了个鸿门宴，她怀疑这社区里的公鸡打鸣是五人小组搞的鬼，想从自己这里找到证据。疤老二想，这儿媳宫桂花真够阴毒的，要自己的公公干这种事，不是要让自己的公公变成一个奸细或告密者吗？

疤老二啪的一声把筷子重重扔桌上说，桂花，你是做豆腐的，不是干特务的。

他边说边站起身，自个儿进里屋去了。

十

麻脸大来社区管委会，找韩家川还钱。韩家川在自己的办公室接待了他，并收下了他的钱。麻脸大转身欲走的时候，韩家川唤住了他。

大叔，求你件事，行吗？

韩家川的语气中带着真诚。

麻脸大说，韩助理，我这黄泥巴埋脖颈子的糟老头，只怕帮不了你什么忙。

韩家川说，大叔，这忙还只有您能帮。

他边说边转身，欲去身后的立柜里取啥东西。这时，传来了敲门声。

韩家川只好先去开门。

敲门的是陈三爷和聋五。

韩家川将二位老人让进屋来。陈三爷见了麻脸大，就打趣说，麻脸大，给领导汇报思想，咋也不叫上我们？

麻脸大说，陈三爷，你不也没叫我。再说，你这几天像吃了炸药似的，谁敢招惹你？

看两位老人斗嘴，韩家川有些忍不住。他笑着说，什么领导？什么汇报思想？麻大叔是来赔我钱的。

赔钱？陈三爷说，麻脸大，你赔韩助理啥钱？

韩家川没等麻脸大开腔，就说，还有啥钱？斗鸡的钱呗。

陈三爷走近麻脸大，正色道，麻脸大，这就是你的不对了，要赔钱，轮不到你。五人小组，我是领头的，该我赔。即使我不赔，鸡是聋五打死的，也该聋五赔。刚才聋五来找我，比画着要赔斗鸡钱，我犟不过他，就决定我和聋五各赔一半。你看，人不都来了吗？

麻脸大说，不该聋五赔，更不该你三爷赔，斗鸡是我咳嗽招来的。

陈三爷说，你又不是不知聋五的脾气，他说要赔，就一定要赔的。

韩家川见二位老人争得面红耳赤，就说别争了，就麻叔赔吧，钱我都收了。

陈三爷恼了，他手指韩家川说，哪有你这样当干部的？这钱，不该他赔，糊涂！

韩家川没理会陈三爷的指责，他转身，打开立柜的门，拿出了麻脸大的那一对唢呐。

麻脸大一脸惊讶地说，我的唢呐咋在你这里？

韩家川满脸堆笑，将手上的唢呐往上提了提说，它们现在是我的唢呐。麻叔，我要你帮忙的就是，你得帮我带出一支昭女坪的唢呐队来。很快就有一个高级别的考察团来咱们社区，你得带领唢呐队，把气氛整热闹喜庆才是。

这算你找对人了！陈三爷竖了大拇指说，麻脸大，除了脸大，就这唢呐大。

麻脸大摆摆手说，三爷，你就别寒碜我了，唢呐，我戒了，不吹了。

不吹了？陈三爷说，为啥？

没那心情，麻脸大说。

陈三爷拍了一下大腿说，麻脸大，你不吹了？没心情了？我问你，你不吹唢呐，你对得住聋五？我的夸奖你不在乎，聋五的你在乎吧？

陈三爷边数落麻脸大边指着身边木头一样站着的聋五。

陈三爷的话把韩家川整迷糊了，他不解地说，三爷，五叔能听见唢呐？

陈三爷说，他过去的耳朵比谁都好，你看，他长着对招风耳哩。麻脸大的唢呐吹得多好，他都记在本本上的。

麻脸大冲陈三爷翻了下白眼，抢白说，三爷，说这些有意思吗？

当然有。陈三爷伸过手去，从聋五的挎包里掏出一个起了毛边的旧笔记本，说麻脸大，你这是马卵沾不得热气，人家韩助理给你脸，你不要，嘚瑟个啥？我今天当着韩助理的面抬举你一回，你可得拿出点认真劲儿来,别让考察团小瞧了我们白鹤唢呐。

韩家川笑了笑说,三爷,是昭女坪移民社区唢呐。

三爷手举旧笔记本说,韩助理,聋五怎样夸麻脸大唢呐吹得好的话,这本本上写得有。你虽然是文化人,怕不一定比得了聋五。

三爷说完,把笔记本递给了韩家川。

韩家川打开笔记本,认真地看,越看越吃惊。聋五的这本笔记本,记的全是声音。不,说得准确点儿,是声音的回忆录。不,不!是声音的墓碑!韩家川的内心禁不住感慨道。

这是一本有些年份的笔记本,塑料封套里粗糙的纸张早已泛黄。笔记本上的时间跨度达五十多年,回忆声音的文章很短,有些不过只言片语。这长达半个世纪的对声音的记录和回忆,断断续续,其中的很多岁月里,没有一个字。有些日子,却记录得很详尽。他记录得最详尽的,是他一九六〇年参军时的声音。他写了白鹤镇上的锣声、鼓声、鞭炮声。他的话让韩家川很吃惊。他说那天的白鹤镇像浪花一样翻卷起来了。但真正让韩家川瞠目结舌的,是他描写麻脸大和他徒弟吹唢呐送自己去县城人武部。

"去当兵那天,我第一次发现唢呐像盛开的花。我骑在毛驴背上,心情就像胸前这朵大红花,不,更像麻脸大鼓着腮帮子吹的金灿灿的唢呐。这唢呐的声音在江畔响起,河水就欢快起来,在山间响起,山就分开来。那山上的马缨花,被唢呐一召唤,就齐整整地盛开了。后来的日子里,我感到快乐和幸福时,耳朵里就自然会塞满麻脸大的唢呐声。"

韩家川看完这段,合上笔记本说,原来聋五叔当过兵?

陈三爷说,聋五不仅当过兵,还打过仗。一九六二年的中印边境自卫反击战,聋五打的是头阵,敌方一枚炮弹落在他的坑道里,人没炸死,却震聋了他的耳朵。

韩家川晃了晃手中的笔记本说,三爷,你问问聋五叔,他这本笔记本，能借给我看看不？

陈三爷冲聋五比画了一阵，聋五也冲陈三爷比画了一阵。最后，陈三爷对韩家川说，聋五老大地不情愿，但还是同意了。韩助理，这可是聋五的命根子，你可别把它弄丢了。

麻脸大说，三爷，你真啰唆，韩助理又不是三岁娃儿。

陈三爷瞪一眼麻脸大说，麻脸大，你不吹唢呐，就憋得像尿样，聋五可是半个世纪听不到声音，那笔记本要丢了，聋五就彻彻底底聋了。

韩助理，三爷这话倒是在理。麻脸大对韩家川说，聋五因伤退伍回来，什么也听不见。他在村子里走，别人跟他打招呼，他听不见，急得直掉眼泪。起先，他还能吃力地说话，渐渐地，他不能说了，又聋又哑。那时村子叫生产队，队长安排他放羊。他就成天一个人赶羊上山，人也变得孤僻起来。三爷就找我和许老四、疤老二陪聋五喝酒。有一天，三爷从镇上商店买了一个笔记本送他，三爷比画说你聋五在部队学了文化，你把声音写下来。于是聋五就在山上边放羊边写声音。

韩家川点点头说，麻叔、三爷，我知道了，这笔记本，就是聋五叔的声音回忆录。

陈三爷不同意韩家川的说法，他摇了摇头说，韩助理，不全是，他聋五除了回忆声音，还写他看到的声音。

看到的声音？

韩家川有点不敢相信自己的耳朵。

陈三爷非常肯定地点了点头说，对，看到的声音！本本在你手上，你回去看了就晓得了。韩助理，我斗胆问你一句，你每天教那些妇女跳广场舞，是不是也是要到时给啥考察团看？

韩家川说，正是。

陈三爷说，这唢呐跟广场舞，配不在一块呀？再说，这些农村妇女对广场舞没啥兴致，跳不在点上，会让考察团笑话的。这迎宾的东西多着呢，非要选广场舞？

韩家川听了陈三爷的话，就笑了说，三爷这是给我提意见哩，听三爷的意思，还有其他可选？

陈三爷说，当然有，你可以选花灯呀！白鹤花灯，那气氛，是既喜庆诙谐，又热闹开心。你要让这群老婆子小媳妇跳花灯，一说她们就脚痒，积极性高得不用你张罗。

对头，对头。麻脸大拍了拍手，接陈三爷的话头说，跳花灯好！能伴上三爷的箫、疤二的笙和许老四的月弦，那就体面了。

你瞎说什么呀？陈三爷说，我那箫，早不吹了。

麻脸大说，三爷，我不吹唢呐，你不得行。我举荐你吹箫，为何推脱？

韩家川赶忙打圆场说，二老别争，这次迎接考察团，要仰仗二老支持了。

十一

不请军乐队，不跳广场舞，欢迎考察团的仪式改为吹唢呐，跳花灯。韩家川在办公室向夏晓峰说出这个想法的时候，遭到强烈反对。

唢呐？花灯？你就用这些个土得掉渣的东西欢迎联合国教科文组织的考察团？夏晓峰说。

对！韩家川说，夏主任，我正是看中了这个土字。土怎么啦？只要是好东西，越土越地道。

地道是地道了，夏晓峰一摊双手说，可它们咋登得了大雅之堂？

夏主任，我认为恰恰相反，韩家川据理力争说，你一定听过这句话，越是民族的就越是世界的。

夏晓峰摆摆手说，韩老师，你别听那些移民忽悠您，那是他们不想学广场舞的借口。用唢呐、花灯欢迎考察团不合适的，这方案往市里报，会遭批评的。

何以见得？韩家川没有让步的意思，他说，合不合适，市里会听谁的意见，还不是听文化局的？

夏晓峰说，没错，听文化局的。难道文化局会同意我们用唢呐花灯去欢迎那么高级别的考察团？

韩家川点了点头说，夏主任，改军乐队为唢呐队，这主意正是文化局耿副局长出的主意。

广场舞也是耿副局长要改的？夏晓峰问说。

那倒不是，韩家川说，这是陈三爷给我出的主意。

哪个陈三爷？夏晓峰说，不会是那啥自救自五人小组的陈三爷吧？

正是，韩家川说。

韩助理呀韩助理，夏晓峰将头摇成了拨浪鼓说，领导的吩咐你当耳边风。我早就跟你强调过，这是市里领导的意思，你倒好，偏偏要听一个老农民忽悠。那花灯打情骂俏，扭扭捏捏，一点正经都没有。

夏晓峰这番话，惹火了韩家川，他抢白说，夏主任，你把花灯当二人转了？什么叫一点正经没有？那是乡土气息，懂不懂？我不知道什么领导的意思，但我晓得，昭女坪社区是移民社区，所以我就得听老农民的。因为考察团来看的，是他们的生活！

我什么时候说考察团来看的不是移民的生活了？夏晓峰摊了摊手说，但我请你韩助理注意的是，我们要让考察团看到的是昭女坪社区的移民生活。移民进了城，就得适应城里的环境，农民变成了城镇居民，就要改变生活方式。这些都需要我们引导。

引导，这话没错。韩家川说，但我觉得，夏主任，你在把一种生活强加给他们，而这种生活，与他们过去的生活是割裂的。一个人，他在过去环境里生活了几十年，有了习惯、嗜好、风俗和生活方式，哪是说改就改，说丢就能丢的？

韩助理，我看有些东西就得改，而且非改不可！夏晓峰的语气斩钉截铁。

韩家川苦笑了一下说，夏主任，什么东西让你如此咬牙切齿？

对了，夏晓峰想起了什么似的拍了下脑门说，说到这，我正要安排你做件事。这昭女坪移民社区是移风易俗的新社区，什么鬼呀神的不准往社区里带。这段时间，有人早上学公鸡叫，整个移民社区议论纷纷，说是钟汉老人的头鸡显灵。啥鸡会显灵？扯淡！我看是有人在捣鬼，在学周扒皮。我想，韩助理，你就学高玉宝，把那周扒皮揪出来。

韩家川摆摆手说，夏主任，这我办不到，而且我认为也没这个必要。显灵就显灵吧，只要钟汉老人夜里能睡踏实了就好。先前陈三爷他们几个老人去偷声音，不就是要帮钟汉老人吗？这些移民在白鹤镇生活的时候，就习惯了跟神呀鬼地生活在一起。这是他们生活的一部分，可以说是他们的一种生活方式。

夏晓峰怎么也没想到韩家川会说出这样的话，他一脸吃惊的神情，瞪了韩家川说，韩助理，你是有文化的人，怎么就这点觉悟？生活方式？这是什么生活方式？这是迷信，封建迷信！你还提什么陈三爷他们，我实话告诉你，我怀疑的就是他们。我看这什么自救自小组，就是个捣乱小组。偷声音，已经够丢人现眼了，难道还不够，还要装神弄鬼？我要真查出是他们，我就要定他们个蛊惑人心的罪名！把他们当反面教材！

韩家川实在不喜欢夏晓峰的武断和上纲上线，他说，夏主任，怀疑别人要有证据，再说，你言重了。我倒是觉得，这老人们的互助，让我很温暖。偷声音不丢人！学鸡叫，也不是蛊惑人心，你真的没必要大惊小怪。我们话题越扯越远了，我还是那句话，改广场舞为花灯报上去，由上级领导定。话不投机，夏晓峰有些不高兴地说，好，好好，我按你说的往上报，上面领导批评我，我就批评你！但你记住了，那学鸡叫的捣蛋分子，你必须把他帮我查出来！

夏晓峰扔下这通话，背了手，转身走了。

韩家川呆坐在办公椅上，看着夏晓峰的背影在门口消失。他不明白，这夏晓峰和自己，在一些不是问题的问题上，却全是问题。

他拿出了聋五那本发黄的起了毛边的笔记本，认真地看起来。韩家川如果不看这本笔记本，是不会相信一个丧失听觉几十年的老人，记忆里却充斥了这么多丰富的声音。在充耳不闻的半个世纪里，聋五这个人，却从来没有停止过回忆声音，也从来没有停止过感觉声音。当他的听觉关闭之后，其他的感觉器官却打开了。陈三爷没有说错，聋五在看声音。但陈三爷只说对了部分，聋五除了看，还在用其他的感觉器官感受声音。他在笔记本上记录了自己放羊的山岗上杜鹃花开的声音，他说每朵怒放的花都在尖叫。他还描写了那个秋天的山谷，那被风攥动的落叶的声音，韩家川很欣赏他的比喻，他说那是被风驱赶着的一群散兵游勇仓皇奔赴死亡的声音。在他的心中，那扑向花蕊的蜜蜂的声音是欢乐的，那被采的花朵的声音是惊恐和轻佻的。为了在这厚厚的笔记本上记录下这些声音，聋五就像一个掌管词语的元首，调遣了他捉襟见肘的形容词和动词。正是因为这些形容词和动词，聋五的世界才没有死寂。

韩家川想，有些时候，一个健全的人反而是肤浅的，肤浅得轻易地就误会了像聋五这样不健全的人。这种误会带来的伤害，是何等简单粗暴。

真该给望城镇的派出所所长看看这笔记本。

这时，突然响起了唢呐声。韩家川推开窗，发现窗外的景致因了这唢呐声，变得非同寻常，有某种欢乐和蓬勃充盈了其间。

韩家川紧绷的脸顿时松弛下来，笑容在他脸上绽放了。他心里比谁都晓得，那唢呐声是麻脸大领着唢呐队的吹出来的。这么快就投入排练了，这麻叔的动作比年轻人还快。

十二

考察团说来就来，一个上了年纪的黄皮肤，领着一群白皮肤和黑皮肤，这就是联合国给昭女坪社区移民的最初印象。社区门口，挤满了看稀奇的人们。麻脸大的老脸上泛着兴奋的油光，系了红绸子的唢呐，响得嘹亮而高亢。这唢呐吹出的仿佛不是声音，而是狂风。它让考察团里唯一的黄皮肤老人浑身颤抖，样子像极了一棵疾风中的瘦树。他身后的金发女郎，上前扶住他，体贴而恭敬。夏晓峰带领社区管委会的人鼓掌，看热闹的也跟着鼓掌。气氛顿时升级，不仅是热闹，简直就是火爆了。

考察团往大门里走，看热闹的人也往大门里挤。大门里面，是早已恭候的花灯队。那群原本跳广场舞的大妈大婶，今儿个人人花枝招展，浓妆艳抹，都做好了准备。考察团一进大门，她们整齐划一地将手中花扇哗的一声打开，一时间，林荫道两旁的管弦丝竹就响起来，引领了花扇的节奏。扇舞过后，有人扮了主家，有人扮了灯头，一阵炮竹过后，唱答开来。

主家：花灯花灯，你早不来，迟不来，你半夜三更才请来。我前门上起千斤顶，后门堆起万担柴。

就在灯头要唱答时，考察团里被金发女郎搀扶着的老人，突然挣脱了搀扶，像只鹅一样上前，亮开颤悠悠的喉咙，抢唱道：

花灯来是来得早，来在半路耽误了。一来给主家开财门，二来给主家理财宝，金银财宝一齐进，荣华富贵同到老。

这老人竟然会唱花灯，把所有人都惊呆了。灯头竖了大拇指说，地道的白鹤花灯！

韩家川这时看见，老人脸上全是得意。

欢迎仪式收到的好效果超出了夏晓峰的想象。他对韩家川说，韩助理，有几把刷子哩。

韩家川说，真正有几把刷子的，是考察团那老团长。夏主任，人家竟然会唱地道的白鹤花灯，神奇不？

夏晓峰说，你怎么知道他唱的是地道白鹤花灯。

韩家川嫣然一笑说，外行看热闹，内行看门道。今天这考察团，我们遇着内行了。

韩家川说得没错，这次他们确实碰上了内行了。这个叫肖逸庶的团长对昭女坪移民社区的亮点进行了充分肯定，说了不少溢美之词。听得夏晓峰心花怒放。但是，肖逸庶老人说了但是。他望着夏晓峰和韩家川说，但是，这昭女坪社区好像缺少了某种东西？

夏晓峰抓耳挠腮一阵说，肖团长肖先生，我们这移民社区只是一种尝试，不足是难免的，缺的东西会很多的。

肖逸庶摸了摸领带结，点了点头，继而又一脸认真严肃地说，夏主任，韩先生，我直觉，真的是一种直觉，这社区缺少了某种东西，而且是重要的东西。这社区设施齐备，功能配套全面，房屋修建美观，绿化也好。但是，但是……

老人托腮，思考良久，抬头用询问的口气说：

乡愁呢？我怎么就看不到乡愁？但听那唢呐，看那花灯，我这心里却满满的乡愁。

夏晓峰欲辩解，韩家川扯了扯他的衣角。

肖逸庶冲夏晓峰和韩家川笑了笑，抱歉说，我吹毛求疵了。我们不谈工作上的事了，给你们打听一个人，一个老人，他也是白鹤镇裤脚村人，叫陈三娃。

夏晓峰说，陈三娃？没听说过这名字。

韩家川说，陈三爷呗。肖老先生，我认识他，你说得没错，他就是白鹤镇裤脚村人。

肖逸庶一听说韩家川认识陈三娃，就抓住韩家川的手说，那太好了，太好啦！你能带我去见见他吗？

你怎么会认识陈三爷？夏晓峰不可思议地问。

肖逸庶松开韩家川的手，看着夏晓峰说，夏先生，实不相瞒，我就是白鹤镇人。六十七年前，我离开白鹤镇去了香港，后来又从香港去了英国，再后来就在联合国教科文组织工作。退休后我在海外一直关心着家乡，搜集关于家乡的信息。家乡修水电站移民到新型社区的报道，我从报纸上看到后，报告了联合国教科文组织。教科文组织请我带考察团来考察你们社区，看能否将你们社区作为移民的样板进行世界性推介，这算是我此次之行的公干。最主要的，我有个私事，那就是找到六十七年前给我当背脚的陈三娃。

背脚？夏晓峰说，啥是背脚？

韩家川说，夏主任，那是老称呼，就是帮人背东西的人。

韩先生说得没错，肖逸庶点点头说，陈三娃当年就是给我们家背东西的长工。

夏晓峰和韩家川就领着肖逸庶去见陈三爷。他们来到陈三爷的住处，见刚才领着唢呐队吹唢呐的麻脸大正跟陈三爷红脸。

麻脸大说，三爷，你鼓励我去吹唢呐，你却为啥躲着不去吹箫呢？你咋说话不算数呢？

陈三爷说，你麻脸大真是死脑筋，我那箫吹出的都是怨曲，在那种欢迎场合合适吗？

两个老人见韩家川推门进来，止住了争吵。麻脸大上前，拉了韩家川的手说，韩助理，你主持一下公道，这三爷不像话。

韩家川笑了笑说,我来不是主持公道的,我是带客人来找三爷的。

客人?陈三爷有些茫然,指了指自己皱纹密布的额头说,找我?

夏晓峰接话说,没错,找的就是三爷你。

这时,肖逸庶快步上前,张开双臂,去搂陈三爷。他嘴唇抖动着说,陈三娃,我可找到您了。

这突如其来的热情,让陈三爷不知所措。他原本就茫然的脸上又增添了更为深重的迷茫。

我不认识你呀?三爷说。

肖逸庶摇了摇陈三爷的肩说,陈三娃,我是肖家公子呀!

陈三爷努力睁大眼睛,盯着肖逸庶看,当确信站在自己眼前的人就是肖财主的那个傲慢的儿子的时候,陈三爷用力将他推一边说,你脸皮真厚,比城墙拐角还厚!你还好意思来找我?

唉,唉,三爷,怎么说话的?夏晓峰厉声说,这是考察团的肖团长肖老先生,三爷,耍什么横呢?

肖逸庶赶紧制止夏晓峰说,夏先生,不关你的事,三娃子想骂,就让他骂。

陈三爷没再骂,干脆把头扭向了一边。

肖逸庶不生气,赔了笑脸说,三娃子,我的箫呢?

陈三爷依然别了脸说,没长眼,墙上哩。

肖逸庶抬头,环顾了一圈墙上,看到了那支系了红绳的箫。

韩家川发现,这肖老先生看到箫的时候,没流露出欣喜,而是失望。

极度的失望!

韩家川还听见了肖老先生假牙嘚嘚打架的声音。

她没来?

她没来是不是?

肖逸庶像是在问陈三爷，又像是喃喃自语。

陈三爷听到了肖逸庶的问话，他转过身子，没牙的老嘴瘪得更加厉害，额头两旁太阳穴的青筋凸起来，瞬间变成了暴怒的狮子。

你给我滚出去！

你他妈的给我滚出去！

他冲肖逸庶咆哮道。

肖逸庶吓得往后退了两步。他不明白，这陈三娃为何要生那么大气，发如此大火。他摇摇头说，我走，我走。

肖逸庶走出门后，又折了回来。他对陈三爷说，三娃子，我可以拿走我的箫吗？

不！陈三爷大声地冲肖逸庶说，这不是你的箫！

肖逸庶摊了摊手，苦笑着说，这怎么不是我的箫？六十七年前，在江边码头，我亲手放你手上的，难道你忘了？

我忘了，忘了的是你！陈三爷像峡谷中的怒涛咆哮说，这不是你的箫，是我的！

十三

六十七年前的春天，白鹤镇的木棉跟往常一样，盛开得喧嚣热闹。金沙江峡谷里，温暖的河水像街上那群撒野的孩子，到处乱窜。在镇上的肖家大院里，春天仿佛没有叩开这深宅大院的门。主人肖财主的心里到处都是冰凌，他背了手，像只无头苍蝇，在院子里四处乱走。肖财主早已让仆人收拾好能带走的东西，现在焦急地等着儿子肖逸庶回来，举家坐船去宜宾，然后再从宜宾到成都。在成都，他已托人买到了全家去香港的机票。

肖逸庶不明白父亲为何左一封右一封电报催自己回家，在省城里念书的他，正沉浸在灯红酒绿的温柔乡中。泡吧、逛戏院、进歌厅，这公子哥对时局的动荡似乎充耳不闻，照例挥金如土，潇洒放任，照例跟他的相好，霓裳歌剧院的歌女那娅缠绵悱恻。

也好，他这样对那娅说，我正好这次回去让家父同意我们的婚事。

你父亲这么急急地催你回家，不会是催你回家相亲吧？那娅的话里，肖逸庶嗅到了醋意。

怎么可能呢？肖逸庶故作轻松地说，"新生活运动"都搞了，还包办婚姻？那娅，我前脚走，你后脚跟来。我做通家父工作，就热热闹闹，在白鹤镇敲锣打鼓，唢呐高奏娶你。

你说的是真心话？那娅严肃认真地问。

谁说假话谁被江水淹死！肖逸庶的语气里全是发誓的味道。

不准说不吉利话。那娅伸出软绵的纤手去捂肖逸庶的嘴，然后又说，那我们拉钩。

于是俩人就拉了勾……

外表有精彩，内心里极不情愿的肖逸庶坐了汽车又骑了马回到了白鹤镇家里。父亲的话仿佛是晴天霹雳。

父亲肖财主用手指着院子画了一个圈说，从明天开始，这家没啦！孩子，从明天始，你和爹一样，都是丧家犬！

父亲肖财主拿出船票和机票后对愣在一旁的肖逸庶说，去你房间看一看，还有什么你认为值得带走的东西。

肖逸庶说，爹，能不能缓几天再走？

肖财主觉得儿子提的这要求既幼稚又无礼，他生气地把手中的船票机票扬得哗哗作响说，你缓几天干啥，这是能缓的吗？

但……肖逸庶迟疑了一下说，但是，爹，我得等一个人。

肖财主瞪了一眼肖逸庶说，你想等谁？

肖逸庶低了头说，我要等我的未婚妻那娅。

你说的是霓裳歌剧院的歌女吧？肖财主盯着儿子，目光如刺。突然，他嗓门提高了八度说，不要脸！真不要脸！

肖财主甩了甩衣袖，仿佛要甩去羞耻，转身自个儿回了屋里。

第二天一早，背脚陈三娃就来到了肖家大院，进门看见肖家大院里乱作一团。肖财主斥责陈三娃来得太晚，陈三娃只好点头哈腰赔不是。

你去给公子背行李，肖财主吩咐陈三娃。

陈三娃径直去肖逸庶住处。但肖逸庶赖在屋子里不开门，他冲屋外敲门的陈三娃说，急什么？催命呀？

肖财主过来，站在门口干咳了两声。陈三娃听出了这咳声中的威严和警告，他小心地催促说，肖公子，该走了，要不，老爷生气了。

肖逸庶拉开门，手里握着一支箫，哭丧了脸，看都不看陈三娃一眼，昂了个"公鸡头"清冷高傲地大步流星往外走。陈三娃赶忙背上行李，小跑着去追。

离别充满了伤感，屋前响起女人压抑的嘤嘤的哭声，一步三回头的肖家人，让街坊们可怜又叹息。唯有肖家公子肖逸庶，头也没回一个。晨风撩动他的长发和衣襟，从后面看去，竟有了份飘逸和潇洒。

去码头的一路上他都这样走，不顾家人，也不看陈三娃。在肖逸庶的心里，现在只有那娅。他心里不明白，为何提到那娅，父亲就要斥骂自己不要脸。在肖逸庶心中，那娅那么美丽、活泼、温柔，美得就像这河边青青的苇草，好得就像这江岸上暖暖的春风。喜欢那么美好的一个人，怎么就不要脸呢？肖逸庶真是恨透了持偏见的父亲。走在这左边是流水，右边是高山的路上的肖逸庶，有了一种刻骨的孤独，一种不被理解的孤独。

谁知道我内心的苦楚和痛苦，恐怕只有这高山和流水。

于是，他停住，站在江边，仰望了一下山，端详了一阵水，然后把嘴凑到箫边。

一江都是流动的忧伤，遍山都是静默的哀愁。

箫声停了，有掌声响起。肖逸庶转身，看着身上背着行李，敞了怀喘着气的陈三娃，站在自己身后拍响了巴掌。

你听懂了？肖逸庶扬了扬手中的箫说。

陈三娃点点头。

你不懂！肖逸庶冷冷地说，白鹤这地方没人懂我。

我懂，陈三娃说。

他继而指了指自己赤裸而汗湿的胸口对肖逸庶说，我晓得你这里面痛得很。

肖逸庶盯着陈三娃看。陈三娃瞥见，肖逸庶的眼中渐渐有温暖的亮光了。

肖逸庶冲陈三娃点点头，转过身继续沉默了往前走。陈三娃背着行李，也沉默着跟在后面。

到码头后，陈三娃放下行李，准备离开时，肖逸庶突然唤住了陈三娃。

肖逸庶将手中的箫塞进陈三娃手里说，三娃子，如果有人来镇上找我，请你把这个给她。

陈三娃说，有要捎的话吗？

肖逸庶咬了咬嘴唇，看着江水说，那你告诉她，我被江水淹死了。

这时，汽轮上响起了汽笛声。肖逸庶扔下这句话，上了汽轮。

汽笛，长一声，短一声。

江涛，高一声，低一声。

在后来的六十七年里，那长一声短一声的汽笛，那高一声低一声的涛声，总会在肖逸庶的梦境中响起。那仿佛不是告别的声音，而是一种呼唤。六十七年里，肖逸庶从这艘汽轮开始，成了断了线的风筝。从宜宾去了成都，又从成都仓皇去往香港，然后从香港去了英国，直到后来进了联合国教科文组织，成为一名工作人员，退休后又回到英国。六十七年里，故乡杳无音讯，而肖逸庶却被这梦境中的汽笛和涛声一次又一次带回到白鹤码头。她来了吗？肖逸庶想，她如果像自己一样失约会让自己少一些内疚。但肖逸庶又希望她如约而至，相信她来过，因为他相信爱情。如果她来了，拿走了那支长箫，她会吹奏出什么样的箫声？

长歌当哭！

肖逸庶想着这些，就像断了肝肠。

肖逸庶不明白陈三爷为何要冲自己咆哮，为何不愿意让长箫物归原主。但他终于明白的是，那娅没有来。

站在肖逸庶身旁的夏晓峰，根本搞不清在肖逸庶和陈三爷之间发生了什么。他甚至认为这陈三爷失了礼数，不应该这样对待一个在自己心中德高望重、身份显赫的贵宾。

肖先生，我们走，夏晓峰说。

肖逸庶向陈三爷鞠了一躬说，打扰了！唉，三娃子，说真心话，如果知道那娅没来，我也不会来打扰您。

夏晓峰上前，搀扶了肖逸庶，往屋外走。

谁说她没有来？陈三爷的话，惊得刚欲出门的肖逸庶电击了似的颤抖了一下，止步在了门口。

她来了？肖逸庶急切地说，那娅真的来了？

你问的是那妖精吗？麻脸大说，你肖家人前脚一走，她后脚就来了。你跑了，把我们三爷害惨了。

麻脸大！陈三爷提高嗓门呵斥说，你瞎说啥？

肖逸庶挣脱夏晓峰的搀扶，奔到麻脸大面前，握了麻脸大的手说，你说，你说呀！

麻脸大用征询的目光看着陈三爷。陈三爷翻了一下眼皮，瞅一眼麻脸大，不关你的事，要说，我自己来说。

十四

我本来是不想说的，往事嘛，就该烂在肚子里。可今天肖大公子回来了，他曾经又是我主人家少爷，现在又是啥联合国的大官，都到我的门上了，这样的贵人，无事不登三宝殿，何况是我这样的寒舍。对了，今天还来了社区的两位领导，我三爷也不知是那辈子修来的福分，这般高朋满座。你们二位是忙人，想听就听，不听自便。

肖大公子，麻脸大说得没错，你前脚刚走，那娅后脚就来到了白鹤镇。她穿了一身红，提了个柳条箱子，一出现在镇上，镇子就炸了。说实话，白鹤镇上，从来就没有出现过那么光鲜扎眼的女人。她在镇子上，到处打探你的住处，有好心人就把她引到了你家。那时你肖家大院人去楼空，院子乱得像个巨大的狗窝。当她明白发生了什么的时候，她站在你家院子门口，呆呆的，像截木桩，在那里立了半个时辰。她没哭，也没叫，连眼泪都没流。最后，她将风吹乱的头发用手理了一下，提着箱子大步走进了院子。

她把自己关在了你家院子里足足三天。如果不是我去敲门，她不知还会把自己关多久。我敲开门的时候，着实吃了一惊。她已经把一个院子打理得清清爽爽，规规矩矩，就像从前的肖家大院一样。她看见我，有些茫然。但当她看清我手上握着你给我的那支长箫时，我看见她眼眶一下子湿了。但她克制住了自己，没让眼泪流出来。进来吧，她平静地对我说。

我进了院子，把箫给她，她没接。我说，肖少爷让我把它给你。她说，你放在石凳上吧。我听了她的，把箫放在了石凳上。

我想我也完成了你的托付，该离开了。我就低了头往外走。但她唤住了我。她说，我还没感谢你哩。我转身说，不用谢的。她说那怎么行？可我什么也没有。

我于是又说，真不用谢的。

她将石凳上的长箫拿起来说，我给你吹个曲儿吧。

她竟然吹的是你离开那天在江边吹的曲子，只是她吹得比你还好，听起来还刺心。

我是个粗人，一个背脚，自以为是铁石心肠。但她把我的心吹软了，我心里，好像有东西在那柔软处长了出来。我听她吹完，离去时对她说，今后有啥要帮忙的，你就盼咐一声。

嗯。她冲我点点头，并在嘴角露出了一丝笑。她笑起来真好看。那天从镇上回到裤脚村，夜里躺着，不怕你们笑话，我满脑子都是她的那笑容。

于是，我就成天往镇上去，在街子上闲逛，心里巴望着能碰上她。但足足有一周，你家那院子的大门都紧闭着，我连她影子都没看见。我以为她离开了，就回了裤脚村。大概又过了一周，我砍了河滩上的甘蔗，去镇子上卖。我把甘蔗捆成人字形，双肩扛了，在街子上边走边吆喝。这时，我听见后面有人喊我，我回头，竟然是她。

看见她，我有些不知所措，也很不自然了。我把甘蔗放下来立住，努力掩盖内心的慌乱说，你要买甘蔗？

她冲我摆摆手说，不买的，啃甘蔗会坏了牙的。我是想请你帮个忙，我这几天烦死啦。

她请我帮她赶蜜蜂。自从你们举家走后，你家院子的那棵缅桂花树上，不知什么时候迁来了一群蜜蜂，在树丫处筑了巢。

它们成天嗡嗡地叫个不停，她说。

我没有把那群蜜蜂赶走，而是找来了一个蜂桶，将树上的蜜蜂引进了蜂桶里。在引蜜蜂的时候，我被蜜蜂在额上蜇了一下，额上就鼓起包来了。我将蜂桶在后院安顿好，来到前面院子里时，她已经给我泡好了茶。看着我被蜜蜂蜇得变了形的额头，她有些过意不去。我端茶喝了一口对她说，要不了多久，你就能吃上蜂蜜了，这土蜂子的蜜，可是又鲜又甜。

她说，真的？

我点了点头。

她就笑了，不是我见的嘴角露一丝的那种笑，是聋五在日记里写的那种笑，就像花开的那种笑。

她说，我拿啥谢你呢？

我说，不用不用。

客气！她说，头都肿了，哪能不谢？我再给你吹个曲儿吧。

于是她就端坐在院子里的石凳上，给我吹箫。但这次吹的不是听来让人心碎的曲子，而是那种水在慢慢流，风在轻轻吹的那种让人舒心的曲子。

你吹得真好听，我听完这样对她说。

喜欢听你就常过来，她说。

肖逸庶插话，你后来就经常去是不是？

没有的事！我那天离开的时候，大军就进了白鹤镇，后来就占了你家院子，你家院子就成了剿匪指挥部。我想去也进不去了。

肖逸庶又插话，那娅呢？那娅去哪里了？

那娅？那娅没去哪里，她还住在你家院子的厢房里。大军解放了白鹤镇，走了，你家那院子成了土改工作队的队部。土改了，你家院子也就没收充公了，那娅也就被赶了出来。走投无路的她来裤脚村找我，她说，那桶蜜蜂不是肖家的，我想把它带走。

于是我就约了村里的许老四，去你家院子里，把蜂桶背到裤脚村来了。

她根本没能力带走那桶蜜蜂，事实上，她也没地方可去。还是许老四有办法，想到了江边废弃的河神庙。于是我们就把她和那桶蜜蜂一起带进了庙里。把她安顿好后，我和许老四各自回家。那已是傍晚，河岸上起了风，呜呜地响，让我总觉得身后面有人在哭。但转过身去，却只有岸边的苇花和野草起起伏伏。

那夜，我睡在床上，耳畔总是响着那呜呜声，我辨不清它到底是风声还是人的哭声。想着她一个女人家住在河神庙里，我就睡不踏实，胸腔里的那颗心总是悬着。于是，我就起床提了马灯，口袋里装了两个煮熟的红薯，往河神庙去。至今我都后悔，那夜我就不该去河神庙。真的不该去，不该去……

陈三爷说到这里，就打住了。他像一个做了错事的孩子把头垂下去，试图掩盖痛苦的表情。

让韩家川和夏晓峰没想到的是，在他们心目中谈吐优雅举止得体的肖逸庶，此时竟然鲁莽地站起来，扑向了陈三爷。

三娃子，你后悔啥？你是不是对那妞干了什么见不得人的事？

他边说边剧烈地摇晃着陈三爷的肩膀。

看着近乎失态的肖逸庶，韩家川和夏晓峰赶忙上前解围。陈三爷厌恶地推开了肖逸庶，痛苦的表情瞬间就被愤怒覆盖了。

肖家大公子，你心里脏着哩！一直安坐着的麻脸大鄙夷地看一眼肖逸庶说，你把三爷当什么人啦？三爷不想往下说，是他不想揭心上的伤疤，他遭的那些罪，我们都亲眼见着的。三爷不想说，我来替他说。

麻脸大！三爷呵斥道，我说过不关你的事，我自己会说。肖家大公子既然想听，我就痛痛快快给他说。

肖逸庶赶忙弯腰鞠躬说，三娃子，对不起。

陈三爷说，把你的腰直起来吧，这我可受用不起。你用不着对我这样，小心折了你的骄傲。

韩家川倒了一杯水递过去说，三爷，消消气，消消气。

十五

消消气？这么多年了，我哪还有什么气？肖家公子，你把那箫给我做甚？你不给我那箫，我就不会跟那娅这个女人有瓜葛，就不会这样倒霉。我虽然过去只是一个背脚，辛苦，但并不痛苦。墙上这支箫，让我痛苦了几十年，现在你却要把它拿走。我问问你，你能拿走我心中那些痛和苦吗？

我说这些做啥？像要你同情似的。唉，还是言归正传吧。

那天夜里，我提着马灯赶到河神庙时，听到了箫声。都说箫声是哀怨的，我听到的却是胆战心惊。这分明是一个孤独的女子，在用箫声驱赶内心的恐惧和害怕。我提着马灯推开庙门的时候，那娅惊叫起来。在惊叫声中，她手中的箫掉在了地上，人也随即瘫在了地上。我手中马灯的灯光，映照着一张惊恐的脸，一张面如死灰的脸。我把马灯放在神龛上，捡起了箫，然后把她扶了起来。当她确认来人是我时，她身子抽搐了几下，一头扑到我怀里，就号啕起来。

但她的号啕，马上被一阵嘈杂声淹没了。小小的河神庙里，冲进了一大群持刀弄棒的人。这些人都是我裤脚村的乡亲。他们把那娅从我怀里拖拽开，我听见有人喊，打死这个妖精。于是，就真的有人举起了木棍、竹竿往那娅身上劈头盖脸一通乱打。我听见了那娅的惨叫，就赶紧冲过去，护住了她。有乡亲试图将我拉开，还开导说，三娃子，你这是被妖孽蒙了心，你让开，打死了这妖精，你还是从前那个三娃子。

但我依旧死死地护住那娅。这时，一个穿中山装，肩挎驳壳枪的干部模样的人在两个民兵护卫下，分开众人来到了神龛前。我借助马灯的亮光看清了他那张刻意板着的脸，知道他就是进驻我们裤脚村的土改工作队队长。他看着我说，陈三娃，你知道你在干什么吗？你这是在庇护阶级敌人。阶级敌人化妆成美女蛇，要祸害你这农夫，而你却要护着她。她要咬你一口，你知道什么后果？

我说不晓得。

他说，你就会死！

我说，你说的啥昏话？

他说，真正昏了头的是你！你不要护着她，我要问她话，问她为何要勾引你？

我说，她没勾引我。

他说，她没勾引你？那你半夜三更跑这河神庙来干什么？

我被他这样一问，顿时哑了火，不知道该如何回答。我急得满脸通红，突然蹦出了一句让我自己也吓了一跳的话。

是我勾引的她。

我也不晓得我怎么会说出这么一句话，也许只想为她开脱。但这句话招来的后果，却是我怎么也没想到的。

我和那娅被当成道德败坏的典型，被五花大绑连夜押到了裤脚村，被连批了三天三夜。我的父亲，在批斗会的第二天跳上台子，扬手就给了我两个脆脆的耳光，他打完我就跪在地上一顿号。

我前世作了啥子孽呀？三娃子，你这狗日的三娃子，你这天打雷轰的三娃子，你羞死先人了呀！你看看这骚货，腰是腰腿是腿，一看就是狐狸精。你狗日眼瞎了，咋还要去招惹呢？

批斗了三天，批斗的人累了，做看客的人也累了，土改工作队队长自作主张把那娅和我放了。那娅回了河神庙，我在村子外的江边坐了两个时辰，厚了脸皮回家。但我刚迈进屋，就被我妈泼了一身脏水。那是洗菜的水，几片黄菜叶沾在了我的脸上和衣服上。我从脸上揭下一片菜叶，皱了眉头瞪着我妈。我妈厌恶地瞅了我两眼，突然将洗菜盆一丢，就大放悲声。

你羞死个先人呀!

我知道这个家不能待了,我已让它蒙羞。我爹妈虽然一生贫贱,但一生都恪守着做人的本分,内心有着一份正直人的骄傲。但这骄傲也被我这做儿子的给毁了。我深知自己没脸再待在家里,我将手里那片发黄的脏菜叶往地上一扔,转身走了。

我去找许老四,托他傍晚给那娅送点吃的。许老四没有接受我的请托。他说,他们抓我来斗咋办,我可是有老婆的人?

我看许老四不情愿,也不好强人所难,就只好转身离开。许老四也许是看着我这只丧家犬动了恻隐之心,也许是觉得拒绝了我不够朋友,于是,他在身后唤了我一声说,都这样了,你还不如娶了她。

我站住了,说真的?许老四的话吓住了我。娶那娅,这想法大胆得离谱,我从来没动过这样的心思。

许老四!我重重地叫了他一声说,成心拿我寻开心呀?人家啥?我啥?

许老四走近我,把手按在我肩上说,什么啥不啥的?落草的凤凰不如鸡!你娶她,是救她。要不,你跟她坐实狗男女的名声,这辈子也洗刷不掉。

我得说实话,许老四的话诱惑了我。我的心情就像江水一样变得澎湃起来了。我向许老四要了两个红薯面窝头,就大步流星奔向了河神庙。

河神庙里,那娅面无表情呆坐在旧长凳上。看见我,她说,你还来干啥?

我说,我来娶你。

我的话让她没有表情的脸现出了惊异。

我愣在她面前,不知所措。

她咬了一下嘴唇,脸上的惊异退去,从长凳上站起来,突然就张开双臂说,你还愣着干什么,有这样对新娘子的吗?

我张开双臂,将她紧紧抱住。我伸头过去亲她时,才发现她一脸泪水。我说,你咋啦?她说,我高兴哩。

我晓得她说的是假话,但我宁愿当真。

没有仪式,没有庆典,那娅成了我的妻,我成了她的郎。

我在长满了苇草的河滩上放了一把火,烧出了几亩荒地,将多年没人祭拜的河神泥塑搬出了河神庙,将河神庙变成了我们的家。

河滩地下面少的是泥,多的是沙,肥力弱。种的庄稼像没有吃饱饭的孩子,枯而瘦。但就这几亩薄地,还是让那娅欢喜不已。她对我说,自己记事以来就没家、没故乡,像浮萍,像断线风筝,现在自己有了家园了,心里也踏实了。

但我知道她心里不踏实,常常会看着身旁的江水发呆。夜里,我醒来,看见她半卧的身子靠了墙,手里握着箫,在叹息。我晓得她在想你,想你肖家公子。这让我心里很不满。那娅试图改变我,她教我吹箫,有时还教我识字。但我装木讷,成心对抗她对我的改变。我不改变,她却想改变。大夏天,在金沙江干热的河谷里,她连笠帽都不戴,想把自己晒得跟裤脚村的妇女一样黑。但奇怪的是,任阳光如何灼她,她还是那个那娅。

她总是趁我夜里睡熟了,一个人出去,在江边独坐。后来有一天我跟踪她,看着她独自坐在岸边的巨石上,就冲她粗脖大嗓地说,你是人还是鬼,半夜三更发什么疯呀?

她没有理会我的愤怒,而是回过头来。借着月光,我看见了她脸上若隐若现的笑容。

过来,她冲我勾勾手说,过来一起听风。

听风?半夜三更听风?发什么神经呀?我心里嘀咕着,阴沉脸坐在了她身边。

三娃子，她叫我，把耳朵竖起来，你左边的沙丘在唱歌哩。

我还就真听到了像音乐一样的沙子的响声。是的，音乐，你甚至可以和着它的音调唱歌。这些在风中流动的沙子太奇妙了，我说，我听到了，沙子在唱歌。

她笑了说，这风好听吧？不只是沙子会唱歌，那岸边山上的山毛榉和白蜡树也会唱歌。山毛榉的响声像沙槌，白蜡树的响声像口哨。

我竖了耳朵再听，冲她点了点头。

我把她从石头上扶起来说，那娅，你说得没错，这夜里的河谷，所有的东西都在风中唱歌。我们回去吧，月亮都要睡觉了。

她抬头看了看天上，用手捶了一下我的胸膛说，你骗人，月亮精神着哩。

我说，回去吧，那娅。

她说，我偏不。

我晓得你睡不着，我正色说，我晓得你在想肖家公子。

我的话说到了要害，她低下了头，沉默了好一阵后说，三娃子，对不起，我确实想他了。我总想不明白，他怎么能说走就走了，他怎么说忘了约定就忘了。

我说，谁说他走了？

她说，他没走？那你告诉我他在哪？

我说，他死了。

她说，死了？怎么死的？

我犹豫了一下，说投江了，被江水淹死了。

三娃子！她突然冲我咆哮起来，你这挨千刀的，你为何早不告诉我？

肖家公子，你给我做了个局。你为何要告诉我，如果她问我，就让我告诉她，说你死了，被江水淹死了？你好阴险，分明是不想承认自己是个背叛者，不想让那娅把你当成感情的背叛者。

肖家公子，你让我帮你说出了谎言，但你想过没有，谎言是有代价的。谎言掩盖了你的背叛，那娅就成了背叛者。这是她无法接受的。

肖逸庶的额头上沁出了细密的汗珠。陈三爷的话，像刀子一样扎得他内心生痛。他感到胸膛里闷得慌，呼吸急促困难，人不自觉地昏厥了过去。

这可吓坏了夏晓峰和韩家川。他们赶忙上前，将肖逸庶架起来，送社区的医务室。

在陈三爷屋外没走多远，肖逸庶苏醒了过来，挣扎着要夏晓峰和韩家川放开他。夏晓峰说，肖老先生，你必须去看医生。

肖逸庶说，陈三娃还没告诉我，那娅后来怎么样了？夏晓峰说，肖老先生，我让韩助理去问陈三爷，你必须去看医生。

夏晓峰边说边示意韩家川，让他回去找陈三爷。

夏主任，韩家川说，要不你去问三爷，我送肖老先生。

你怎么那么多废话，着急的夏晓峰带了火气说，我去三爷会告诉我？还不快把肖老先生扶到我背上。

夏晓峰背了肖逸庶，急急地赶往医务室。韩家川送他们走远，就扭头回去找陈三爷。

在陈三爷家里，麻脸大正在数落陈三爷。见韩家川又赶回来，麻脸大摊了摊手说，三爷，你今天咋啦？嘴像关不上闸门的水似的，你的话要淹死肖家公子，那不是给天捅个大窟窿？看看，社区的领导杀回马枪兴师问罪来了。

不是兴师问罪，韩家川喘着气说，三爷，请你告诉我，那娅后来怎么了？

陈三爷低垂了头坐着，没回答韩家川的话。

还能怎样？麻脸大说，你没看三爷现在老光棍一个。那娅后来失踪了，也有人说，她跳了江。三爷当年带着我和许老四，沿江找了七天七夜，活不见人，死不见尸。她离开之前，将蜂桶里的蜜取了出来，将一个桶的蜜蜂放走了，唯一给三爷留下的就是这个。

麻脸大指了指挂在墙上系了红绳的箫。

麻脸大接着对韩家川说，从那以后，三爷就一直住在河神庙里。我们劝他搬回村子里，可他谁的话也不听。他夜夜坐在江边的石头上吹箫，听风。这一吹一听，一晃就一个多甲子的光阴过去了。

麻脸大！陈三爷站起来说，你废话真多！

麻脸大有些尴尬地说，三爷，你不说，我才帮你说的。

三爷走到墙边，将系了红绳的长箫取下来，递给韩家川说，请将它还给肖家公子。

十六

联合国教科文组织考察团走了，但给夏晓峰主任留下了建设样板移民社区的信心。但让夏晓峰不满意的是，让韩家川查的那学公鸡叫的人迟迟未查出来。社区里的人，背地里还在议论着钟汉老人那只会显灵的头鸡。

夏晓峰决定亲自出马。

夏晓峰蹲守了三天，只在第一天碰上过韩家川。他说，韩助理，你那么早来社区做甚，不是不用教广场舞了吗？

韩家川说，夏主任，你不是要我来查那只会显灵的公鸡吗？

夏晓峰说，我是要你把那学鸡叫的人给找出来，什么公鸡显灵，唯物主义者还信那样的鬼话？

夏晓峰蹲守了三天，那三天，社区的人没听见公鸡的打鸣声。

夏晓峰不能天天蹲守下去。他知道，要逮住那个学鸡叫的人，破除这社区甚嚣尘上的迷信，还得发动群众。

于是，他找了豆腐西施宫桂花。

宫桂花深信那是钟汉老人死去的头鸡打的鸣。她告诉夏晓峰，这三天公鸡没打鸣，钟汉老人失眠了三天，人变得烦躁不安，在家里摔碗扔盆，搞得连住在楼下的自己家也不得安宁。

夏晓峰坚持认为，破除迷信比钟汉老人睡好觉要重要得多。

宫桂花说，夏主任，我倒是有个让那只报恩的头鸡现原形的办法。

夏晓峰说，什么原形？原形就是那学鸡叫的人。

宫桂花说，这魂灵最怕脏物。我在娘家时，听我娘说过，只要弄些妇女洗身子的脏水，再加一些屎尿，就能让魂灵现出原形。

夏晓峰当然不信，但同意宫桂花试试。

宫桂花回到家，首先洗身子，把洗身子的水用塑料盆装好。然后，她要公公疤老二上卫生间别把尿撒马桶里，要他撒盆里。疤老二问清缘由后，气得指了宫桂花骂：

你会遭雷劈的！

宫桂花只好亲自为之。

一切准备就绪。第二天凌晨，宫桂花没等天边放亮就起床了，将塑料盆端到阳台上，竖了双耳，静候鸡鸣。晨风将塑料盆里难闻的味道送进了她的鼻孔，搞得她直犯恶心。

但她强忍着恶劣气味，想着让一只报恩的头鸡现原形，她就控制不住心中那份激动。她的一对肥硕的耳朵早已竖起来，像雷达一样，要准确寻找鸡鸣的方位。

站在阳台上的她看见了东边天空中出现一抹亮色。就在此时，公鸡的叫声响了起来。

喔——喔——喔——

宫桂花的左耳率先捕捉到这声音，她敏捷地弯腰端起塑料盆，将一盆脏水从阳台的左边泼了下去。

现形的不是一只鸡，而是像落汤鸡一样的一个人。

那人竟然是社区的主任助理韩家川。

这最后的一声鸡叫，钟汉老人并没有听见，他永远睡去了。但他家的人认为，老人是听见了那声鸡叫的。因为长眠的钟汉老人的神情显得幸福满足。

最早赶到钟汉老人家的是楼下的疤老二，接着是陈三爷、聋五和麻脸大，后来，许老四也来了。

陈三爷见了许老四说，许老四，你不是去给你乡下的姑娘家守鱼塘了吗？钟汉老人家寿终正寝，你有心灵感应，提前赶回来了？

许老四摇头说，三爷，什么心灵感应？我是去守了几天鱼塘，但说句真心话，乡下那日子，不习惯了。特别是在这社区坐惯了马桶，现在再蹲那蹲坑，不仅脚受不了，鼻子也受不了，太臭！

在平日，几位老人听了这话，说不定会笑上一阵子。但在今天，几位老人心里，满不是滋味。

一个人和村庄

一

　　一个人怎样活着本身就是问题，怎样死掉就更是问题。这一段时间，包伍明被胃病折磨得没了活下去的信心。胃病是包伍明的老毛病了，为对付胃病带来的疼痛，包伍明研究了数十种方法。但所有方法都不灵验了，自打入秋以来，胃痛的次数和程度较从前明显增加了。有时在山上放羊，包伍明会觉得满山遍野都在疼痛。今天一早，包伍明又被疼醒了。疼醒了的包伍明咬牙忍着疼把羊赶上山，面对东山上慢慢升起的红日，感到了最强烈的孤单。他决定暂时离开心爱的羊群，去三十里外的镇上，不是去镇上抓药。药对他那个千疮百孔的胃没有作用。他是去买敌敌畏。在中国农村，不想活的人最常用的方法就是，一仰脖吞下一大口这种剧毒农药。

　　艰难地走到镇上的包伍明，在街口那个满脸都是雀斑的女老板的店铺里买了一瓶敌敌畏。店铺一开门就有生意，女老板的心情大好，就找话跟包伍明聊，都秋天了，还有庄稼遭虫害？包伍明说，谁说庄稼遭虫了？女老板说庄稼没遭虫，你买敌敌畏做甚，不会是自己喝吧？包伍明说恭喜你猜对了。女老板说包伍明，你不要跟老娘开这种玩笑，你要喝了，会连累老娘的。包伍明狡黠地笑了笑说,我就想连累你,让你给我收尸。要不,我村子里人都走光了,我死了咋办?包伍明的话让女老板也笑了,我知道你杂种阴险,你们村的人都走了,就你不走,肯定有目的。

包伍明听女老板的话不像开玩笑,就觉得没意思了,拎了敌敌畏扭头就走。这时,他的胃竟然不疼了。他嘀咕,有目的,我有目的?是他们自己要走,又不是我撵他们走的。胃不疼了,包伍明就有了饥饿感。包伍明走进了一家豆花店,要了一碗豆花一盘小炒,准备填饱肚子就赶回村,他开始惦记山上的羊了。但豆花还没端上桌,一个干部模样的人也进了饭店,叫嚷订一桌好菜。他说上面又来领导了,有野味没?饭店老板从伙房跑出来,胖胖的脸上堆满笑说,有麂子肉,清晨才送来的,新鲜着哩。包伍明看出来了,是镇政府办的文书王贵,去年春节前跟镇长一起来村里送温暖,包伍明还亲手杀了一只羊招待过他们。包伍明忙放下筷子,起身说王文书,你也下馆子。王贵显然没记住杀过羊给自己吃的包伍明,一脸陌生地说,我好像不认得你呀。他的话让包伍明既失望又尴尬,就说去年春节前,你给我送过温暖哩。王贵想了想,哦了一声,想起来了,你不就是丫口村的老包吗?前两天镇长还说要去找你哩。包伍明听说镇长要找自己,原本尴尬的脸上就有了得意。镇长找我?他半信半疑。王贵点头说丫口村不就你一个人了吗?镇长惦记着你,要你搬镇上来。包伍明说,搬镇上,我住大街上?王贵说,政府要你搬,自然会分你安置房。包伍明摇头说,我除了放羊,只会放羊,我搬镇里喝西北风呀?王贵搔了搔头皮说,你冲我摇什么头呀?是镇长要你搬,不是我要你搬。你老包咋连点配合的想法都没有,什么态度呀?当然,话又说回来,你这样的人确实是个问题,没文化没技能的。包伍明听王贵这么讲,赶忙赔了笑脸,掏支烟凑过去说王文书,你跟镇长好好说说,让他别惦记我。这镇上我包伍明住不惯,寻不着活路。我这样的人,是山猪吃不来细米糠,住惯的山坡不嫌陡的那类。

女老板插话说，老包，你一个人呆那丫口村，就不怕成孤魂野鬼。

包伍明就呲了牙笑说，在丫口村大不了成野鬼，搬镇上怕连野鬼都不如。这镇上是能人呆的，我这样的只配讨口。

王贵也笑了，说老包你也别看不起自己，养羊，我看你就是能人。

包伍明说，跟羊打交道，我成；跟人打交道，我不成。王文书，你不提羊，我一门心思嚼舌头，差点忘记羊还在山上放着哩。

包伍明付了饭钱，给王贵弯弯腰当是告别，提着敌敌畏，一溜烟出了镇子。急急地走在路上的包伍明胃又开始隐隐作痛。路是山路，全是上坡，包伍明越走越吃力，不一会儿额头上就爬满了汗珠。他索性在一块石头上坐下来，想小憩一会。才点燃一支烟，就看见路的前面，有个羚羊一样轻快的身影在山道上轻盈地跳跃。那身影越来越近，越来越清晰。最后，包伍明终于看清了是邻村坡头村的小翠。去年他放的羊，跑了一只到坡头去，被小翠妈捡了。包伍明找上门，小翠妈死活不认账。包伍明理论了半天，没法要回羊的他就动了粗口，双方说了些现在想起来都脸红的粗话。就在包伍明垂头丧气走出一两里地后，小翠牵着羊赶来还给了包伍明。包伍明看着失而复得的羊，对小翠连说谢谢。小翠说包叔你别谢我，羊本来就是你的，是我妈不好。要谢你该谢我们镇中的老师，他们教育我要拾金不昧。包伍明当时感慨，人啊，有文化跟没文化就是不一样。

包伍明打招呼说，小翠，看你欢天喜地的，考取县上的高中了。小翠停下脚步一脸笑容地说，包叔我半年前就休学了，读出来工作找不着家里的钱不就打水漂了？没意思。包伍明摇头，那什么有意思呢？小翠说打工呀。为打工我跟我妈软磨硬缠了两个月，嘴都差点磨起泡了，这才同意我去省城打工。包伍明哦了一声说小翠，原来你这是去省城……小翠说，我到镇上赶往省城去的夜班车。我表姐在省城一家洗脚城上班，一个月两三千哩。她向她们经理推荐了我，经理同意我去上班哩。包叔，你手里提的不会是酒吧，酒你可别多喝，喝多了伤身子。

包伍明忙把敌敌畏往背后一藏说，我这酒是用来泡药的。小翠没看出包伍明撒谎，就说包叔，看你脸色不好，丫口村就你孤家寡人了，有病就到镇上看医生。天色不早了，我得赶夜班车呢。

小翠又像一只羚羊在山路上跳跃。看着她好身材的背影，包伍明感叹女大十八变，去年的小翠看上去还是黄毛丫头一个，今年就成美人坯子了。这么漂亮的姑娘，要去城里给人洗脚挣钱，这不是作贱自己吗？包伍明心里相当生气，弯着腰杆捂着肚子走路的样子像个受难者。他现时有双重的疼痛，心疼胜过了胃疼。走了几步又转过身，却再也没了小翠的人影。这时，他脑海中又浮现出了另外一个女人，本村前些年去了省城的莲花。包伍明觉得太不可思议，咋会把素素净净的小翠跟不干不净的莲花扯在了一起……

包伍明没急着回家，而是到山上找他的羊群去了。村子这几年人走空了，山上的野物多了起来，特别是狼，一下子多了许多。在无数个孤寂的夜里，包伍明都听到过狼嚎。那号叫叫得包伍明心里发慌，狼叼走羊的事在包伍明看来已经司空见惯。如果不是这要命的胃病，包伍明不会轻易离开他的羊群。今天还算幸运，狼并没因为包伍明的擅离职守光顾羊群。当他集中起所有羊，确定一只也没少，心情就好了许多。他在落日的余晖中赶着羊群回到了村里。将羊群赶进羊厩后，他开始为要不要做晚饭发愁。站在羊厩门外犹豫了一会儿，他决定还是做一顿简单的晚饭。在菜地随意拔了棵青菜和几根大葱，就一只手拿菜一只手拎敌敌畏回家。

离家还有几十步，包伍明就感觉出了异样：空气中有陌生人的气息。再往前走，他发现早上出院子时随手拉上的柴门竟然大开着。包伍明还发现，邻居陈老者家空了一年的土房也有了异样：先前一直像个守门的石狮的小青，没伸着红红的舌头守在门口，柴门也敞开着。包伍明想，一定是陈老者回来了！被儿子接进城去的陈老者，离开村子时跟包伍明说过，城里他住不舒坦，一定会回来的。想着这些，包伍明心里涌起一阵兴奋，陈老者回来，闲时间就有个说话下棋的人了。他把手中的敌敌畏和蔬菜往自家院门前一放，直奔了陈老者家。他还没进门就叫喊道，老陈哥，你可回来了，这一年时间，你想死伍明了。

没错，确实有人回来了。但迎接包伍明的不是他巴望的陈老者，而是陈老者的儿子陈光宗。陈光宗是陈老汉的骄傲，也是丫口村的骄傲。他是丫口村出的唯一一个大学生，也是丫口村唯一一个在省政府吃国家粮的人。但包伍明过去对陈光宗印象并不好，觉得陈光宗对人冷淡傲慢，心里看不起以他为骄傲的乡亲。过去，陈光宗回家来看父母，遇到包伍明，就像见了陌生人，有时招呼都不打，香烟也不敬。但今天陈光宗见了包伍明，仿佛见了救星，热情得有些过头。他紧握了包伍明的手说，包叔您可回来了，我都等了您大半天了。包伍明很少被人这么握过手，他有些不习惯地把手挣脱出来说，我还以为是你爹回来了。

陈光宗表情凝重地点点头说，包叔，我这次就是专程送我爹回来的。

包伍明的目光急速在院子里扫了一圈，没看到陈老者，却看见仅一年没有人住的院落里，长满了疯狂的杂草。他以为陈老者一定是故意藏起来了，就伸长了脖子喊，老陈哥，你把我包伍明当娃娃，还要跟我躲猫猫不成？

他这么一喊，陈光宗的脸色就更难看了，带着哭腔说，包叔你别喊了，我爹永远不会回应你的话了。

包伍明有些不明白，说光宗你不是送你爹回来的吗？

陈光宗没言语，领着包伍明进了堂屋。在堂屋山墙边积满灰尘的供桌上，放着一个黑布包裹着的盒子。包伍明觉得，那黑布是他一生看过的最黑的布，黑得让人绝望。陈光宗上前将黑布解开，包伍明就看见了一个小小的做工考究的黄棕色盒子。陈光宗凝视着盒子低沉地说，我爹三天前去世了。

三天前？包伍明一脸惊讶地说，一年前老陈哥离开丫口村时，身板还硬朗得很嘛，啥子贼病那么凶，要个人没了就没了？

陈光宗沉默了一下说，包叔，爹生前把你当自家人，我也就实话实说。爹不是病死的，他是从我家八楼阳台上跳下去寻的短见。这里面是他的骨灰，我原本想在城里给他找块墓地，但左思右想后，还是听了妈的话。妈说光宗你把你爹送回老家吧，你爹他生前总念叨丫口村和你包叔，总说生是丫口村人死是丫口村鬼。你就顺了他的心，让你包叔寻个风水好的地方把你爹葬了。

包伍明愣愣地看着那个黄棕色的盒子好一阵，叹一口气说，老陈哥，你说好了要回来跟我下棋的，你说好了要回来跟我一起唱《莲花落》的，你这个样子回来，伍明很不喜欢！

包伍明把话一扔，就自顾反剪手出去了。他边走边狠狠地说，老陈哥啊老陈哥，伍明不喜欢，很不喜欢！

二

包伍明花了大半天工夫，用山石砌好了陈老者的新坟。看着冷峻地立在自己面前的石堆，累得上气不接下气的包伍明心里生出无限伤感和悲凉。陈老者死了，还有包伍明为他砌个坟堆，自己哪天一口气上不来怕是连坟堆也没有的。这样一想，原本疲惫不堪的包伍明就更累了，他索性瘫坐在坟前。他伸手在口袋里摸索一阵，想掏烟却掏出了五张百元票子。他看一眼手上的票子，又看一眼陈老者的新坟，疲惫的脸上就又添了几丝愧色。昨天傍晚，他从陈老者家的土屋回到自家院落，本想关了门痛哭一场，但还没把门合上，门就又被推开了。陈光宗提着骨灰盒急匆匆地走进来说，包叔你一定得帮我这个忙，把我爹给葬了，我儿子刚考完中考，我得急赶回去给他报志愿。包叔你不晓得城里上个好高中有多难。

陈光宗边说边把骨灰盒塞在了包伍明的怀里。包伍明抱着骨灰盒，有点不知所措。但他立马镇定下来，对陈光宗说，帮你可以，但你得如实告诉我，你爹他为什么要寻短见？是不是你和你媳妇对他不好，让他遭了罪？

陈光宗摇了摇头说，包叔你冤枉我和我爱人了。我们对他一直很好，给他买新衣服，买保健品，但他一直闷闷不乐，成天板了脸，呆坐着。他记忆力快速减退，当天的事越来越记不住，记得的都是过去的事。早上起床，他总对妈说，你出去看看，我听见羊叫了，是不是伍明贪睡睡过头忘放羊了？妈就凑他身边说，什么羊叫，城里哪有羊叫，你是想丫口村了。听妈这么说，他愣半天，哦一声，然后就一眼的泪光。有一天我不在家，妈也出去买菜了，他内急上厕所，把自己关里面出不来了。他急得高声唤妈的名字，我媳妇听见叫唤就让他转手柄。他可好，在厕所里转起了圈圈。等妈回来打开门，他也晕倒在马桶边好一阵子了。这件事后，我和爱人感到了问题的严重，觉得再这么下去，他会患老年痴呆。于是我们托人找了最好的医院，看专家门诊。专家验证了我们的怀疑，爹，已经是老年痴呆了。

包伍明觉得有些不可思议。在他的印象里，陈老者的记忆力惊人，丫口村几十年的陈芝麻烂谷子，没有一件他不记得的。他还反应快，特别是下棋处于下风的时候，两只斗鸡眼一转就怪招频出。包伍明一脸的怀疑说，光宗，你爹都患痴呆了，这世上怕全是傻瓜呆子了。

陈光宗说包叔，你不相信我难道还不相信专家？他已经没有耐心跟包伍明理论下去了，随即从口袋里掏出钱夹，拿出五张百元大钞，塞进了包伍明的口袋。包伍明像脖子被捏了一把的公鸡惊叫起来，光宗你这是干什么呀？陈光宗说包叔，这是给你的辛苦钱，我不会让你白埋我爹的。

陈光宗边说边拔腿就走。包伍明搂着陈老者的骨灰盒，紧追了几步没追上，想想也懒得再追。倒是陈家黑狗小青，追了陈光宗不放，像是执意要把自己的主人留下。但它的好心不仅没感动陈光宗，反而挨了陈光宗一脚。小青汪汪叫着跑回了陈家老屋，委屈悲伤。暮色渐深，秋意更浓，晚风卷动枯叶，像零乱的纸钱，在空荡荡的村子里忽高忽低，或左或右地乱窜。包伍明心里有些冰冷，为陈老者委屈。他自始至终都觉得，陈光宗送他爹的骨灰回来，像是完成一个任务，有责任，无感情。包伍明低头看了看双手搂着的骨灰盒，叹一口气说，陈老哥，这城市咋就这么改变人呢？当年靠爹种生姜，好不容易把光宗供出去读书，在省府捧了金饭碗，他怎么就没点感激呢？古时候的官，都知道丁忧三年，他这新时代的干部，怎么连等自己的爹入土为安的耐心都没有了呢？

包伍明抱着陈老者的骨灰盒进了自家院子，把骨灰盒放在了柿子树下用青石板搭成的石桌上。这石桌是他从前跟陈老者下象棋的地方，上面有包伍明用红油漆画的棋盘，有陈老者用红油漆写的楚河汉界。包伍明在石桌前坐下，借着月光看着有些斑驳的楚河汉界四个字，又看看装了陈老者骨灰的骨灰盒，苦笑着自言自语道，什么楚河汉界，分明是阴阳二界。

山中的月色还是那么美、那么凄清。包伍明抬头看看月亮，记忆就被钩了起来。一年前，也是在这样的月色下，陈老者披着衣，提了瓶烧酒走到包伍明的院子里。包伍明说陈老哥，遇上什么好事了，请我喝酒？陈老者说，没事就不能请你喝酒？别废话，下棋！包伍明听陈老者的话里满是火气，就说，陈老哥你吃炸药啦？陈老者很不耐烦地挥挥手说，拿酒碗去，去，去！

酒碗拿来，陈老者已摆好了棋，包伍明伸手倒酒，陈老者示意先下棋。于是两人坐在清清朗朗的月光里对弈。陈老者显然不在状态，连出几个臭着儿，被包伍明连吃了几子。这次陈老者没有转他的眼珠子，也无心使怪招,而是叹了一口气,一把推乱棋子说,泼烦!包伍明说不下就不下,心里泼烦个啥?包伍明边说边倒了两碗酒,一碗递给陈老者,一碗自己端了。陈老者没等包伍明碰个杯,就自个一仰脖倒进了肚里。酒很烈,呛得陈老者的眼角有了泪光。

伍明,我和你老嫂要搬光宗那儿去。陈老者话一出口,就哽咽不止。

包伍明心里一紧,但还是马上挤出了一个笑纹,老哥你难过啥?你早该去光宗那儿享享城里的清福了。

陈老者瘪了瘪嘴说,福个屁,在别人的城里享清福,做梦!我那孙子耀祖,明年要中考。光宗媳妇说,关键时期,耀祖是重点保护对象,要吃好睡好,要你老嫂子去给耀祖做中午饭。

包伍明说,难道光宗家两口子不会做饭吗?

陈老者说,人家是公家人,要上班的嘛,中午回不成家的。

包伍明说,城里不是有得是的食堂馆子吗?

陈老者白了一眼包伍明,城里当然有的是食堂馆子,但在我那儿媳心里,我那孙子耀祖金贵得很,怕他进食堂下馆子吃着地沟油。

包伍明伸了一下舌头说,你儿媳是拿你孙子当皇帝养哩。老陈哥,我知道你心里那点小九九,你是怕死在城里,被一把火烧了。听了包伍明的话,陈老者脸上有些挂不住,他又白了一眼包伍明说伍明,你咋一点见识都没有?什么一把火烧了,多难听,那叫火化。我和你老嫂当然怕火化,但我更怕的是我要跟那几亩地割舍了。那是我那么多年辛辛苦苦盘活出的好地,我在那地上牛粪、羊粪、猪粪、鸡粪的没少施,要不,我种的那些生姜能供出大学生?包伍明不是我吹牛皮,这方圆百十里地有哪个能种出我那份黄姜?辛辣中带着甜脆,咬上一口三天都记得那滋味。我跟儿子有言在先,他妈呆不呆城里我不管,但我只去一年。一年后耀祖考上重点中学我就回来。包伍明,有两件事你得给记好了,一是我那几亩地,你得帮我种,不能放荒,你种什么由你,收成全归你;二是你不能荒废了棋艺。我有本祖上留下的棋谱,留给你,照着棋谱琢磨。别一年后我回来,下两步就悔棋。

包伍明说,谁悔棋谁知道,哪次悔棋耍赖的不是你老陈哥?棋谱你自己带去好了,别一年后回来棋下不赢,怪棋谱给了我。地我帮你种没问题,我不占你便宜,五五分成。

陈老者又叮嘱,说不能往地里施化肥洒农药,要经常除草。但陈老者的叮嘱被包伍明当成了啰唆,他也翻了下白眼仁说,陈老哥就你会种地?你把伍明当三岁孩童了。我有话也像你一样说在先,我只帮你种一年地,我担心你城里过惯了安逸日子不再想回来,我包伍明绝不给你当一辈子长工。

陈老者听了包伍明的话老大不高兴。他拉长脸说,包伍明你小子别不服气,放羊你在行,种庄稼你做我徒弟都不够格。伺候土地,得像对待自己的身子,马虎不得。我和你老嫂这一走,这丫口村原本二百多号人的村子,就剩你一个人了。这村子人越少,鬼就会越多。陈老者说到这里,从口袋里掏出些红红黄黄的纸片,往棋盘上一摆接着说,这可是我打早到镇上找先生给你画的符咒,你在门头上贴端正了,驱邪,能保你晚上睡着不被鬼近身。伍明,一个人待在空村里,日子肯定不好受,心里肯定空落落的。但你不能乱跑,天一黑就上床,吹灯蒙头大睡。

陈老者这番话,把包伍明说笑了。他说老陈哥,你当我是鸡变的,天一黑就睡?人都不想待的地方,你以为鬼想待呀?要有鬼那才好,你走了就让鬼跟我做伴。

包伍明说得轻松,是他不愿让陈老者为自己担心。事实上,在他的心里,他一直恐惧的就是怕陈老者夫妇熬不过儿子的劝,搬到城里。这山村白天好对付,放羊或忙点农事,日子能打发过去。但这无数的漫长的一个人的夜晚,想想都让人崩溃。陈老者说他只去一年,包伍明心里是不相信的。那么多人去城里都不回来,何况是儿子在省政府工作的陈老者。

陈老者端起酒碗,也不跟包伍明碰,一仰脖把大半碗酒都灌肚里了。他抹抹嘴说,伍明,拿二胡去,咱兄弟俩来段《莲花落》。包伍明就进屋把旧得像古董的二胡拿出来,拉了弦子给陈老者伴奏。

陈老者扯着又老又破的嗓门,唱开来。

一寸光阴一寸金,
寸金难买寸光阴。
失落寸金容易找,
失去光阴无处寻。
可怜人!

陈老者唱得苍凉,唱出了沧桑……

现在包伍明回想起送陈老者那时的心境,确有些诀别的滋味,这难道就是一种预感?陈老者死了,是他自己选择的,也许是因为病症,没了活下去的信心;也许是因为在城里太憋屈,感觉活得太没意思。包伍明不想再追问陈老者的死因,在他的想象里,那个从八楼跳下去的陈老者,一定像极了秋天脱离了枝头的枯叶,无足轻重地在风中坠落……

瘫坐在坟前的包伍明,手里捏着陈光宗硬塞的五佰块钱说,老陈哥,这钱是你儿子硬塞我口袋里的,给你修阴宅是我应该的,不要钱!但这钱我没执意还你儿子,是我想逢年过节换点纸钱烧给你,你在阴间也不受穷,不被人欺,照样过得体体面面的。老陈哥,只要伍明在,就让你在阴间也不做可怜人。

包伍明话音未落,觉得身后被什么碰触了一下。不会是陈老者显灵了吧?这样一想,包伍明整个脊背就都硬了。老陈哥,你的魂灵别在后面吓我。包伍明哆嗦着边说话边转身,看到的却是陈老者家的黑狗小青。

死……包伍明本想冲小青骂一声死狗，但要冲口而出的话又被他活生生地咽回了肚里。包伍明惊讶地看见，小青那张狗脸上，有两条明显的泪痕。

包伍明不禁想起一年前陈老者离开的那个山雾弥漫的早晨，陈老者把小青牵来，对包伍明说，今后你一个人，一来让它给你做个伴，二来给你看家护院。但包伍明才接过拴狗的绳子，小青就烦躁地拉来挣去，总往陈老者身边蹿。当陈老者转身离去时，它突然使劲挣脱了包伍明，发疯般追赶陈老者。陈老者只好又把它牵回来对包伍明说，把它拴在你院子里的柿树上，它这么追着我，我心里乱。

被拴在柿树上的小青，在主人远去后的那个上午，一直凄惨地叫个不停。把羊赶到半山腰的包伍明，都听得到它伤痛绝望的叫声，让他觉得不该把小青拴柿树上，太过残忍。

傍晚放羊回家的包伍明，没看见小青，却看到了那根被咬断的拴狗绳。包伍明蹿出门，在村里边走边呼唤小青。但回应他的，只有晚风摇晃枝头的声音。

咬断绳索的小青，一直追到镇上的长途汽车站，在那等候了三天。那是惊心动魄的三天，它先是被两个膀大腰圆的长途货运司机逮住，准备途中做一锅狗肉汤。如果不是其中一个疏忽大意，它已成为盘中美食。逃过一劫的小青没有因此离开长途汽车站，它依然冒着危险在站里东突西蹿。强烈的饥饿让它不得不铤而走险，它偷偷摸进了站边一家小餐馆，叼走了一根猪筒子骨。就在它以为大功告成时，恼羞成怒的女老板将一瓢滚烫的热水泼在了它的脊背上。三天后，小青带着惊恐、绝望和火辣辣的烫伤，重回丫口村。包伍明帮它清理烫伤发炎的创口，涂烫伤药后，小青却又溜回到陈老者的屋前。

陈老者走了一年多，小青守了一年多。

包伍明离开坟茔，准备回家做饭。忙活了一整天，又饥又累的他唤了两声小青。它好像没听见,依旧与陈老者的新坟相向而坐。

最懂得感情的,不是人,是动物,包伍明想。

三

陈老者以这种方式回村,让包伍明彻底清醒了:再没人搬回村了。蹲在火塘边没有胃口的他,一碗饭吃得好艰难。吃完了碗也懒得洗,就进了里屋,直挺挺躺在床上,盯着床头上面吊篓里的敌敌畏——那是为了胃痛得受不了时方便一把抓到的精心设计。眼盯着,人有点羞,有点臊。盼陈老者回来做伴,盼回一盒骨灰。包伍明清醒了,再没人会回丫口村和自己做伴了。丫口村现在是他一个人的村庄了!这不仅没让他绝望,反让他无限失落的心里生出了一份从未有过的使命感。为了丫口村,他包伍明想活得活,不想活也得活。一句话,必须活着!他第一次如此清醒地意识到自己活着的重要性,只要活着,丫口村就还在。现在,他知道自己的生命不仅属于自己,而且还决定着一个村庄的存亡。他第一次有了庄严感。

这个夜晚,他竟然睡得少有的踏实,一觉醒来,天已大放亮。他赶忙去羊厩里,把饿得咩咩叫的羊放出来,往村口赶。昨夜睡得好,早上人也就精神,他忍不住扯开嗓子唱了两句酸曲。看见村口那棵八百年的银杏树下,围着一大群人。他以为是镇上林业站的人。几年前,他们就来统计过丫口村上了百年的老树。当时,林业站的还陪着一个长相斯文、举止彬彬有礼的戴眼镜的老者。林业站的介绍,说老者是省林业大学的教授。教授抚摸着银杏树斑驳的树皮说,这银杏是树中活化石,这样树龄的银杏树不多了,很珍贵,要好好保护。他还说,这银杏树不是这里的土生树种,是人从外面引进来的。这又恰好证明,丫口村的历史不少于八百年。当时有村民不同意教授的说法,说这树不是人引进的。教授问村民，你认为它是怎么来的呢？那村民说，我爷爷给我摆过龙门阵，说我爷爷的爷爷告诉过他，这银杏是神仙不小心留在这里的。当时，神仙骑着一只仙鹤来到丫口，正值傍晚，丫口的红霞美得把神仙都看呆了，仙鹤也忍不住"啊"地张嘴赞叹，不小心把叼着的那枚银杏种子掉了。后来仙鹤驮着神仙走了，种子就长成树了。这故事把教授逗笑了，拍着手说这个好，这个好！这银杏树就是神树了！

事实上，在丫口村人心里，这银杏树从来就是神树。谁家有个病痛，或小儿夜哭不止，都会来树下烧香，树上贴符。年轻男女还认为，这古树能给他们缔结姻缘。连附近几个村的年轻人，每年农历六月六，都会结伴来树下对歌，在树上拴红线。久而久之，村民聚会，生产队学文件开动员会，村民自治搞选举……再后来，人们走了，就剩下包伍明。眼下他把羊赶到树下，就学当年生产队长反剪了手，神气活现地给羊群训话。

但赶着羊群向八百年古银杏树走去的包伍明，没看到林业站的人，看到的是一群陌生人，他们正在挖树。树下已刨成了深坑，长了八百年的老根都根根裸露，让包伍明的心情很纠结、很复杂。什么人，连神树也敢挖？包伍明本能地大喝了一声：

住手！

吭哧吭哧挖树的人，被这声呵斥吓了一跳。他们停下手里的活计，满脸不解地望着这半路杀出的程咬金。

谁叫你们挖树的？包伍明厉声问道。见没人回答，他又提高八度说，这树挖不得，这是丫口村的神树，你们挖了它，会遭天惩雷劈的！

天惩我雷劈我那也是我的事，关你屁事？一个模样活像青蛙的矮胖子从坑里爬出，指点着情绪激动的包伍明说，识相点，别在这添乱，乖乖放你的羊去。

包伍明眯眼看了一阵矮胖子，认出他就是当年镇上臭名远扬的蟊贼肖三儿。于是他一脸鄙夷地说，肖三儿出息了，由贼变盗了。光天化日之下盗树，你长了包天胆了！

放你妈的臭屁！肖三儿被揭了底，恼羞成怒，疯狗一样扑向包伍明。包伍明没防着肖三儿会动粗，毫无准备的他，被肖三儿一下子扑倒在新挖的坑里了。愤怒不已的肖三儿，骑在包伍明身上，劈头盖脸一顿狠打。围观的众人见肖三儿出手狠毒，怕闹出人命，忙把肖三儿拉开。包伍明灰头土脸，满嘴是血，踉跄着站起来说，肖三儿你太猖狂了，除非今天你打死我，否则，你休想从我眼皮底下把树偷走。

肖三儿见包伍明态度坚决，知道遇着难缠的主。他卷了卷衣袖说，你这人讲不讲理？这树是我花钱买的，我把它搬走，天经地义，咋在你眼里就成偷了？

包伍明说，你骗人。

旁边有人说，我们肖总现在是腰缠万贯的大老板，犯不着骗你。这树肖总要光明正大搬省城去，一家高档住宅小区要靠它做风水招牌呢。

肖三儿叫人拿过皮包，从包里拿出两张盖了章的纸说，你知道刘安文吗？

当然知道，包伍明说，他原来是丫口村的村主任，举家搬省城打工了。

知道就好。肖三儿扬扬手里的纸说，这是他卖树跟我签的合同。

包伍明说，他无权卖丫口村的神树。

肖三儿说，在你心目中这是神树，在刘安文心目中，这是他的私产。

包伍明说，神树属于丫口村集体财产。

胡说乱讲了不是？肖三儿说，我姓肖的这几年走南闯北做古树生意，不会做那些找不着主的事。我在镇上查过资料，这棵树包产到户就分给刘安文了。我今天揍你，是让你长个记性，跟刘安文学变活络点。人家在省城都买房买车了。

包伍明瘪瘪嘴，一脸轻蔑地说，他就是买了飞机，我照样看不起他。你见刘安文告诉他，他卖神树，卖的是我丫口村的根！

肖三儿说，你这人我真弄不明白了，一棵上点年纪的银杏树，你咋硬要说成丫口村的根？你们丫口村有根吗？有根咋一窝蜂全跑城里去了？

肖三儿这话，比用拳头揍他还痛，包伍明脸红脖粗地说，我也弄不明白了，这城市咋就那么霸道，有棵好树要挖走，有个好女子要哄去，你告诉我这是啥世道呀？

肖三儿指点着包伍明说，你这人咋啦，城市跟你八辈子冤家？

旁边有人说，肖总，跟这样的人说不清，他一个人待久了，脑子坏了。

包伍明样子狼狈，心里窝囊。眼见人家挖了丫口村的根，自己却无力阻止！一阵悲哀在心里涌起……

从那天开始，包伍明噩梦连连，总梦见丫口村的所有东西都长了脚，正一件件跑了，一样样在失踪。这些梦让他惊惧，让他后怕，害怕哪天连丫口村都没了。

这天他早早起了床，没像往常赶羊上山，而是披衣反剪了手，到地里去绕了一圈。那专注模样像个恪尽职守的卫兵，神气的模样像极了巡视领地的君王。

这些年，他更多的精力都在他的羊群上。哪只瘦了，哪只胖了，他一清二楚。他很长时间没有如此认真地关注丫口村的田地了。真是不看不知道，一看吓一跳，田地抛荒的程度真的触目惊心。过去种植玉米大豆的良田里，长满了茅草野蒿，那些被秋霜打蔫儿的野蒿竟然高过了包伍明的头。田埂上，到处都是老鼠打的洞，千疮百孔，不成样子。凝视着这大片荒芜的田地，包伍明的心情急转直下，糟糕透顶。心情沉重的时候，他脑子里却浮现出了一个深埋在记忆深处的人。

啊！父亲，那是父亲！

在这个时候想起父亲，他羞愧难当，视自己为不孝之子。父亲，那个容不得田里一棵稗子一根杂草的父亲，那个把田地看作命根子的父亲的灵魂看着这些疯狂的茅草野蒿，看着这千疮百孔的田地，一定不会原谅他的儿子的。

　　站在野草丛生的田地边，包伍明的耳膜好痛。他真切地听到了那个来自苍天之上的父亲的灵魂的叹息。这叹息不容他辩解，这叹息无视他的势单力薄，这叹息让他惶恐不已。他第一次对丢下土地进了城的乡亲们生出鄙夷和憎恨。包伍明的内心升起了不满和愤怒的风暴——这是你们的土地呀！是什么让你们如此狠心地扔下它的？你们这土地的不肖子孙哟！

　　要真论起来，第一个走出丫口村到外面见世面的人，还是包伍明。在二十世纪的七十年代初期，还是少年的包伍明已经真切地体会到了什么是背井离乡。他少年时被迫像一个断线风筝，漫无目的游荡了几乎半个中国。其原因，就为不足二亩的一块山地。

　　二十世纪七十年代初，作为生产队守林人的父亲，带着没心思再在学校里胡混下去的小儿子包伍明，住进了丫口村最偏远的一座山林。在那座山林深处，父亲发现了一块相对平整的空地。包伍明至今依然记得，表情向来麻木的父亲，脸上一下子生动起来了，那兴奋劲不亚于孙悟空发现了水帘洞。看到这块空地，父亲就想起了正处在青春期的两个儿子三明和四明。在父亲心目中，正在吃长饭的这两个儿子，就像两个不见底的粮仓，再多的粮食也填不满。看见这片长满杂草开满山花的野地，父亲看到了让两个食量惊人的儿子填饱肚子的希望。看到希望的父亲，急切地想把希望快速变为现实。他悄悄回到家里，拿了开山斧、铁锹和铲子，决定神不知鬼不觉地在山林里大干一场。父亲的干劲惊人，他用了不到半月工夫，将一块杂草丛生的野地开垦成了良田，并在上面种了玉米。为了最大限度地利用这块地，他后来又套种了大豆和洋芋。几个月下来，这块地无论是玉米、大豆还是洋芋，一律长得蓬蓬勃勃。在包伍明心里，父亲简直就是丫口村点石成金的能人。他为有这样的父亲骄傲不已。

为了让家人尽早尝到自己的劳动成果，父亲掰了一背篓青玉米，让包伍明背回了丫口村。背着青玉米雄赳赳回家的包伍明，逢人就炫耀父亲的能干。就在母亲将包伍明背回的青玉米去壳，准备煮一锅香甜的玉米给几个嘴馋的儿子尝鲜的时候，生产队长带着民兵排长来家里了。母亲看到丫口村两个最有权势的男人的比乌云还要阴沉的脸，知道一场灾难不可避免，吓得一屁股坐在用来煮青玉米的柴火上了。

包伍明像一只蔫鸡，被生产队长和民兵排长押着，带着一队号称基干民兵的乡亲，进山林去抓父亲。这些基干民兵每人腰间都别了一把比弦月还要刺眼的镰刀。他们走到山林深处那片青翠的田地边，一字排开，大义凛然地看着还在地里忙活的父亲，眼里充满了让人胆寒的敌意。生产队长大喝一声，包崇仁，你知道你干什么了吗？父亲抬起头来，一看是队长和乡亲们，就说队长，我没干什么呀，我在山林里闲得慌，就自己开了一块山地。父亲边说边指着长满庄稼的地。这让生产队长更加愤怒。

包崇仁呀包崇仁，你还好意思说没干什么，你干的是资本主义！

队长说得中气十足，把林中的鸟儿都震得四处惊飞。

父亲显然没有意识到问题的严重性，他说队长，资本主义啥鸟样我都没见过，怎么干的会是资本主义呢？我不就娃多，生产队分的那点口粮填不饱他们的肚子。看他们一个个黄皮寡瘦，我这当爹的心痛得慌，看这山里闲着块野地，就收拾了种庄稼。

队长说包崇仁，你振振有词还有理了不是？这丫口村就你一个人当爹？就你家娃多？就你家饿肚子？我们再饥再饿，也只能干社会主义，不能干资本主义！

看队长跟父亲有完没完地理论，民兵排长不耐烦了，他卷了卷衣袖，从腰间抽出了磨得亮晃晃的镰刀冲队长说，队长你这是对牛弹琴，没用的，还不快点把这资本主义的尾巴给割了。

他边说边握了镰刀往地里走，其他基干民兵也纷纷抽出镰刀。见自己辛苦一季的庄稼就要惨遭毒手，父亲又急又慌，把手中的板锄高高举起，大声喊道，谁要敢动我的庄稼，我就跟他拼命！

　　包崇仁，你好大的胆子！队长大喝一声，学着电影里英雄的样子朝父亲一步一步逼近。吓得浑身哆嗦的包伍明，看着父亲举着的板锄像风中的庄稼一样摇摆不定。队长走近父亲，一把夺过板锄，往天空随手一划说，把坏分子绑了。

　　众民兵就扑过去，将势单力薄的父亲按翻在地，来了个五花大绑。

　　制服了父亲，众民兵又扑向庄稼地，割姓资的尾巴。镰刀砍在玉米秆上的声音，像是庄稼压抑的叫喊。

　　包伍明看见，被五花大绑的父亲不忍看玉米成片倒下，绝望地闭上了眼睛。但闭上眼睛的父亲，终没能抑制住那份伤心，他的嘴角像冬天寒风中的树枝，不停颤抖一阵后，发出了像山风拂过山梁的呜呜声。

　　多年以后，成了牧羊人的包伍明，每每在山岗听见风声呜呜，总觉得是父亲的悲鸣。

　　对父亲来说，更伤心的事情还在后面等着他。

　　坏分子父亲被民兵押到生产队晒粮食的晒坝，民兵排长逼他跪下，在父亲腿弯踹了一脚。父亲咚地跪在了晒坝。但倔强的父亲随即摇晃着又站了起来。看父亲这个倔样，民兵排长又踹了一脚。父亲又站起来了。看着绝不跪下认罪的父亲，生产队长又摇头又叹气，冲父亲吼，包崇仁你这茅坑里的石头，又硬又臭。

　　比生产队长还要愤怒的，是包伍明的两个哥哥，三明和四明。兄弟俩满腔怒火地从人群中冲出来，扑向父亲。三明用他回乡知青的觉悟，扬手在父亲脸上左右掴了两耳光。继而，弟兄俩又一左一右，硬压父亲腿弯，逼他跪在晒坝上。包伍明见父亲再没挣扎着站起来，实实在在跪下了，跪得像一摊烂泥。

第二天一早，丫口村的人看到了他们人生最惊恐的一幕——父亲用捆自己的绳子，把自己吊在了村头核桃树上。也就在那天早晨，生产队长和民兵排长的茅草屋腾起了冲天火光。等村人手忙脚乱地灭完火，赶来料理父亲的后事时，包伍明随即远走高飞了。

纵火后的包伍明，像只惊恐的羚羊，带着失去父亲的伤痛和报复的快感，风一样赶到镇上。他偷偷爬上了一辆运桐油的卡车，开始了长达十年的流浪生涯。

十年，包伍明从县城到省城，从这个省城到那个省城，广州、武汉、北京、上海，都留下了他的足迹。他甚至还到了新疆，帮兵团摘了一个半月棉花。十年里，他做过搬运工、叫花子、流浪艺人、小偷和骗子。有一次在武汉因为饥饿差点就做了拦路打劫的强盗。让他得意的是，一副象棋摆残局，居然在京广沿线的城镇混了三年，从没挨过饿。在流浪的岁月里，靠捡垃圾捡到的笛子，他学会了吹拉弹唱，冒充了一回下乡巡演走失的宣传队队员。十年里，他数次被送进收容所，却从没成为遣返对象。无论收容干部如何恐吓，如何诱劝，他的底线是，什么都可以说，就是不说自己是哪里人。十年，他从一个孱弱的少年长成了一个模样标致的青年。饥一顿饱一顿的流浪生活，让他落下纠缠了整个人生的胃病。胃病和失去故乡的忧伤，让他显得忧郁。在上海，这清瘦忧郁的形象差点收获了最美好的爱情。一个长相可人、心地善良的卖花姑娘，向他献出了少女纯洁的初吻，一个有着淡淡薄荷香味的初吻。但后来他手提礼品跟着姑娘，穿过棚户区狭窄的里弄，去见她的父母——内心活得无比骄傲的工人。面对包伍明的身份不明，他们的神情自然比霜还冷。

那天傍晚，姑娘送他出棚户区。她忧伤地看着他说，我父母不会允许我嫁给一个身份不明的流浪汉，我绝不相信你没有故乡。告诉我，你是有的——

包伍明含着泪点点头说，当然有。它在我心中。但我不能告诉你，这是秘密。

姑娘沉默一阵后说，那就让你的秘密陪你好了。

包伍明的初恋，死于身份不明的自己。失恋是痛苦的，痛定思痛后，包伍明做出了人生最重要的决定，义无反顾回故乡。当包伍明几经周折，带着长途奔波的疲惫回到丫口村，村里竟没一个人认出他来。他向乡亲们介绍自己是包家的老五，他的南腔北调，让乡亲们以为来了个骗子。幸亏陈老者眼尖，他记起包家老五屁股上有块紫色胎记。不得已，包伍明当众露出了屁股。

陈老者冲着屁股打了一巴掌说，回得早不如回得巧，包产到户，土地人人有份了。

在包伍明的记忆里，那是丫口村最鲜活的时候，也是丫口人活得最光亮的时候。几乎所有人都浸泡在获得土地的幸福和兴奋中。那是白天黑夜充满希望的好时光，几乎每家每户都相信，大家将拥有一个崭新的未来。也许正是这种朝前看的心态，让人们仿佛忘记了往昔的伤痛。生产队长和民兵排长脸上，没有了原来的神气，却多了现在的和气。他们见了包伍明也像乡亲们一样，咧一口黄牙，笑容可掬地招呼，似乎记不得他十年前放的那两把火了。包伍明的两个哥哥三明和四明，也都成家且有了孩子，都搬出老屋盖了新房。让包伍明没有想到的是，在自己离开的十年里，他们对日渐年迈的母亲恪守孝道，照顾得殷勤备至。包伍明见到他们，脸上泛着油光，挺着油肚。他们对小弟伍明送衣送肉送粮，两位嫂嫂还赶缝了两套衣服。但包伍明对他们的热情和关爱视而不见，总是冷若冰霜。

给包伍明分地时，他想要父亲当年垦出的那块山林深处的土地。这让所有人都惊讶不已，认为包家小儿子脑子出了问题。那块地偏僻，生产有诸多不便，庄稼经常会被野牲口光顾，谁都怕这块地跟自己粘包。只有负责分地的陈老者看出了他的心思。他没有立马分给包伍明，他让他回家好好想想。夜里，陈老者提了瓶荞麦酒过来。包伍明见了他就说一句话，我就要那块地。看着态度坚决的包伍明，陈老者点头了。那夜两人都醉了。陈老者临走用手指着包伍明说，你他妈有种！问题是你这样会让自己活不安生，也让别人活不安生。你以为过去谁都不记得了？大家只是不想像你那样活在记忆里……

现在，站在杂乱苍凉的地边，想起陈老者的话，包伍明明白了，自己错就错在一辈子活在记忆里。因为记忆，他不能原谅生产队长、民兵排长；因为记忆，他更不能原谅三明、四明；因为记忆，他甚至不能原谅当年袖手旁观的乡亲们。因为不能原谅，他不合群得有些不近人情。他知道大家讨厌自己，所以后来做牧羊人，成天跟埋头啃草的羊群蹲在山上。

原本充满希望的田野，几经折腾，希望似乎成了水中月，镜中花。但丫口村人倔，倔得像夸父的子孙，从不会停下追求希望。最早看到希望的是丫口村的年轻姑娘。王家的小珍，经一个远房亲戚介绍，去省城给人做了保姆。春节，穿着女主人不穿了送给她的既轻便鲜艳又拢身保暖的羽绒服的小珍，在姑娘们众星捧月的眼里，哪是去做保姆，分明是女王。春节过后，一支保姆小分队，在没有任何动员的情况下，自然而然组队了。她们追寻着王小珍的足迹，义无反顾进城了。看着过去总出现在深夜梦中的邻家女孩手都不挥一下就进了城，丫口村的小伙子们，在经历感情的巨大失落后，也吆五喝六坐上了开往城市的长途班车。这群新时代的年轻农民，离开土地轻松得就像去赶集。乡村公路上，山风一样掠过的长途班车，扬起的是做着美梦的他们左声左调的歌声和黄龙一样的尘埃。

在包伍明看来，现在的城市就是一块块巨大的磁铁，所有的乡亲都是铁钉。每一块磁铁都磁力超强，让铁钉来不及细想，来不及迟疑就被一股脑儿地吸过去了。早先，磁铁是眼前这些被放荒芜的田地，乡亲们是牢牢地吸在田地上的铁钉。是什么让被视为命根子的土地失去了吸引力？包伍明还没想明白。他只知道，这些世世代代生活在丫口村的乡亲们，抛下自己的老屋、祖坟，舍弃自己的猪、牛、羊、马、鸡、鸭、猫、狗，没有悲悲戚戚，没有哭天抢地，一个比一个走得坚决。首先走的是年轻人，继而是中年人，后来是孩子，再后年来是老人。

一家一家走了，一户一户的屋空了，一块一块的田荒芜了。原本鸡鸣犬吠呼儿唤女的村庄，冷清死寂了。乡亲们在的时候，包伍明刻意回避他们，躲着他们。等他们都走了，包伍明却想念他们了，想他们的脸，一张比一张活灵活现，一张比一张亲切。反差怎么如此巨大？包伍明自己也想不清楚。现在看着这野草蓬勃茂盛的田地，包伍明有了一个想法。他要把这大片田地上的杂草野蒿通通收拾干净，然后翻耕了种上庄稼。包伍明知道，自己就算累吐血，也无法把这么多荒芜的土地都种上庄稼，但这疯狂的想法却又如此激动人心。

连续几天都很激动的包伍明，每夜都梦见父亲，梦见父亲在林中开荒，一刻不停地开荒。而在父亲的身后新开出的土地上，杂草盖了过来，野蒿蹿了起来。他梦见孩童时的自己站在父亲旁边，傻瓜一样大笑不止。在这样的梦中醒来，包伍明就已泪流满面，越发坚定了在丫口荒芜的土地上种庄稼的决心。包伍明知道，这都是别人的地，真在上面种了庄稼，就是占用他人的地，于情于理于法都是错的。为此，他跑到镇上找干部，要干部给他授权。

镇干部遇上了新问题，说你要在别人地上种庄稼，你就侵占了别人的利益，百分之百不对。包伍明说，难道让地荒着就对了？镇干部说当然也不对。包伍明真为难了，冲镇干部摊了摊手，这也不对那也不对，你政府就没个办法？镇干部说土地是承包给农民的，我有屁办法！包伍明说既然是承包的，没人种还包啥？政府理应收回来，承包给想种地的人。镇干部白他一眼说，轮不着你老包替政府操闲心，政府把土地收回来，那不等于说不搞包产到户了?你想回到生产队的老路?再说你一个人种一个村的地,你想蛇吞象?

包伍明说,我一个人是种不了那么多。我盘算了,卖上十只羊,雇人种。

镇干部说老包,你狗日做梦讨媳妇,想得美!雇人?到哪雇?你们村走光了,其他村比你们好?剩下的除了残疾,就是三八六一九九部队的人,你雇不雇?

包伍明问,什么时候镇上驻军了?镇干部噗嗤笑了,什么驻军,我说的是妇女、儿童和老人,他们现在是村子里的主力军。老包,你又不是肚子吃不饱,承包地种庄稼,那可是又费力又不讨好,还赚不到钱。

包伍明觉得自己被误解了,说我不是想赚钱,我是见地一季季荒着心痛。镇干部不相信,瞅一眼包伍明,教训说,你心痛啥?人家地主都不心痛,你瞎操什么心呀?还不快回家放你的羊去?我看你是孤寡久了,脑子进水了。

本来是找镇干部解决问题的,没想挨一顿训!走在回村路上的包伍明越想越窝囊。爬上山梁后,他再没控制住,往山梁一站,大声吼喊道——

你脑子才进水了!你们脑子才进水了!

咆哮的山风轻易地抹掉了他无用的吼叫。

四

回到村里,他在荒芜的田地中点了把火,那些茅草野蒿三天三夜才烧光。包伍明不再想那些荒芜的田地,也不敢再想。他终于明白了,要让它们长出庄稼,他没这个能力,更没这个权利。他越明白就越无奈,也许就像镇干部说的那样,自己真的是瞎操心了,荒的是别人的地,何苦呢。

但痛的心分明是自己的呀！

包伍明只好把精力放到羊群上，似乎这样，心痛才会少些。

秋天在丫口村的停留是短暂的，当包伍明送走最后一批雁阵，冬天就来到丫口村了。先前还只是充满凉意的风，现在硬得像刀子刮过脸庞，包伍明就疼得打个战。在冬天，群山也空旷了很多，大地像失了血显出苍白。放出去的羊群，在山坡上寻寻觅觅，觅那些被霜漂白的衰草。今年，因为胃病，包伍明的草料没有备充足，夜里给羊的草料不得不克扣。白天饥饿的羊群为能找到更多的枯草，要爬更陡的坡，走更远的路。包伍明辛苦一天，累得连晚饭都不想做，火塘埋上几个洋芋当饭。今天，他刚扒出烧洋芋，镇供电所的张小鱼进来了。

老包，你又害小鱼走夜路了。我要撞了鬼，你得负责，张小鱼虎了脸说。

张小鱼是来收电费的，每季度收一次。一次收得比一次高，让包伍明很不舒坦，谁请你摸夜路撞鬼了，谁和鬼伙起来催债？

张小鱼说，你骂我是鬼催债？用了电不自个交费，我不上门行吗？凭你这态度，我就可以断你的电！他边说边递上计算器，这个数，交吧。

包伍明见电费比上季度贵了几十元，窝在心里的火就被点燃了，说你电费比地里的韭菜都涨得快。

张小鱼说给一句话，这钱你到底交是不交？

包伍明脖子一梗说，你要说不出电费为啥涨，老子就坚决不交。

张小鱼轻蔑一笑，关了计算器，往挎包里一塞，说我要是你老包，就老老实实交了，你当供电所稀罕你那点电费？为你一个人多拉多长的线，知道吗？你享受的可是VIP服务哩。

VIP？包伍明丈二和尚摸不着头脑，问张小鱼什么叫VIP呀？

张小鱼就更轻蔑了，我说人呆傻逼了吧？这就是贵宾服务。

包伍明呸一泡口水说，少拿名词日哄人。你把我当贵宾？当杨白劳还差不多!

张小鱼冷冷地说,别怪我没提醒你,现在后悔还来得及。

不交!包伍明冲张小鱼吐了两个斩钉截铁的字。你当老子是吓大的!

张小鱼有些气急败坏,你会后悔的,你一定会后悔的!

没后悔的包伍明,决定犒劳自己一顿:薰在火塘上的羊干巴取下了,再加二两包谷酒。心情太好,包伍明哼着小曲,换上了节庆才用的百瓦大灯泡。大灯泡倏然一亮,又倏然一灭。张小鱼出村就掏手机给供电所所长打了电话,因为不交电费,输往丫口村的电路切断了。黑灯瞎火地过了一周,深刻体会到了一个人的夜晚难熬,一个人没电灯的夜晚更难熬。包伍明只好厚着脸皮去找张小鱼。张小鱼说你别找我,要找你得去找所长。

包伍明就赔了笑脸,又是认错又是敬烟找所长。这所长耷拉着眼皮面无表情,一声不吭。包伍明生气了,收敛了笑容说,我找镇长告你去。

这句话起了作用,所长终开尊口说,你狗日别瞎折腾了,断你的电本是镇长的主意。搞城镇化就是要把你这样的人逼到镇上来。

包伍明说你们这不是存心让人活回去了吗?

所长说你该去问镇长。

包伍明不想问镇长,他最怕镇长惦记自己。镇长去年送温暖给了他三百元钱,却带一帮镇干部吃了自己一只价值两千的肥羊。当然他最怕的还是镇长给他讲城镇化,最怕镇长要他个人服从组织、服从大局,搬镇上来。为此,包伍明放狠话说,谁要我搬镇上,我就把两百多只羊放到街上。

想起羊,包伍明有些着急了。他清晨赶羊上的山,现在都正午了。这段时间里,晚上冻醒的包伍明,不止一次听到令人胆战心惊的狼的号叫声。一想到狼,包伍明忘了中午饭没吃,撒腿就出了镇子。他在山路上急急赶了一阵,遇上了一个腰粗膀圆的白胖子。白胖子山路走得很是吃力，呼哧呼哧喘粗气。包伍明揶揄道，贵客又是为山里人树来吧？晚了！肖三儿早挖跑了！

白胖子吃力地转过身子，眯眼打量包伍明说，你是……包叔？

你是……包伍明见胖子浑身透着陌生，就说我不认得你呀？

胖子说，尹成友你总认得吧。

尹成友？他不就是丫口村原来的会计吗？前几年跟老伴去外省和儿子住，听说得病死了。

包叔，胖子点头说，我就是尹成友家幺儿子，尹小贵呀。

你是尹小贵？包伍明打量胖子，摇头说，尹成友幺儿子比猴子瘦，比猴子精灵。

胖子说，人家发福了嘛。这些年忙生意应酬多，肉净往身上堆。包叔还记得我打小的绰号吧。

包伍明说，当然记得，花肚皮。

胖子将肚皮上的衣服撩起说，正宗花肚皮。

包伍明点头说，我们好多年没见面了。

尹小贵张开两个大巴掌说，十年，整整十年了。丫口村更热闹了吧？

热闹个尿，人都走光了，跟鬼热闹去了。

尹小贵说，走光了？都去哪了？

包伍明说丫口村就剩你包叔了。他们能去哪？都像你进城了呗。

尹小贵哦了一声，摸出个夹子，拿出一张纸片递上，我的名片。

包伍明看名片上的宇通物流公司和尹泽宇董事长两行字，惊讶地说，都混成长字号了。名字咋要改呢？这董事长比镇长大吧？

尹小贵说这没法比的。我这名字是香港起名大师给改的，人家说了，我的物流公司要做成国际知名企业，名字非改不可。你还想叫我小贵就小贵好了。

国际知名？那不就是地球人都知道吗？包伍明伸舌头说我只听说过

人流，这物流什么东西呀？

尹小贵被逗笑了，包叔在山里呆闭塞了，物流嘛顾名思义，就是货物流通。我们边走边说好了。

两个人上山下山，轻松了。

五

尹小贵是冲着自家老屋回来的。

站在人去楼空的老屋前，他见识了什么是衰败。多年失去维护的土坯老屋，像极了久病缠身的老者，整个人佝偻着，就像随时会瘫痪。一面院墙已经坍塌，没塌的长满了衰草。满院被霜漂白的野蒿瑟瑟发抖。正门的对联贴得很是牢实，只是再无一点血色，惨白衬得黑字越发沉重，猛一看更像挽联。门上的大铁锁，锈得像是一碰就会碎成一地铁锈。尤其令人惊讶的是，屋檐上吊一条蛇蜕的皮，在风中飘荡。房顶里该成了耗子的天堂吧。许是为了证实尹小贵的猜测，檐上传来两只耗子撕咬嬉戏的叫声，随着落下一串黑色尘埃。

这是真正的老屋了！尹小贵感叹。事实上，面前的土屋十年前离开时就是老屋了。尹小贵当时离村去深圳打工的主要动力，就是想挣钱回来盖新房。当时尹小贵的哥哥已经到了婚配年龄，媒婆前前后后十几拨，看看老屋摇摇头就离开了。为了挣到盖新房讨媳妇的钱，哥哥一咬牙去深圳做了码头搬运工。第二年，哥哥给家里寄了一张戴着安全帽站在远洋货轮旁咧嘴傻笑的照片。尹小贵觉得哥哥神气得不行，第二天就瞒着父母，坐了汽车坐火车，到深圳找哥哥。

回忆充满了伤痛和辛酸。如果不是面对这幢老屋，尹小贵是不会触碰那脆弱的记忆的。包伍明发现，眼前这个大腹便便的胖子，表情凝重伤感。他太像一个巨大的坛子，装满了发酵的心事。包伍明拉了拉尹小贵的衣角说，小贵去我家，叔侄来个一醉方休。

这个夜晚尹小贵一直都在说话。他充满强烈的倾诉欲望，仿佛第二天就要成为哑巴似的。包伍明第一次深刻体会到，听人倾诉也是一种幸福。包伍明这些年来第一次觉得夜短。尹小贵说那码头真大，大得人像蚂蚁。哥哥就是蚂蚁中的一只。哥哥一刻不停地装卸货物，整个人就像刚从水里捞出来的。尹小贵要不是亲眼看见哥哥，永远不会相信一个人能流那么多汗水。他至今还记得，见面时哥哥说的第一句话是你想找死呀？还不快滚回家去！但尹小贵对哥哥说，我也想挣钱盖新房讨媳妇。

工头没看上尹小贵，嫌他身子单薄。哥哥不得不买了两条中华烟塞给了工头。后来在尹小贵的梦里，地狱就是码头的模样。每天都是背上被压着，面前被烘着，随时都像会被烘熟烘焦。尹小贵很多时候都有一个冲动：扔了背上的货物，纵身跳进海里。哥哥总担心尹小贵撑不下去，但没能撑住的是哥哥。这个体壮如牛的汉子，终于在四十多度的高温下，连同身上的货物一起重重地摔在了货轮的甲板上，再也没站起来。医院开出的死亡证明，说哥哥死于中暑。尹小贵将哥哥的骨灰盒偷偷放在一艘远洋货轮的货舱里，让只见过轮船却没坐过轮船的哥哥来一次免费远航。看着载了哥哥骨灰盒的轮船鸣笛驶离码头，尹小贵在心里哼起了歌："再也不能这样活，再也不能那样过！"

尹小贵邀了两个平日处得好的工友，掏出平日的积蓄和哥哥的抚恤金，注册了物流公司，印了名片，买了名牌西装，理了分头，将自己包装得派头十足，就去找刚落成的一个新码头，谈承包物流的生意。在两个合作伙伴等着看笑话的时候，尹小贵带回了合同。不到一年，尹小贵买了豪车别墅，结识了一个手模，相处半年就结了婚。

尹小贵的经历，让作为听众的包伍明啧啧称奇。但包伍明还是不明白，都住上别墅了的尹小贵，还惦记这随时都可能倒塌的老屋干什么呢？尹小贵似乎窥见了包伍明的心思，他说做了几年物流，一直顺风顺水。但今年自打开年，生意突然不顺了，物流竞争太多，压力越来越大。我就请香港风水大师来家看，他在海边别墅转了一圈后说，你是不是还有房子，院门是朝西开的？他这话一出口，我老婆就拉长了脸，以为我隐瞒了房产。风水先生说你再想想。我使劲想呀想，就想到了老屋。我虽离家多年，但还是能清楚记得，我家老屋的院门确实是朝西开的。

包伍明更是觉得神奇。这香港风水先生长通天眼了？看到尹小贵远在万水千山外的丫口村的老屋的院门，需要何等眼力和神力！包伍明说小贵，他给你整治的方法了吗？

尹小贵说，当然给了，要不我千里之外跑回来干啥？大师说了，把院门改东开，紫气东来，不发都难。包叔，我好多年不干体力活了，这改门朝向的活，还得劳你了。工钱上我不会亏待的。

说到钱，话就不亲热了。包伍明打个哈欠说，天不早了，睡吧。

尹小贵说包叔，你不答应帮我，我睡不着。

包伍明说废话，我不帮你谁帮你？工钱我不要，只拜托你再见了香港风水大师，也请他帮我改改门向，说不定这断的电又能通上了。

第二天一早，包伍明把羊赶上山，就折回帮尹小贵改门向。忙活了一整天，改了门向，又砌好了年久失修坍塌的部分院墙。包伍明的工作效率和认真劲，得到了尹小贵高度的褒扬。习惯用钱解决问题的尹小贵，又掏出了钱夹。但他看包伍明阴沉下来的脸，就想了想，打开背包取出一部三星手机说，这是我的备用手机，送你了。包伍明吓得连连摆摆手，这么贵重使不得，使不得。再说我拿手机打给谁？

给我打呀！尹小贵说，有空给我打个电话，我就知道老屋和你的情况了不是？

这么说包伍明就不好推辞了。他接过手机说，我会随时给你汇报老屋的情况的。

尹小贵走后，包伍明把手机当宝贝。有手机怎么找个人打？这手机能不能打出去？越怀疑，试一试的欲望越强烈。他想起尹小贵送自己的名片。于是他从枕头下翻出名片，念着名片上的号码，拨电话了。也许是第一次打手机，拨号的手显得机械且颤抖不止。手机嘟——嘟——随即他听到了尹小贵的声音，喂，你找谁呀？

包伍明的嘴有些不听使唤，结结巴巴说，就、就就找你，小贵，我、我、我是你包叔呀，你到深圳了吗？

手机里尹小贵说，我这记性也真是的，连自己的备用号码都记不得了。哪有那么快，我还在镇上等班车哩。

包伍明说，是没那么快，怎么会那么快呢？深圳那么远。小贵，是不是坐了班车还要乘火车？

不了，尹小贵说，我坐班车到省城，然后坐飞机回去。包叔，手机你要省着打，话费很贵的。

包伍明就鸡啄米似的连说了几个好，但还没等把好说完，尹小贵就挂了电话。包伍明看着手机，又兴奋又后悔，兴奋的是这手机灵，一拨就通了；后悔的是不该尹小贵才离开就给人家打电话，显得自己太小家子气。

自从得知手机的好，包伍明每天早起第一件事，就是去尹小贵家的老屋巡视一番，然后再赶羊上山。下午把羊关进羊厩，再巡视一番尹小贵家的老屋。他内心巴望着老屋出现一点新的蛛丝马迹。但老屋似乎再没什么变化，总那样立着。看不出蛛丝马迹，包伍明心里就会失望一阵，就没理由给尹小贵打手机。包伍明每每带着失落感回到家里，晚饭也懒得做，呆坐在越来越深的夜里，双手把手机抚摸不停。

这个手机让他意识到了自己是多么孤独。孤独的包伍明，找不到打发寂寞时光的好方法。四个人可以打拖拉机，三个人可以斗地主，陈老者健在可以下象棋，而今一个人的日子干什么呢？包伍明想到了黑狗小青。他试着跟小青套近乎，有时倒碗剩饭，有时扔根猪骨头羊骨头。但小青对他的小恩小惠满不在乎，对他一点不亲近，成天伸了舌头，目光呆滞地蹲在陈老者的院门前。包伍明走近陈老者家那道院门，它甚至还会发出愤怒的汪汪声。乡亲们还在丫口村的时候，包伍明喜欢躲着他们，见了他们不理不睬，甚至在内心深处有些讨厌他们东家长西家短的飞短流长。但现在孤独的他，在经历了过多的寂寞时光后，对他们的思念越来越强烈。有时夜里醒来，感觉他们就在村子里游荡。等他披衣起床拉开门，除了扑进来一阵冷风，眼前就是伸手不见五指的黑夜。在冬天空旷的山里，包伍明追随着饥饿的羊群，心中惶恐不已。他害怕长此以往下去，他的记忆会把丫口村的乡亲丢失掉。

为此，他用乡亲们的名字给羊命名。那头膘肥体壮毛色油亮的公羊，自然就叫了尹小贵。看着两只长相秀气的母羊，他就想到了丫口村长得最标致的年轻姑娘杨小丫和漂亮少妇唐榴花。羊群中又老又丑的两只公羊，就被他叫成了生产队长和民兵排长……他在山上这样管理自己的羊群：排长，你狗日的就爱冒险，崖边的草也敢去吃，就不怕一腿踩滑摔死？队长，谁都晓得你这毛病，总往唐榴花身边凑什么？想偷腥，人家男人回来，不怕揍死你？

包伍明后来又多了一个习惯。放羊回来，巡视一遍尹小贵的老屋后，他就叼一支烟，出村到村口去坐一会儿。村口的风景很好，坐在村口，能看见一轮夕阳，在晚霞中一点一点掉到山那边去。但包伍明不是来看风景的，他是坐在那里等待的。他眯着眼，看着村口外蜿蜒通向镇上的山道，祈求着奇迹出现——丫口村的某个乡亲，会像从前的尹小贵一样，出现在山道上……

终于有一天，包伍明的等待有了收获。

六

　　从山道走来的那个人肯定是女人。她身上的颜色鲜艳得有些夸张了，扎得包伍明的眼睛像是进了沙子。她一定在身上抹了太多的香水，女人离着包伍明还有好几十步，山风就把浓烈的香气送进了包伍明的鼻孔。香气熏得包伍明有些犯迷糊。他想，不会是山妖吧？这样一想，他浑身都紧张起来了。

　　包伍明又眨了几下眼睛，女人就走到面前了。女人用一块粉红手帕抹了一下额头上的汗，立住，打量了一下神色慌乱的包伍明，兴奋地叫起来：

　　这不是伍叔吗？

　　包伍明显然没有认出她是谁来。在包伍明眼里，这女人的衣服不仅太鲜艳，而且太小了，小得她丰满的身体仿佛马上就要从衣服里跳出来。

　　包伍明说，我不认识你呀。

　　女人说伍叔，我是阿莲，钟贵家的阿莲呀。

　　一听说是阿莲，包伍明的脸就像这暮色黯淡下来了。这阿莲让包伍明一改内心的激动为厌恶和羞辱。不仅是包伍明，就是在过去丫口村人的心里，阿莲都是让丫口村蒙羞的坏女人。

　　包伍明冷冷地说，你回来干什么？

　　阿莲说，我回来找镇上派出所迁户口，顺便回村来看看。

　　阿莲说是回丫口村没说回家，这让包伍明内心很是不满，但转念一想，这阿莲哪还有家？自从钟贵死后，她家那间破草屋没撑住两年光阴，就被雨淋垮了。

　　包伍明背了手，不说话，径直往村里走，阿莲紧紧跟在后面。在包伍明身后左顾右盼的阿莲，进村后没有寻见自家的草屋，就问，伍叔，我的家呢？

包伍明头也不回说垮了。

阿莲叹息一声，跟了几步又问，村子里咋没见个人呢？

都走了，包伍明答得漠然。

阿莲又跟了几步，从口袋里掏出一张百元大钞，塞往包伍明反背着的手里。包伍明转身厉声道，你这是干啥？

阿莲看着脚尖说，伍叔，麻烦你带我去我爹坟头上看看，行吗？

包伍明皱眉想了一阵说，我也记不清你爹的坟埋哪了。

阿莲突然抬起头，拉了包伍明的手说，伍叔，你一定要带我去我爹的坟上看看，我相信你记得我爹的坟在哪里。我知道你们厌恶我、恨我，但我看看我爹的坟没什么错吧？这世上的男人，我对不起的就只有我爹。伍叔，难道我求你还不行吗？

阿莲满脸泪水地看着包伍明，扑通一声跪在了包伍明面前。

包伍明赶紧俯身扶阿莲说，阿莲你不能这样，我包伍明真的不知你爹的坟埋哪里。你爹死的时候，我的两只羊丢失了。有人说是坡头村的手脚不干净的肖安儿偷的，我就往坡头村追。到村里有人告我羊被肖安儿拉镇上了，我就往镇上追。到了镇上，又有人说羊被肖安儿雇车拉县城了，我于是又坐了班车去县城。我这样折腾了三天，羊追回了，你爹也下葬了。葬哪里我也没问，我当时的心思都在羊上。

看包伍明一脸的真诚，阿莲知道他没说谎。找不到爹的坟，阿莲是又悲痛又沮丧，她说伍叔，我原本是想借这次回来，给我爹修一座气气派派的墓的。他生前的脸被我阿莲丢尽了，他死了，在阴间要有个体面。

包伍明安慰阿莲说，你有这心，九泉之下的你爹也就知足了。修墓那是大工程，丫口村人都走光了，你找谁修？再说，就算你有法子修，修得再气派，给谁看？跟我回家去吧，走了那么多路，我想你一定饿了。

这次包伍明让阿莲走在了前面。看看阿莲的背影，包伍明的心情复杂了起来。

包伍明记得,当年阿莲跟随第一批保姆小分队离村时,还是个黄毛丫头。她是瞒着父亲钟贵走的,她从钟贵藏在墙缝的积蓄里偷了一百元钱。等钟贵知道女儿要跟随小分队去省城做小保姆,追到镇上阻拦时,阿莲已经和姐妹们坐着长途班车,离开镇上几十里地了。没有追上女儿的钟贵,是流着泪回村的。乡亲们都理解钟贵的脆弱,他的女人生下阿莲不足一年就被人贩子拐卖后,阿莲是他唯一的亲人。但半年后,钟贵的脸上渐渐有了笑容,原因是清清秀秀的阿莲,被有钱人家相中了。阿莲做保姆的收入,居然比丫口村做保姆的其他女孩子多一倍还多。阿莲每个月都把做保姆的钱寄回来。钟贵每个月去镇上邮电所取一次钱,内心就会添一分骄傲。这个从前穷得一上街就有人追债的男人,自从女儿进城做了保姆,就神气了许多。他总在赶集的日子,买上几斤包谷酒,用胶壶装了。他逢人就用胶壶盖子当酒杯,跟人喝上几盖子,随口拉拉家常,话题都是围绕阿莲的。当别人吞下几盖子包谷酒,红着脖子夸他养了个好女儿时,钟贵的脸就会笑成一个烂柿子。

但后来街上就有了流言,说阿莲做了不到一年的保姆,就嫌做保姆累,去夜总会干见不得人的事了。流言传得乡亲们都知道了,唯独钟贵蒙在鼓里,还像从前见人就用胶壶盖子倒酒给人喝。但人们都躲他了,他就大声抱怨,说这是又纯又正的上好包谷酒,你咋像见了敌敌畏似的。直到那年春节前,丫口村做保姆的女孩都回家过年了,唯独阿莲没回。钟贵就跑去找那些女孩打听。她们都说省城大,没见过阿莲。看着她们躲闪的目光,钟贵有点担心,就跑到镇上长途车站等候。只要有客车开来,他就凑上去问见过他家阿莲没有。有一天,坡头村一个打工的男青年下车来,钟贵又像往常一样上前打探。那男青年把双肩包往身上一背说,你是问丫口村的阿莲吗?她在省城做鸡哩。

问到女儿的下落,钟贵心里踏实了很多。他又打了酒,提着在街上晃悠,遇了熟人就说,这城里跟乡下不一样,乡下的鸡是鸡蛋孵的,城里的鸡是人做的。听的人说钟贵，你酒喝多了，日白啥？鸡就是鸡蛋孵的嘛。钟贵就争辩说，谁日白了，我家阿莲就在城里做鸡嘛。

他的话让一条街都笑爆了。陈老者实在看不下去了，冲进人群，将钟贵拉回了村。陈老者气得龇牙咧嘴，用手戳了钟贵的额头说，你丢人现眼哩。钟贵不服陈老者的责备，说我丢啥人现啥眼了，我家阿莲就是在城里做鸡嘛.

陈老者跺脚说，你家阿莲是在城里做小姐。

钟贵说陈老汉，你日哄我，做小姐，我家阿莲没那个命。

我说的小姐不是你想象的小姐。陈老汉说你家阿莲做的，是陪人困觉的小姐。

陈老者的话激怒了钟贵。钟贵扬了一下手，眼鼓得像牛卵，他说陈老者，你说啥子？我姑娘陪人困觉？我要不看你年长我的话，我就抽你两耳刮子！

陈老者叹息一声，回自己家了。

钟贵抱头想了想，就蹲地上哭了。

第二天，丫口村的人看见，钟贵吊死在了屋前的柿树上了……

有了这样的记忆，阿莲在包伍明的印象里那是糟糕透了，但现在阿莲这个样子又让包伍明心生同情和怜悯。原本包伍明是不打算让阿莲进自家门的，而同情和怜悯还是让包伍明心软了。一个无家可归的可怜女子，就算是个陌生人，包伍明也不会袖手旁观，何况她还是自己的乡亲。

包伍明把阿莲领进屋，点了煤油灯，就忙活晚饭。因为没有电灯，又加上柴火燃烧后产生的浓烟，让阿莲觉得连睁眼都有些困难。很不习惯的她，一边揉眼睛一边问包伍明，叔就这样过日子？包伍明说还能咋过？阿莲有些同情包伍明了，你去城里过，会比这强。包伍明说都去城里了，这丫口村不就没了？再说我这把年纪进城打工，谁还要？阿莲想想说，也是的。

晚饭潦草简单，阿莲却吃得香甜。也许是饿了的缘故，她贪婪的吃相还是像个山里姑娘。这让包伍明感到了一丝儿亲切。吃完晚饭，包伍明就忙着给阿莲收拾住的房间。这时阿莲进来说伍叔，我能烧锅水擦一下身子吗？

包伍明有些不高兴，想这城里待久了，人就活得讲究了。但他又想女人家一个，上上下下走那么长的山路，累一身汗，擦擦身子也在情理之中，就又去烧洗澡水。

整个屋子里都是阿莲洗澡弄出的水声。

包伍明坐在火塘边，感觉到有女人的屋子跟从前有了区别，那是一种说不出却又能真切感受到的区别。他感觉到整个屋子被一种气息充盈着，笼罩着，弥漫着，夜变得温暖了许多。

女人洗澡真是一件既烦琐又耗时的事情，包伍明烤了一下火，就去自己的房间睡觉了。好久没有做过梦的他，这个夜晚被梦境包围了。他梦见了卖花的上海姑娘，梦到了那刻进了骨头的唇齿之间淡淡的薄荷香。事实上，当年从上海回到丫口村的包伍明，原本是有机会恋爱结婚成家的。在他年轻时也不乏女孩子暗送秋波。他也曾在别人的撮合下跟两个女孩有过短暂的交往，但他却没相中她们。因为他从她们身上找不到那种淡淡的薄荷香味。在烟云一样的梦境中，包伍明追逐着卖花姑娘，他听到她银铃一样的笑声，闻到了那销魂蚀骨的薄荷香。但他就是追不上她，他想跑得快些，但脚像被什么缠住了。这可把他急死了，他重重地摔了下去，摔倒在了一张床上。他试图从床上爬起来，但床像一块磁铁，将他紧紧吸附住，让他动不得。这时卖花姑娘回来了，她轻轻地敲门，轻轻唤他。他张了嘴，却说不出任何话。这时，卖花姑娘捂着脸哭了，哭得好伤心。哭着哭着，卖花姑娘猛一抬头，变成了阿莲。

这下，包伍明醒了。醒了的包伍明，真的听到了敲门声。包伍明吓了一跳，有些迷糊，搞不清为什么卖花姑娘会变成阿莲。他披衣起床，点了马灯，提着去开门。门外真真切切站着的是阿莲，她好像受了什么惊吓，胆怯得像一只兔子。她说我听见好多人在哭，吓死我了。包伍明说，那是夜风的声音。阿莲，不是风，是人在哭，真的是人在哭。就在这时，一股香气钻进了包伍明的鼻孔，薄荷香。他看着阿莲，看着看着她就变成了卖花姑娘。包伍明一扔马灯，紧紧地抱住了阿莲。他把她抱得太紧了，紧得他都感觉到她的心跳了。她没有挣扎，但他感觉到有冰凉的水一样的东西掉在了他肩膀上。随即，在他的耳边，他听到了阿莲冰冷的声音：

伍叔，他们欺负我，你也想欺负我呀？

阿莲的话说得很轻，但在包伍明的耳畔却像一声惊雷。他身子抖了一下，松开了阿莲。他此时像才从梦中惊醒，尴尬和羞愧让他无地自容。他突然扬手扇了自己一记脆脆的耳光。

阿莲似乎并没生气，平静地说，伍叔如果你真需要，我可以陪你。

就在阿莲抬脚要跨进包伍明卧室的时候，他一把推开了阿莲。他说阿莲，你把你伍叔当畜牲了。你既然不敢一个人睡，伍叔就生起火塘，陪你说话。

那夜他俩后来都没说话，彼此低头坐在火塘边，直到天亮。

清晨，阿莲要走了，包伍明送她出村。也许因为昨夜的事，包伍明始终低着头。出村的时候，阿莲停了一下，她回转身来，看着满脸羞愧的包伍明，脸上顿时爬满了泪水。

伍叔，你是一个好人。说这句话的时候，她哽咽了。

昨晚的事……包伍明红了脸才说出这几个字，就被阿莲阻止了。她说伍叔别说了，昨晚你让我知道，这世上还有人把我当人。

包伍明说阿莲，户口迁城里了，你还是丫口村人，有空就回来看看。

阿莲含着泪点点头，又摇摇头。

太阳还在山的那一边，阿莲眼前的世界，却跟昨天来时完全不同了。整个丫口村都被霜覆盖了，看上去白茫茫好干净。空气依然有些凉，但吸进肺里，有一种清清冽冽的爽，跟着这爽，心田里泛起的是一丝儿淡淡的甜。她怎么也没想到，跟丫口村的诀别，会是如此美丽。这美丽太残酷。她知道，自己未来的生命中，这种美丽，会成为挥之不去的记忆。

不了。阿莲说，伍叔，我一直都以为，我拼命挣钱，存钱，就是为了逃离丫口村。我原以为，我之所以被人糟蹋，被人损害，都是因为我生错了地方。现在我才明白，是自己不配活在这地方，不配有这样的故乡。

包伍明说，阿莲，看来你是铁了心了。

阿莲重重地点了点头说，伍叔你们把我忘了，丫口村也就把我忘了。伍叔，我在你床头放了一万块钱。

包伍明伸手拉阿莲回去，说你留钱给我干啥？你觉得我穷，还是觉得我可怜？告诉你阿莲，我不要人同情。我当年要想进城打工，我比任何人都有条件，我毕竟闯荡过半个中国。但我不想，也不情愿。我知道我这样的人离开了土地，跟秋天的树叶离开枝头差不离。还有，我背弃了这丫口村，我爹的在天之灵也不会原谅我。我承认我在丫口村活得孤独，活得寂寞，活得空虚，活得无聊，但这是我的选择。我不要人可怜，同情，你跟我回去，拿了你的钱再走。

阿莲用力挣脱了包伍明的手说，伍叔，同情你可怜你？我阿莲还没这资格。那钱我不是给你的，是给我爹的，那是我给我爹买火纸的钱。

包伍明叹了口气说，阿莲你这是成心为难我呀。我早给你说过，你爹的坟我不知在哪，这火纸我在哪烧去？

阿莲看着包伍明，一脸认真地说，伍叔，我昨夜坐在火塘边想好了，逢年过节的，你替我给丫口村所有的坟头上都烧两刀纸，我爹的坟头不就烧到了吗？

听了阿莲的话，包伍明笑了，阿莲也笑了。但他们从彼此的笑中，都看到了凄然。

七

  夜风掀翻了尹小贵家老屋一角的盖瓦。那些青灰色的瓦片落下来碎了一地。看着那些碎瓦,包伍明心中涌起了莫名的兴奋。他没有像往常一样去羊厩开厩门放羊出来,而是脚步轻快地回到自己屋里,把尹小贵送自己的手机拿出来,给尹小贵打电话。

  电话里传来一阵嗡嗡声。包伍明知道,村子里手机信号一直不太好。这段时间,他给尹小贵打电话打出经验了,人站山冈上,手机信号就好,话就能听得明白也传得明白。于是他就又奔向羊厩,开了厩门,急急地把羊赶上山冈。站在山冈上,他又拨通了尹小贵的电话。

  小贵,你家老屋的盖瓦……包伍明才说了半句话,电话就断了。包伍明把手机从耳边移开,见手机屏幕上出现了几个字——电池电量低,就自动关机了。

  看着没电的手机,包伍明真是愁死了。他想听了半句话的尹小贵,在电话那一端不知怎么着急呢。这一想,包伍明更急了,他不顾满山遍野寻草吃的羊群,一溜烟下了山,回村拿了充电器,奔镇上去。

  这样来来回回几十里地,就为给手机充个电,换了别人,肯定觉得亏。但包伍明却觉得值。他只是有些心虚,为了充电,他不得不到街口那家馆子,要二两老烧、一盘花生米、三两卤猪头,坐下一边细嚼慢咽,一边等手机充满电。但即便这样,老板娘还是脸拉得比马脸长,认为包伍明借吃饭给手机充电是占她的小便宜。他想今天得多点一个菜,免得看老板娘的马脸。

  包伍明无比煎熬地在小饭馆等了两个小时,给手机充满了电。虽然多点了份小炒肉,结账时老板娘还给他拉了脸。包伍明走出饭馆,又心急火燎地给尹小贵打手机。

小贵，你家老屋的……

包伍明的话马上被手机里一个女人的声音打断了——

你的电话话费余额不足，请速续费。

于是包伍明又到处打听，终于找到了移动公司在镇上的营业室，交了一百元话费。

这次电话接通得很顺利。但还没等包伍明开口，尹小贵先说话了，我在开会，会后给你电话。

随即，尹小贵就挂了电话。

包伍明就手握了电话，奔出镇子，往丫口村赶。一路上，他的心仿佛掰成了两瓣，一瓣惦记着羊群；一瓣盼着尹小贵的电话。

直至包伍明赶到丫口村旁的山坡上，也没等到尹小贵的回话。更糟的是，伍明伸长脖子张望了半天，也没见到一只羊，心中一紧，随即有了个不祥的预感。他忙站在山冈上，学着头羊的叫声。

咩——咩——咩——

回应他的只有山风的呜呜声。

包伍明越发慌乱了，他像一只无头苍蝇，在山坡上漫无目的地奔跑，嘴里不停地学着羊叫。那叫声撕心裂肺，连原本明亮的天空，也在这叫声中变得忧郁了。山上长刺的灌木，把他身上的棉衣划破了，手上脸上都划出了血痕。但他全都顾不上了，此时，他的心里只有丢失的羊群。

他喊得口干舌燥，跑得精疲力竭，还是没见羊群。这时面前是横亘着的一条深箐，太阳沉到山那边了，光线晦暗起来，从深箐中鼓起来的风，又阴又硬。他目光凶狠地看着深箐想，天黑前找不到丢失的羊群，就纵身跳到箐里去。就在这时，一声短促的羊叫随风从箐里传了上来。

他内心的绝望，被这声羊叫打破了。他顾不得脚下的陡坡，三步并两步朝箐里奔去。

在箐底，他找到了丢失的羊群。它们惊魂未定的样子，像一群受了惊吓的孩子。羊群看见包伍明，竟都咩咩叫唤起来。那叫声，像是抗议，又像是倾诉。

包伍明指点着数了三遍，还是少一只羊。在朦胧的暮色中，他看不清楚每张羊脸，弄不清丢失的是哪一只，只好赶了失而复得的羊群回村。

包伍明把羊群赶进羊厩，回屋点了马灯，在羊厩一张一张羊脸认真看。最后，他发现，丢失的是那只他用丫口村长相俊秀的媳妇唐榴花命名的母羊。那是只毛色油亮的漂亮母羊，它的丢失让他好不心痛，怎么也得找回来。他表情凝重地回到院落，索性把身上破烂的棉衣脱了，将夹层里的棉花掏出，又找来一截竹竿，做成火把。火把做好了胃却痛了起来，提醒他该是吃晚饭的时候了。但他哪有做晚饭的心思，满脑子都是那只叫唐榴花的漂亮母羊。他把火把浇上煤油，点燃就又上山了。山上的夜风比白日紧多了，从光秃的树枝上掠过，发出肆无忌惮的叫声，让人一听就浑身起鸡皮疙瘩。焦急和恐惧，让他不停地呼唤。

唐榴花——，唐榴花——

唐榴花，你在哪里——？

包伍明不知自己这样喊了多少遍，也不知爬了多少坡。他举着快要燃尽的火把来到了一个窝荡里，看到了惊心动魄的一幕。

天呐！三只，不！是四只，是四只眼睛里放着绿光的狼！它们正在撕扯着什么。也许它们太饥饿了，所有的注意力都集中在了面前的猎物上。包伍明被吓成了一截木桩，举着火把僵硬地立着。他看清楚了，它们残忍地撕咬的是一只羊。他顿时明白了，遭此厄运的就是那只叫唐榴花的母羊。

当他明白这一切的时候，心中强烈的恐惧一下就不在了。他看着被撕咬得血肉模糊的母羊，竟然举了火把大放悲声朝它走过去。

唐榴花，可怜的唐榴花呀！狼来了，你为什么不跑呀？难道你没长脚吗？

他哭着，喊着，走着，眼里似乎只有血肉模糊的漂亮母羊唐榴花。他的举动惊得那四只专注猎物的狼抬起头来，伸长了舌头张着满是血腥的嘴看着他。四只狼中的一只，把脑袋甩得呼呼响，像是警告包伍明不要破坏它们难得的晚餐。但包伍明依旧叫着唐榴花的名字迎着它们走。包伍明的无所畏惧让它们畏惧了，刚才甩头的那只狼，发出一声无奈的嗥叫，领着另外三只狼风一样逃进了茫茫夜色里。

包伍明将只剩下骨架的死羊扛在肩上，忍着剧烈的胃痛下山了。

把只剩下骨架的死羊放在了石桌上，包伍明在石桌旁的石凳上坐了下来，悲伤得像是死的不是羊而是人。他坐着，用手一遍又一遍地抚摸着依旧完整的羊头。他想就这样点一支烟，安静地陪它坐一会儿。于是他从羊头上把手移开，伸到口袋里掏烟，掏出的却是手机。

看着手机，他就又想起了尹小贵家被风掀掉的盖瓦。他想，自己光顾着找羊了，会不会错过了尹小贵打来的电话呢？但他瞅了下手机屏幕，却没任何未接电话。这尹小贵开什么重要的会，需要白日黑天地开？肯定是他忘了我的话了。

这样一想，包伍明就不自觉地拨了尹小贵的电话。

电话里传来一个嗲声嗲气的女人的声音，问你找谁？包伍明说我找尹小贵。女人说你打错电话了。说完就挂了电话。包伍明看了看手机屏，号码没错呀，就又拨了一遍。电话里依旧是一个嗲声嗲气的女人的声音，依旧问你找谁？包伍明说我找尹小……不，我找尹泽宇尹总。女人说尹总累了，休息了。包伍明说，我找他有急事。女人说什么急事跟我说好了。包伍明说，他家老屋的盖瓦被风吹掉了，碎了一地。女人说，掉就掉了呗。包伍明对女人不以为然的话很不满意，就用强调的口气说，盖瓦掉了，要遇上下雨，会把墙淋垮掉的。女人依旧不以为然地说垮掉就垮掉了呗。

女人的不以为然让包伍明火了,他大声冲着手机说,你知道吗?就为给你们尹总打电话,我的一只羊被狼吃了!

女人说,吃了就吃了呗,关我什么事呀?

包伍明被女人的冷漠激怒了,他冲着手机咆哮道:

不关你事,但关尹小贵事!你知道那是多么好的一只羊吗?

我不想知道!女人也被激怒了,手机里传来女人的骂声,神经病!

三个字尖锐地撞击包伍明的耳膜时,电话就断了。包伍明恶狠狠地盯着电话看了一下,又恶狠狠地拨了过去。但尹小贵的电话关机了。包伍明捂着疼痛的肚子,吃力地站起身,叫声去你妈的,就把手机扔到院墙外的黑夜里了。

八

年关将至,镇长带着镇政府的一行人,来丫口村给包伍明送温暖了。看着这一行人,包伍明一想,又要损失两只羊了,心里就疼得不行。但包伍明的脸上还是使劲挤出了笑容,又是端茶又是敬烟,一副诚惶诚恐的样子,里里外外忙个不停。

镇长接了包伍明递上的烟,又接了包伍明捧上的茶,往火塘边一坐,哈一口热气说,这丫口村的冬天咋这么贼冷呢?老包,你是咋熬的呢?包伍明就说,镇长,不是有你送温暖吗?一看着红包,我就不冷了。镇长呷一口茶说,包伍明,你别给我贫嘴,我今天一见你那哆嗦样,就知道你心里想什么了。你不就怕我们吃你两只羊吗?实话给你说,今天即使吃了你两只羊,你也不吃亏。听镇长这么说,王贵就帮腔说,老包,这回你赚大了!镇长这次送的可是大红包——"两床被子、十件衣服"。

包伍明想,王贵你就吹吧,骗我羊吃,也别吹牛来日哄我。我刚才出门迎接你们这一行人，全都是空脚空手的。于是包伍明就摆手，说不要不要，两床被子十件衣服，我包伍明受用不起，我包伍明只盖一床被子。

镇长说包伍明，被子也不是你说的被子，衣服也不是你想的衣服，那是省里的政策，准确说，我今天是给你送好政策来了。

包伍明嬉笑着说，什么好政策，好得要劳镇长大人亲自送？

镇长吸一口烟吐出后，又喝了一大口茶说，就是关于农转城的"两床被子、十件衣服"的政策。老包你这次赚大了，说你是农民吧，享受着城里人的好处；说你是城里人吧，又拥有农民的实惠。你这是两头占，两头逮。我要是能这样，睡着了都要笑醒。镇长话说到这里，笑眯眯地看一下包伍明，然后偏了头说王贵，你具体给老包介绍一下，什么是"两床被子、十件衣服"？

做文书的王贵，称得上是政策通，讲起政策来，头头是道。

老包，省里下发的农转城政策规定，农村居民转变为城镇居民以后，在一定时期内可兼有城乡两种身份，就是既是城里人，也是农民。这就是俗称的盖上"两床被子"，同时有了城里人身份的农民，仍然保留承包地、宅基地、林地、计划生育、集体经济资产分红等五项基本权益，并同时享有城镇居民所享有的就业、社保、住房、教育、医疗等五项保障权益，这就是俗称的"十件衣服"。

包伍明盯着说得头头是道的王贵说，你咋说的比唱的好听呢？

滔滔不绝的王贵，被包伍明这一说，就一脸尴尬了。他红着脸用求援的目光看着镇长说，镇长你说这老包也真是的，什么态度呀？

还没等镇长说话，包伍明就接了王贵的话，说你问我什么态度，我明白地告诉你，要骗我农转城，门儿都没有！这就是我的态度！

包伍明把话一扔，不顾家里坐的一行镇干部，就反剪手，气呼呼进里屋了。

镇长把烟头往火塘一扔，铁青了脸站起来。看着镇长站起来，其他镇干部也纷纷站了起来。镇长伸手，做了一个让他们坐下去的手势，就端了茶杯，进里屋去找包伍明。

包伍明不想理镇长，蜷缩了身子脸朝墙躺在床上。镇长在床沿坐下，拍了拍包伍明的肩膀说，你老包怎么就一根筋呢？要你农转城，又不是要你下地狱，犯得着发火生气？实话给你说，这次农转城，省里给市里下了指标，市里给县里也下了指标，县里又给我们镇上下了指标，你这次想转得转，不想转也得转，由不得你的性子。

包伍明脸也不回说，我只想问镇长一声，我包伍明农转城了，这丫口村还存在吗？镇长没想到包伍明会问这么个问题，迟疑了一下说，当然存在。包伍明又说，一个人都没有的村子还叫村子吗？镇长又迟疑了一下，说老包，这村子还有你嘛。包伍明说，那我还转它做甚？包伍明这下问住了镇长，镇长站起身，头被吊着的敌敌畏碰得生痛。他抬起头来，一边摸着撞痛的头一边看着敌敌畏，惊讶地问，老包你在床头上挂瓶敌敌畏干吗呀？

这下包伍明转过了身，冲镇长说不干啥，不想活了，这样死得快。包伍明的话吓了镇长一跳，老包你可别想不通，你不想农转城，也用不着拿这架势吓我。你要真把它喝了，人家会说是我逼死你的。

包伍明认真地对镇长说，你们要再逼我，我真的会喝的。

镇长又在床沿坐下来，从口袋里掏出香烟，递一支给包伍明，自己燃上一支吐了口烟雾，沮丧地说，老包，我是真弄屎不懂你们了，这政府的话，好歹你们为啥都不听呢？这农转城的"两床被子、十件衣服"，哪不好，哪不暖人心？

包伍明说，你们说话不算数，说一套做一套。我前不久去镇上，人们还议论，说你们搞户户通，市面上一百元一个的电视接收锅盖，你们硬要收老百姓二百八。二百八也就罢了，还不如市面上的一百的好使，放出的图像就像病了打摆子！你说你们坑人不坑人？

包伍明的话深深刺痛了镇长。镇长猛吸一口烟,吐了一大团烟雾后说,这基层干部难当呀,都差不多成老百姓的出气筒了。你说的电视接收器的事确实是事实,昨天还有两个农民背了两个扔在了镇政府院子里。还在院子里说什么中央是亲人,省上是恩人,市里是好人,坏就坏在县上和镇里。眼下在老百姓眼里,县里是仇人,镇里我们这样的就是坏事干尽的恶人。老包,我们是哑巴吃黄连,有苦说不出。那锅盖哪是镇上的主意,那是上边压下来的。市上县上都说省上有领导打招呼,户户通只能用指定那家公司的接收器。我们有啥法子能不听上面的招呼?

镇长说的是掏心窝子的话,包伍明从床上坐起来说,镇长,我要听你的话农转城了,我农不农城不城的,要两头都不管,我咋办?这城里人多得像蚂蚁,不缺我包伍明一个。我不想做什么城里人,只想做丫口村的农民。你别担心我,为了这个村子,我包伍明也会努力好好活着。

镇长见包伍明是吃了秤砣铁了心,就不再多说,带着镇干部去其他村了。

镇长一行走了,村子又重归于死寂。年关将至的丫口村,一点年味都没有。要是时光倒退十年,丫口村这会儿是既热闹又忙碌的时候,忙着置办年货的人们,盼着过年的孩子们,还有大老远赶来卖春联、年画和鞭炮的小商小贩,杀年猪的,宰羊的,把一个山村闹腾得像锅里烧开的水。人在村子里兜一圈,满鼻子都是好闻的腊味。包伍明想着这些,竟恍若梦中。

包伍明下了决心,为了自己,为了丫口村,一定要好好过个年。他首先收拾凌乱不堪的院子,然后打理屋子,清扫灰尘,把家什放规整,硬是把一个乱得像狗窝的家收拾得窗明几净,井然有序。收拾完家,他又准备收拾自己。把平日里穿的破衣烂衫清洗了,搭了竹竿,晒在院子里。再烧了一大锅水,把整个人赤条条上上下下擦洗了一遍。但长得犹如一蓬乱草的头发让他犯了愁,拿了镜子和剪刀,试图自己给自己理个发。尝试着剪下几束头发后,就放弃了努力。他看着镜子里的自己,像极了一个落魄的乞丐。他决定去镇上转一遭,一方面把惨不忍睹的自己整清爽了;另一方面,也随便买上几捆火纸,置办一些年货回来。

有了上次的教训,包伍明不敢把羊放在山上了。他往羊厩里投了草料,然后背一大背篓,就奔镇上去了。镇上赶集的人也不多,没有从前那闹热劲儿。前些年,每逢年关,这镇上就是欢声笑语的海洋,四周山上的村民,都往镇上来凑热闹。特别是那些打工回家过春节的年轻人,把集市当成了炫自己的舞台,赛谁时尚,赛谁大胆,那份趾高气扬的派头,像是要把在城里丢失的尊严全找回来。但今天的包伍明没有看到以前那每年年关都要上演的场面。他在理发店里,一边让理发师傅给打理头发,一边听理发师傅无休无止地抱怨生意难做。看得出来,这理发师傅是想借年关发笔小财,但事与愿违了。他抱怨镇上的人越来越少,要理发的人更少了。他说,放在往年,理发的、烫头的和染发的,年关了会排成长龙,赚钱就像捡树叶一样。回忆完理发店曾有过的辉煌,面对时下的冷清,理发师傅问包伍明,你说这人都到哪里去了呢?

包伍明说,和尚头上的虱子明摆着的,进城了。理发师傅说,我知道进城了,但这逢年过节总该回来看看嘛。这年不在家乡过,有屌意思嘛!

包伍明把自己整清爽了,心情却被理发师傅破坏了。出了理发店,走在集市上采购年货的包伍明,有些无精打采,心不在焉。

九

春节尾着一场纷纷扬扬的大雪,来到丫口村了。

包伍明早起推开门,就看到了纷纷扬扬的雪花和地上泛着银光刺得眼生痛的积雪。

好大的雪！包伍明感慨道。

被白雪覆盖的丫口村仿佛变了样，变得更空旷、更沉寂、更孤单了。包伍明呆站在门口，看雪花旋转着、舞蹈着，无声地落在雪地上，那么轻、那么静，轻得静得让他终于忍不住，扯开嗓门大喊一声：

啊——

但声音马上就被这片白雪给吞没了。

静得无可救药的世界，让包伍明咬牙切齿。

咩——咩——

终于有了声音，那是从羊厩里传来的羊叫声。这原本是羊提醒包伍明，它们是如何又饥又饿又冷的，竟然被包伍明听出了亲切和温暖。包伍明没有急着去给羊投放草料，而是关了屋门，回里屋给自己换了一身新衣服。穿着特意为过年在镇上买的新衣服，包伍明别扭得像个新姑爷。他挑了最好的草料，投到羊厩里，就站在羊厩边，把那些羊的名字全叫了一遍。那些名字原来都是丫口村乡亲们的名字，叫着这些名字，他就想，他们现在在哪里？他们在的城市是不是也在纷纷扬扬下着雪？他们会不会同样想起自己？这样一想，孤单的他又多了份伤感。

才想了生者，又记起了死者。包伍明离开羊厩，回屋拎上火纸，踏着积雪，往坟山去了。他面对这些因无人祭奠显得冷清寂寥的坟茔，又一次为那些抛下故土进了城的生者感到愧疚。每一个坟头前，包伍明跪下，虔诚得就像是请求死者宽恕他们的儿子。在每一个坟头，他都烧纸钱。看它们化成缕缕青烟，他突然有了一种奇怪的想法，如果没有了丫口村，这坟里的亡灵，会不会在阴间成了来历不明的孤魂野鬼？

一个人的春节，越忙活越寂寞，越忙活越孤单。

在坟山上烧了纸钱回来的包伍明，放下背箩就将火塘的火生旺了。他拿一个大大的口缸，放在火边熬糨糊。糨糊熬好，他把从镇上买来的春联贴了院门又贴屋门。贴完春联，他又贴门神。最后，他把买来的两个红灯笼一左一右挂在了院门上。

冷冷清清的院子,顿时有了喜气。包伍明站在院门前的雪地里,眯着眼看了一下自己的精心设计,心里有了份得意。贴完春联门神,包伍明就忙活着准备年夜饭。他把从镇上采购的东西从背篓里一样一样拿出来,摆在厨房的台面上。鸡、鸭、鱼一样不少,粉条、萝卜、青菜一样不缺,他要做一顿丰盛的年夜饭。看着一应俱全的食材,他想起自己特意买的猪头,那是他买了来作为祭祖供香案的,但他把猪头提出来后有了新的打算。他要把这猪头煮了,供到村头去,替丫口村人祭所有的祖。这个想法,让他激动不已。

包伍明煮好了猪头,端到村口。村口的寨门还是二十世纪七十年代建的,当时,生产队逢年过节就在寨门的门楣上拉红布标,在门两边刷口号。包伍明有点后悔在镇上没买红布,他站在雪地里,看着腐朽不堪的斑驳的寨门,没有一点儿生气。他想了想,将用盆盛着的猪头往雪地上一放,就踏着积雪往山上去了。不一会儿,他从山上弄来了一大捆松枝,把它们扎在了寨门上,这些青翠的松枝在白雪的映衬下显得更青翠了。装点好寨门,他又回自家屋里,把香案扛来。把香案端端正正放在寨门前,把一整个猪头供在香案上,燃了蜡,点了香,烧了纸钱,就重重地跪在了雪地上,他冲着寨门连磕了三个响头。他是那么虔诚,磕头的时候,整个脸都埋到了雪里。他边磕头边大声说,祖啊,把你们的儿孙们召回来吧,让他们种好自己的田地,放好自己的牛羊,看好自己的山林,教好自己的儿女,建好自己的家园。祖啊,包伍明求你了,没有了丫口村,谁给你们上香,谁给你们点亮,谁给你们烧纸,谁给你们添供?

包伍明跪在那里,先是大声说,后来就变成声嘶力竭地喊了。他说着,喊着,竟然一脸的泪水了。

包伍明还没有像今天这样做过如此丰盛的年夜饭。事实上,自从他在外漂泊十年后回到丫口村,就没有认真过个年,他也害怕过年。陈老者在的时候，除夕夜就把包伍明叫过去。那个时候，包伍明总是努力把自己喝醉。只有这样，除夕夜才不会让他感到漫长。陈老者理解包伍明内心的伤痛，总是尽量找乐子让他高兴。过年时，在包伍明记忆中最美好的回忆，就是除夕夜陈老者借着酒兴，唱《莲花落》。在流浪的十年里，包伍明没少跟流浪艺人混。混的时间久了，包伍明吹拉弹唱也混出了门道。陈老者特别喜欢包伍明拉的二胡，夸他拉的二胡调调里有沧桑感。包伍明边做菜边想跟陈老者唱《莲花落》的情景，心里是既温暖又伤感。做好的菜竟然摆了满满一桌。他把装酒的土坛抱出来，给自己倒了一碗酒，接着又倒了一碗，放在自己对面。他看看酒碗说，陈老者，以前过年是你请我喝酒，今年我请你，咱们一醉方休。

吃年夜饭之前，要放鞭炮。在过去，哪家腾起一阵鞭炮声，其他人家就会说，某某家开始吃年夜饭了。包伍明前几天上街，是特意买了鞭炮的。只是，这鞭炮是放给自己听的，他要告诉自己，我包伍明过年吃年夜饭了，我没有马虎。我在认认真真过一个春节，要把一个人的春节，过出节日的样子来。雪还在下，落在鼻尖上，有一丝刻骨的凉。他掏出火机，点燃了香烟，猛吸一口后，用香烟点燃了鞭炮。鞭炮响得热闹，炮声此起彼伏，山鸣谷应。包伍明看着一个个鞭炮粉身碎骨，散落在雪地上，像极了凋落的花瓣。放完鞭炮，包伍明回到桌前，开始吃中国人一年中最重要的饭——年夜饭。菜做得丰盛，人却吃得潦草，酒也喝得沉闷。一个人的年夜饭，无论包伍明怎么努力，还是没有让自己咀嚼出年味。包伍明现在明白了，年不是为自己过的，年是要过给人看的。人要过得欢欢喜喜，首先要热热闹闹。包伍明坐在桌前，实在不太甘心把一个除夕夜过得冷冷清清。

他想，这该是中央电视台《春节联欢晚会》的时间了。想着《春节联欢晚会》的包伍明，习惯性地伸手去开身后的旧电视机，手摸到电视机才想起，连电都没有，还看什么电视？当包伍明意识到看《春节联欢晚会》也成了一种奢望,整个人就沮丧到了极点。这时他听到了羊的叫声,才猛然想起,下午忘记给羊添草料了。他赶紧站起身来,去给羊添草料。饥饿的羊拥挤着抢吃草料。他看见那只被自己命名为排长的老羊,把旁边那只叫杨小丫的母羊,狠狠地顶了一羊角。原因是那只叫杨小丫的母羊凑过来抢吃它面前的草料。包伍明冲过去,在排长的羊屁股上重重踢了一脚,说排长,你咋一点风度都没有呢?他伸手摸了一下杨小丫的羊头,说杨小丫,你是美人,美人要斯文,咋跟人抢食呢?

叫着这些羊的名字,包伍明想,这羊不是一般的羊,它们有乡亲的名字。自己过年了,它们也要过年!没有《春节联欢晚会》,我自个就办个联欢晚会。这个想法的种子一落到他寂寞的心田里,疯长得比夏天的野草还要蓬勃。

他打开羊厩门,把羊赶进了自家铺满积雪的院子。

他从屋里抱出一大袋玉米,将玉米粒撒满了整个院子,羊在院子里吃得欢实了。他折回屋,趴到地上,将积满灰尘的二胡、笛子拿将出来,用布擦干净。他拉一下二胡,调了一下音准,吹了两声笛,笛子响得清越。要搞晚会,光有这两个乐器不行,他想到了锣、鼓等响器。锣鼓在他印象里,存在村保管室里,已好多年没人动过。于是,他慌张地跑出院门,去村保管室找锣寻鼓。他慌张急促的步子,竟然把积雪踩得嘎嘎叫了起来。保管室的大门是紧锁着的,大门上的大铁锁锈迹斑斑。他试着用力摇晃了一阵大铁锁,放弃了从门进去的想法。他认真看了一下保管室四周,觉得最简捷的办法是破窗而入。但他还没用力推,窗扇就掉下来了。他从窗口爬进保管室,轻车熟路找到了锣鼓。鼓实在太旧了,但擂着还响。锣看上去跟过去没什么两样,依然泛着黄灿灿的光。

他肩扛鼓手提锣回到院子里,将马灯调到最亮,挂在院子中央那棵柿树上,又搬来桌椅,总算一切准备就绪。他咳嗽一声,清了清嗓门,准备宣布联欢晚会开始。黑狗小青不知什么时候也摸进院子里来了。他赶忙跑到厨房，拿了两截没剔干净的猪骨头，扔给了小青。这时，雪停了，风也安静了下来。包伍明又跑到放在正屋门前的桌前，咚咚咚敲几下鼓，又哐哐哐打了一阵锣，声音洪亮地宣布：

丫口村春节联欢晚会现在开始！

包伍明环视了一下只顾在地上吃玉米粒的羊群，大声说，大家鼓掌！羊不会鼓掌，锣声鼓声吓得它们在院子里到处乱窜。

包伍明拼命鼓掌，巴掌拍了个生痛。

这时，他看到了蹲在院角认真啃着猪骨头的小青，又大声说，出席今天晚会的除了众乡亲，还有我们不请自来的朋友小青。欢迎我们的嘉宾小青！

他又是一阵鼓掌。

他又环视了一下院子，羊群依旧躁动不安。他说，安静，安静，加强纪律性，革命无不胜。后来，他的目光停留在那只叫队长的老羊身上。在包伍明儿时的记忆里，生产队长当年喜欢在女社员面前炫，出工中间休息，他总在田边地角扯了嗓子唱样板戏。想到这，包伍明就大声说，队长，这晚会你得带头，来个《白毛女》中杨白劳的唱段如何？包伍明边说边忙着去拿二胡。拿二胡拉了一段过门后，包伍明学着队长那沙哑的嗓音唱起来。

> 人家的闺女有花戴，
> 你爹我钱少不能买。
> 扯上了二尺红头绳，
> 我给我喜儿扎起来，
> 哎，扎呀扎起来。
> ……

包伍明说，队长唱得好不好？包伍明连说了几个好，目光落在了那只叫杨小丫的漂亮母羊身上。他把手握成话筒状，凑嘴边说，下面，我们隆重请出我们村的著名女高音歌唱家杨小丫，给乡亲们演唱她的成名歌曲《在希望的田野上》。包伍明边说边做了几个扭捏的动作，伸手抓了桌上的笛子，吹了一段过门，就尖了嗓门，唱出了又高又尖的女声。

我们的家乡，
在希望的田野上，
禾苗在农民的汗水里抽穗，
牛羊在牧人的笛声中成长
……

包伍明大声说，杨小丫唱得好不好？包伍明用童音说了几个"好"，又用老腔叫了几个"好"，然后男声女声倒换着唤了几个"好"。他抬起头，看着那些羊，眼花得羊都成了乡亲们的模样。他问，杨小丫唱的是不是咱丫口村人的心声？包伍明连珠炮似的说了好多个"是是是"，又接着问，大家想不想把丫口村建成歌里唱的那样？包伍明张嘴，想替乡亲们说许多个"想"的，但嘴未张，泪却下来了。他哽咽了一下，擦了擦脸上的泪水说，晚会继续!

包伍明正襟危坐，将手上的二胡调了一下弦。羊在院子里吃饱了肚子，注意力全部集中到身体的寒冷上了，对艺术没兴趣，一点也不理会对羊弹琴的包伍明。它们中的几只已蠢蠢欲动，试图回到温暖的羊厩里去。包伍明没发现羊群的异动，仍沉醉在自己的晚会里。他拉了一下过门，才意识到忘了报幕，于是放下二胡站起来，假咳一声，算是清嗓子，然后字正腔圆地说：

下面，请丫口村最忠实的村民包伍明，为大家演唱乡谣《莲花落》。

包伍明报完幕,在凳子上坐定,操了二胡,扯着嗓了,闭了眼唱起来。院子里二胡声悠扬,唱腔浑厚苍凉。

  一寸光阴一寸金,
  寸金难买寸光阴。
  失落寸金容易找,
  失落光阴无处寻。
  ——可怜人!
  ……

包伍明唱得投入,唱得沉醉。唱完,他睁开眼睛,院子里空空荡荡的,作为观众的羊溜走了,就像离开丫口村的乡亲,无声无息就离开了。院子里全是它们让人伤心的零乱的蹄印。包伍明继续唱,他拉着二胡唱,他敲着铜锣唱,他擂着大鼓唱,扯开了嗓门唱,拼了命唱。歌声嘶哑,含混不清,像没有归宿的风。歌声招来了雪花,好大好大的雪!飘飘洒洒,纷纷扬扬。

后记：乡愁的乌托邦
——我的小说观

纸上还乡，是我这个困在都市的乡下人精神突围的企图，同时也是我作为一个小说家的澎湃的文学野心！

时代日新月异，世界正在飞速数字化，我这个脚后跟依旧沾着农耕文明泥巴的人，还没想好怎样才不被工业文明抛弃，信息化和数字化的潮水就无情地把我掀到了岸上。我这个落伍者，剩下的是苟延残喘、疲惫不堪，彻底丧失了回到时代潮流里去的信心和勇气。我和自己误入的城市越来越难以和谐相处，越来越显得格格不入。我已是一个身在曹营心在汉的士卒，时时都在做着开小差的美梦。在城镇化的喧天锣鼓声中，我的梦呓总是——

我要还乡！还乡！还乡！！！

这些年，被梦呓鼓动和支撑的我，天真地以为，自己找到了一个暗度陈仓的返乡办法，那就是借助小说这种文体，实现我的精神还乡。无论是《一个人和村庄》，还是《偷声音的老人们》，我都像一只啼血的杜鹃一样，呼唤着我的乡愁；像一辆超载的货车一样，呜咽着行进在回乡之路上。但——

所有的呼唤都没有回声。

所有的抵达都没有目的地。

虚构的文本能抵达的只有虚拟。

作为一个小说家,我深刻地体验了什么是力不从心。我明白了这样一个道理:所有的梦境都生长不出一个现实。

而现实是,我已深陷在都市文明的沼泽地里。我的肉身摆脱不掉那份沉重的下坠,甚至我的精神也无法飞越都市里丛林般的高楼,完成一次还乡。文字的魂魄已经被抽空,剩下的是符号的空壳,就像那个遥不可及的所谓的故乡,它仍存在,就在这地球之上,但早就人心不古,物是人非。

所有人的故乡,都故去了吗?

这是个残忍的问题。

残忍得就像我的发现:那些从来没有离开过家乡的人,竟然和我一样,是游子!他们生活的地方,早已不是从前的那个家园,他们也不是从前的他们。

是我们改变了世界,还是世界改变了我和你?

这不是歌声,是哀乐!

纸上还乡,是,也只能是乡愁的乌托邦。

潘灵

男,布依族,1966年7月生于云南巧家,1988年毕业于云南师范大学教育系。

中国作家协会会员、云南省作家协会副主席、《边疆文学》杂志社社长兼总编辑、享受国务院特殊津贴专家、全国文化名家暨四个一批人才、云南省委联系专家。

获第十届全国少数民族文学创作骏马奖、云南文学奖一等奖、《小说选刊》年度大奖、《民族文学》年度大奖等。

长篇小说

《泥太阳》《翡暖翠寒》《半路上的青春》《红风筝》等八部

中篇小说集

《风吹雪》《奔跑的木头》

……

太平有象

出 品 人	郭文礼	选题策划	左树涛	责任编辑	左树涛
复 审	王国柱	终 审	贾晋仁	书籍设计	陈静荷
印装监制	郭 勇	项目运营	有度文化·刘文飞工作室		

投稿邮箱 | liuwenfei0223@163.com

微 博 | http://weibo.com/liuwenfei0223   微信公众号 | txsk2013_